T0262581

Llámame
por tu nombre

André Aciman

Llámame
por tu nombre

Traducción del inglés de Guillermo Díaz Ceballos

Penguin
Random House
Grupo Editorial

Título original: *Call Me by Your Name*
Primera edición: mayo de 2018

© 2007, André Aciman
© 2018, Penguin Random House Grupo Editorial, S. A. U.
Travessera de Gràcia, 47-49. 08021 Barcelona
© 2024, de la presente edición:
Penguin Random House Grupo Editorial USA, LLC.,
8950 SW 74th Court, Suite 2010
Miami, FL 33156
© 2008, Guillermo Díaz Ceballos, por la traducción

© Diseño: Penguin Random House Grupo Editorial, inspirado en un diseño original de Enric Satué
Imagen de cubierta: Motion Picture Artwork © 2018 CTMG. All Rights Reserved

Impreso en Colombia - *Printed in Colombia*

ISBN: 978-1-947783-70-6

24 25 26 27 28   10 9 8 7 6 5 4

Para Albio,
alma de mi vida

Primera parte

SI NO ES LUEGO, ¿CUÁNDO?

«¡Luego!» Una palabra, una expresión, una actitud.

Nunca había escuchado a nadie utilizar «luego» para despedirse. Me resultó arisco, seco y despectivo, dicho con la velada indiferencia de alguien a quien le daría igual no volver a verte o no saber nada de ti.

Es el primer recuerdo que tengo de él y aún hoy puedo oírlo. «¡Luego!»

Cierro los ojos, pronuncio la palabra y vuelvo a estar en la Italia de hace tantos años, caminando por la acera arbolada y viéndole salir del taxi con una camisa azulada de estampado ondulado, con los cuellos bien abiertos, las gafas de sol, un gorro de paja y mucha piel a la vista. De repente me da la mano, me entrega su mochila, saca el equipaje del maletero del taxi y me pregunta si mi padre está en casa.

Puede que todo comenzase precisamente allí y en aquel instante: la camisa, las mangas remangadas, los pulpejos redondeados de su talón que se escapan de las alpargatas desgastadas, ansiosos por probar la cálida gravilla del camino que lleva a nuestra casa y preguntando con cada zancada por dónde se va a la playa.

El huésped de este verano. Otro pelmazo.

Entonces, casi sin mediación y ya de espaldas al coche, agita el envés de la mano que le queda libre y suelta un despreocupado «¡luego!» a otro pasajero que había en el coche, con quien probablemente había compartido el pago de la carrera desde la estación. Ni siquiera dijo un nombre o hizo una bromilla para suavizar la abrupta despedida. Nada. Le despachó con una palabra: brusca, audaz y franca. No había forma de que le hubiese podido molestar.

Observa, pensé yo, así es como se despedirá de nosotros cuando llegue el momento. Con un brusco y chapucero «¡luego!».

Mientras tanto, tendremos que soportarle durante seis largas semanas.

Estaba francamente intimidado. Era uno de los inaccesibles.

Bueno, podría intentar que me gustase. Desde su barbilla redondeada hasta sus pulidos talones. Y después, tras unos días, aprendería a odiarle.

Esta era la misma persona cuya foto de la solicitud había resaltado meses antes como promesa de unas afinidades instantáneas conmigo.

Acoger a huéspedes durante el verano era la manera que tenían mis padres de ayudar a profesores universitarios jóvenes a revisar un manuscrito antes de su publicación. Todos los veranos durante seis semanas debía dejar libre mi habitación y mudarme a un cuarto del pasillo mucho más pequeño y que había sido de mi abuelo. En los meses de invierno, cuando estábamos en la ciudad, se transformaba en un cobertizo, almacén y ático a tiempo parcial, donde se rumorea que mi abuelo, mi tocayo, aún rechina sus dientes en su sueño eterno. Los residentes estivales no tenían que pagar nada, se les otorgaba un uso libre de toda la casa y podían hacer básicamente lo que les apeteciese siempre y cuando dedicasen más o menos una hora al día a ayudar a mis padres con la correspondencia y papeleos varios. Se convertían en parte de la familia y, después de unos quince años haciendo esto, nos habíamos acostumbrado a recibir una tonelada de postales y regalos, no solo en Navidad, sino todo el año, de gente que estaba en deuda emocional con mi familia y que solía desviar sus itinerarios cuando venía a Europa para pasarse por B. durante un día o dos con sus familias y darse un paseo nostálgico por sus antiguos refugios.

Era común que durante las comidas hubiese dos o tres invitados más, unas veces familiares o vecinos, otras compañeros de clase, abogados, médicos, personas ricas y famosas que se acercaban a ver a mi padre de camino a sus casas de verano. En ocasiones, incluso abríamos nuestro comedor a parejas de turistas ocasionales que habían oído hablar de la vieja casa de campo y simplemente deseaban pasarse por allí a echarle una ojeada y se quedaban encantados cuando les invitábamos a comer y les pedíamos que nos contasen algo de su vida, mientras que Mafalda, a la que se informaba en el último momento, cocinaba su especialidad más novedosa. A mi padre, reservado y tímido en privado, lo que más le gustaba era rodearse de valiosos expertos en cualquier campo para mantener largas conversaciones en varios idiomas, mientras el caluroso sol estival y unas cuantas copas de *rosatello* daban entrada a la tarde con su inevitable letargo. Denominábamos a ese cometido la *labor del almuerzo* y, al poco tiempo, también se unían a él la mayoría de nuestros invitados de seis semanas.

Quizá todo comenzase poco después de su llegada, durante una de aquellas comidas tremendas, cuando se sentó junto a mí y me di cuenta de que, aparte de un ligero bronceado conseguido durante su breve estancia en Sicilia a comienzos de aquel verano, el color de las palmas de sus manos era igual de pálido que la suave piel de las plantas de los pies, la del cuello o la del envés de sus antebrazos, que no habían estado expuestas tanto al sol. Lucían casi de un rosa claro, tan brillante y suave como la parte inferior del estómago de un lagarto. Íntimo, casto, implume, como el rubor en la cara de un atleta o el atisbo de la aurora en una noche tormentosa. Me dijo cosas sobre él que nunca hubiese sabido cómo preguntar.

Puede que comenzase durante aquellas interminables horas después de comer cuando todo el mundo holgazaneaba en traje de baño por la casa, cuerpos espatarrados en cualquier lugar matando el tiempo hasta que alguien sugería ir a las rocas a darse un baño. Los parientes, primos, vecinos, amigos, amigos de amigos, colegas, o básicamente cualquiera al que le apeteciese llamar a nuestra puerta para pedir que le dejásemos utilizar nuestra cancha de tenis, todo el mundo era bienvenido a gandulear, nadar o comer y, si permanecían el tiempo suficiente, a utilizar la casa de invitados.

O quizá comenzó en la playa. O en la cancha de tenis. O durante nuestro primer paseo juntos el primer día que estuvo aquí cuando me pidieron que le enseñase la casa y los alrededores y, una cosa llevó a la otra, me las arreglé para llevarle más allá de las viejísimas puertas de hierro forjado y llegamos hasta el interminable solar vacío que llevaba hacia las vías del tren abandonadas que solían conectar B. con N.

—¿Hay alguna estación abandonada en algún lugar? —me preguntó mientras observaba entre los árboles bajo un sol abrasador, con la intención probable de formular una consulta típica que se debe hacer al hijo del dueño.

—No, nunca hubo una estación. El tren simplemente paraba cuando se le solicitaba.

Le llamaba la atención el tren; las vías parecían muy estrechas. Había gitanos que vivían en ellas ahora. Llevan habitando ahí desde que mi madre venía a veranear aquí cuando era niña. Los gitanos han transportado dos vagones descarrilados más hacia el interior. ¿Quería ir a verlo?

—Quizá luego.

Una indiferencia educada, como si se hubiese percatado de mi inoportuno entusiasmo por darle coba y se estuviese alejando de mí sumariamente.

Me dolió.

En lugar de eso me dijo que quería abrirse una cuenta en uno de los bancos de B. y luego hacer una visita a la traductora al italiano a quien su editor en Italia había adjudicado su libro.

Decidí llevarle allí en bici.

La conversación sobre ruedas no mejoraba la que habíamos tenido a pie. Por el camino paramos a por algo para beber. La *bartabaccheria* estaba completamente a oscuras y vacía. El dueño fregaba el suelo con un fuerte producto a base de amoniaco. Salimos de allí a toda velocidad. Un solitario mirlo que descansaba sobre un pino mediterráneo entonaba unas pocas notas que se perdían inmediatamente entre el zumbido de las cigarras.

Le di un buen trago a la botella grande de agua con gas, se la pasé y luego volví a beber. Me eché un poco en la mano y me froté con ella la cara, pasándome los dedos por el pelo. El líquido no estaba lo suficientemente frío ni tenía mucho gas, por lo que dejaba una sensación de sed mal aplacada.

¿Qué se podía hacer por allí?

Nada. Esperar a que acabase el verano.

Y entonces, ¿qué se hacía en invierno?

Sonreí al pensar en la respuesta que estaba a punto de darle. Él lo pilló al vuelo y dijo: «No me lo digas: esperar a que llegue el verano, ¿a que sí?».

Me gustaba que me leyese la mente. Entenderá la *labor del almuerzo* antes que muchos de los que llegaron primero.

—En realidad este lugar durante el invierno se vuelve muy gris y oscuro. Venimos en Navidad. De lo contrario sería una ciudad fantasma.

—¿Y qué más hacéis aquí durante la Navidad aparte de asar castañas y beber ponche de huevo?

Me estaba vacilando. Le mostré la misma sonrisa que antes. Lo entendió, no dijo nada y ambos nos reímos.

Me preguntó qué hacía yo. Jugaba al tenis. Nadaba. Paseaba de noche. Corría. Transcribía música. Leía.

Me dijo que él también salía a correr. Por la mañana temprano. ¿Por dónde se podía hacer ejercicio allí? Prácticamente solo por el paseo. Se lo podía mostrar si quería.

Y justo cuando parecía que de nuevo comenzaba a gustarme, me dio con un canto en los dientes: «Quizá luego».

Había puesto «leer» al final de mi lista, pensando que con la actitud testaruda y descarada que había tenido él hasta ahora, leer también hubiese sido lo último de la suya. Una hora después, cuando me acordé de que acababa de escribir un libro sobre Heráclito y que, por tanto, «leer» sería una parte muy significativa en su vida, me di cuenta de que debía dar un poco de marcha atrás y hacerle saber que mis intereses reales iban muy parejos a los suyos. Sin embargo, lo que me desconcertaba no era tener que hacer elegantes juegos malabares para conseguir redimirme, sino las desagradables dudas que me venían asaltando tanto antes como durante nuestra conversación informal junto a las vías del tren y que me hacían creer que continuamente, sin percatarme y sin ni tan siquiera admitirlo, había estado intentando (sin éxito) recuperarle.

Cuando me ofrecí (a todos los visitantes les había encantado la idea) a llevarle a San Giacomo y subir andando hasta la parte más alta del campanario, que habíamos apodado algo-por-lo-que-morir, debería haber reaccionado mejor que simplemente quedándome pasmado sin una respuesta. Pensé que le llevaría por allí tan solo para que subiese y pudiese echar un vistazo al pueblo, al mar, a la eternidad. Pero no. *¡Luego!*

Sin embargo, puede que hubiese empezado mucho después de lo que pensaba, sin que yo me diese cuenta de nada. Miras a alguien, pero en realidad no ves a la persona, está entre bastidores. O te percatas de su presencia pero no conectas, no «pillas» nada, y antes incluso de percibir su estampa o alguna extraña perturbación se te han pasado las seis semanas que tenías, y en ese momento, o ya se ha marchado, o está a punto de hacerlo, y entonces te encuentras peleando para poder asimilar algo que, sin tú saberlo, se ha estado gestando ante tus narices y que muestra todos los síntomas de lo que comúnmente se denominaría «Yo quiero». ¿Cómo pude no notarlo?, os preguntaréis. Reconozco el deseo cuando lo veo y, sin embargo, esta vez se me pasó por completo. Iba en busca de la sonrisa maliciosa que arrojase una repentina luz sobre su gesto cada vez que me leyese la mente, cuando lo único que quería era piel, tan solo piel.

Durante la cena de su tercer día allí me dio la sensación de que me estaba mirando fijamente mientras yo exponía *Las siete palabras de Cristo en la cruz* de Haydn, que llevaba tiempo transcribiendo. Ese año tenía diecisiete y como era el más pequeño de la mesa y el que menos posibilidades tenía de ser escuchado, había creado el hábito de meter la mayor cantidad de información con el menor número de palabras posible. Hablaba rápido, lo que hacía creer a la gente que estaba siempre nervioso y me trastabillaba con los términos. Cuando terminé de presentar mi transcripción, me percaté de una intensa mirada que me llegaba por la izquierda. Me sentí emocionado y halagado; obviamente estaba interesado en mí, le gustaba. No había sido tan complicado al final. Pero cuando por fin, después de mi turno, me giré para examinarle y ver su mirada, descubrí un semblante frío y helador; algo a la vez hostil y vitrificante que rozaba la crueldad.

Me desarmó por completo. ¿Qué había hecho yo para merecer tal cosa? Quería que volviese a ser amable conmigo, que se riese como había hecho tan solo unos pocos días antes en las vías del tren abandonadas, o cuando aquella misma tarde le expliqué que B. era el único pueblo de Italia donde la *corriera,* la línea regional de autobuses que llevaba a Cristo, pasaba de largo sin parar nunca. Se rio de inmediato al entender la referencia velada al libro de Carlo Levi. Me gustaba cómo nuestras mentes parecían trabajar de forma paralela y, de manera instantánea, inferíamos los juegos de palabras del otro, pero al final siempre nos conteníamos.

Iba a ser un vecino difícil. Será mejor que me mantenga alejado de él, rumié. Y pensar que casi me enamoro de la piel de sus manos, de su pecho, de sus pies que nunca habían pisado tierra áspera en su vida y de sus ojos que cuando te dedicaban la otra mirada, la de semblante dulce, te portaban el milagro de la resurrección. Nunca era demasiado tiempo el que pasabas mirándolos, sino que necesitabas seguir al tanto para averiguar por qué no podías evitarlo.

Debí haberle lanzado una mirada igual de aviesa.

Durante dos días nuestras conversaciones se interrumpieron de forma repentina.

En el largo balcón común a las habitaciones de ambos nos evitábamos por completo: tan solo unos improvisados «hola», «buenos días», «hace bueno», palique superficial.

Entonces, sin ninguna explicación, retomamos las cosas.

¿Que si quería ir a correr esa mañana? No, la verdad es que no. Bueno, entonces a nadar.

Hoy el dolor, las esperanzas, la excitación de lo novedoso, la promesa de tanta dicha rondando las puntas de los dedos, el comportarme torpemente con gente a la que podía llegar a malinterpretar pero que no quería perder y por lo tanto debía hacer constantes conjeturas, el ingenio desesperado que le brindo a todo el mundo que quiero y deseo que me quiera, las separaciones que intercalo entre el mundo y yo que no son solo una, sino una serie de capas de puertas deslizables de papel de arroz, el impulso por codificar y descodificar lo que ni siquiera estuvo jamás en código. Todo esto comenzó el verano en el que Oliver llegó a nuestra casa. Está grabado en cada canción que sonó aquel verano, en cada novela que leí durante su estancia y después, en cualquier cosa, desde el olor del romero en los días calurosos, hasta el ruido frenético de las cigarras por las tardes. Los sonidos y los olores con los que he crecido y que conozco de cada año de mi vida de repente se volvieron en mi contra y adquirieron un cariz tintado por lo ocurrido aquel verano.

O quizá comenzó después de su primera semana, cuando me sentía contentísimo de saber que aún sabía quién era, que aún no me ignoraba y, por lo tanto, podía permitirme el lujo de cruzarme con él cuando me dirigía al jardín sin tener que fingir que no le veía. El primer día fuimos corriendo hasta B. por la mañana temprano. Y después todo el camino de vuelta. Por la mañana al día siguiente nadamos. Un día después, salimos a correr de nuevo. Me gustaba echarle carreras a la camioneta del lechero cuando aún le quedaba mucho por repartir, y trotar mientras el tendero o el panadero comenzaban a prepararse para su jornada laboral, me encantaba hacerlo por la orilla y por el paseo marítimo cuando no había ni un alma todavía y nuestra casa parecía tan solo un espejismo lejano. Me deleitaba que nuestros pies se coordinasen, el izquierdo con el izquierdo, y chocasen contra el suelo a la vez, dejando nuestras huellas en una arena a la que tenía la intención de volver, y, en secreto, colocar mi pie en el lugar donde él había dejado su marca.

Esta alternancia entre correr y nadar era simplemente su rutina en la universidad. ¿Correría también en Sabbat?, bromeaba. Siempre se estaba ejercitando, incluso cuando estaba enfermo; hacía ejercicio incluso en la cama si hacía falta. Hasta el punto de que si había dormido con alguien por primera vez la noche antes, aun así se levantaba para trotar prontito por la mañana. El único momento en que no se ejercitó fue cuando le operaron. Al preguntarle por qué, me sorprendió con la respuesta que me había prometido que nunca le iba a incitar a responder, como el muñeco sobresaltado que brinca de una caja con un resorte y su siniestra sonrisa. «¡Luego!»

Quizá se había quedado sin aliento y no quería hablar demasiado, o tan solo quería concentrarse en la natación o la carrera. O tal vez era su modo de incitarme a hacer lo mismo, de forma totalmente inofensiva.

Pero había algo escalofriante y desalentador en la inoportuna distancia que surgía entre nosotros en los momentos más inesperados. Era casi como si lo estuviese haciendo a propósito; dándome más y más coba para después alejar de golpe cualquier atisbo de amistad.

La mirada inflexible siempre volvía. Cierto día, mientras yo practicaba con la guitarra en lo que se había convertido en «mi mesa» en la parte trasera del jardín junto a la piscina, y él estaba tumbado cerca, en la hierba, me di cuenta de ese semblante al momento. Estuvo mirándome fijamente mientras me concentraba en los trasteos y cuando de repente levanté la cabeza para ver si le gustaba lo que estaba tocando, ahí estaba: cortante, cruel, como una cuchilla reluciente que se repliega justo en el momento en el que la víctima se percata de su presencia. Me brindó una sonrisa insulsa como queriendo decir: *para qué ocultarlo.*

Aléjate de él.

Debió de percatarse de que me había molestado y, haciendo un esfuerzo por retractarse, comenzó a hacerme preguntas sobre la guitarra. Estaba demasiado en guardia como para responderle con candor. Mientras tanto, el ver que estaba luchando por encontrar respuestas le hizo sospechar que quizá pasaba algo más de lo que yo mostraba.

—No te preocupes por explicarme nada. Simplemente tócala otra vez.

—Pero si pensaba que la odiabas.

—¿Odiarla? ¿Qué te hizo pensar eso?

Discutimos un rato.

—Venga, tócala otra vez.

—¿La misma?

—La misma.

Me levanté y entré en el salón. Dejé las puertaventanas abiertas para que pudiese escucharme tocar el piano. Me siguió hasta la mitad del camino y, tras apoyarse en el quicio de la ventana de madera, me escuchó durante un rato.

—La has cambiado. No es la misma. ¿Qué le has hecho?

—Tan solo la he tocado de la manera en la que lo habría hecho Liszt si hubiese experimentado con ella.

—Solo tócala, por favor.

Me gustaba la manera en la que fingía estar mosqueado. Así que comencé a tocarla de nuevo.

Después de un rato:

—No puedo creer que la hayas vuelto a cambiar.

—Bueno, pero no demasiado. Así es como Busoni la habría tocado si hubiese alterado la versión de Liszt.

—¿Puedes, por favor, tocar a Bach como lo escribió el propio Bach?

—Pero él nunca lo escribió para guitarra. Quizá ni siquiera lo escribiese para clavicémbalo. De hecho, no estamos seguros de que sea de Bach.

—Olvida que te lo he pedido.

—Vale, vale. No hace falta que te exasperes tanto —dije. Era mi manera de mostrar una fingida y reticente conformidad—. Esto es Bach transcrito sin influencias de Busoni o Liszt. Es de un Bach muy joven y está dedicado a su hermano.

Sabía perfectamente qué fragmento de la pieza le iba a conmover la primera vez que lo tocase y todas las demás veces que lo oyese. Se lo estaba enviando como un pequeño regalo pues en realidad iba dedicado a él, como señal de algo muy bonito en mí que no hacía falta ser un genio para reconocer y me impulsaba a imprimirle una cadencia prolongada. Solo para él.

Estábamos —y él debió de haber reconocido las señales mucho antes que yo— ligando.

Aquella misma tarde escribí en mi diario: *Estaba exagerando cuando dije que creía que odiabas la pieza. Lo que quería decir era que creía que me odiabas a mí. Tenía la esperanza de que me convencieses de lo contrario; y lo hiciste, durante un rato. ¿Por qué mañana por la mañana ya no me lo creeré?*

Así que este es también él, me dije después de ver cómo se transformaba de hielo a luz del sol.

Podía haberme preguntado asimismo si yo era igual de variable.

P. D.: No estamos compuestos para un solo instrumento; ni yo, ni tú.

Estaba dispuesto a etiquetarle como alguien difícil e inalcanzable con quien no tenía nada más que hacer. Dos palabras suyas y veía cómo mi apatía llorosa se transformaba en un jugaré a lo que tú quieras hasta que me pidas que pare, hasta la hora de comer, hasta que la piel de mis dedos se caiga una capa tras otra, porque me gusta hacer cosas para ti, haría cualquier cosa por ti, tan solo pronuncia la palabra, me gustaste desde el primer día e, incluso cuando congeles mis renovadas propuestas de amistad, nunca olvidaré que tuvo lugar entre nosotros esta conversación y que hay formas más fáciles de recuperar el verano en plena tormenta de nieve.

Lo que se me olvidó resaltar en esa promesa es que el hielo y la apatía tienen maneras de truncar instantáneamente todas las treguas y los propósitos firmados en veranos anteriores.

Entonces llegó aquella tarde, un domingo de julio, en que nuestra casa se vació de repente y nosotros éramos los únicos que quedábamos allí y el fuego me quemaba las entrañas, pues *fuego* era la primera palabra y la más simple que me vino a la mente en aquel preciso momento en que intenté darle sentido a todo ello en mi diario. Esperé y esperé en mi habitación inmóvil sobre la cama, en un estado de trance, lleno de temores y expectativas. No era una llama de pasión ni un fogonazo de rabia, sino algo paralizante, como el fuego de una bomba de racimo que absorbe todo el oxígeno a su alrededor y te deja jadeando porque parece que te han dado una patada en tus partes y una aspiradora te ha succionado cualquier materia viva de tu interior y te ha secado la boca, y esperas que nadie hable pues tú no puedes, y rezas para que no te pidan que te muevas porque tu corazón se ha atascado en un latir tan rápido que antes escupiría trozos de cristal que dejar que alguien circule por sus estrechos pasillos. Fuego como el miedo, como el pánico, como un minuto más así y me muero si no llama a mi puerta. He aprendido a dejar las puertaventanas entreabiertas y a tumbarme en la cama con el bañador puesto y todo mi cuerpo ardiendo. Fuego como una plegaria que reza por favor, por favor, dime que me equivoco, dime que me lo he imaginado todo y yo tampoco soy real para ti, y si para ti la realidad es esto, entonces eres el hombre más cruel que existe. Así, la tarde en la que por fin entró en mi cuarto sin llamar, como si hubiese respondido a mis oraciones, y me preguntó que por qué no estaba con el resto de la gente en la playa y todo lo que pude pensar en decir, aunque no tuve las agallas de verbalizarlo, fue un para estar contigo. Para estar contigo, Oliver. Con o sin bañador. Para estar junto a ti en mi cama. En tu cama que es la mía durante el resto del año. Hazme lo que quieras. Arrástrame. Solo pregúntame si quiero y verás lo que respondo, pero no me dejes decir no.

Y dime que aquella noche no estaba soñando cuando escuché un ruido en el rellano junto a mi puerta y supe de repente que había alguien en mi cuarto, que había alguien sentado al pie de mi cama, venga a pensar, pensar y pensar, y que súbitamente comenzó a venir hacia mí y se tumbó, no junto a mí, sino sobre mí, mientras yo me tendía sobre la tripa, y que me gustó tanto que, en lugar de arriesgarme a hacer algo para demostrar que me había despertado y con ello hacer que cambiase de opinión y se fuese, fingí estar completamente dormido y pensando que no era un sueño, no podía serlo pues las palabras que me llegaban mientras apretaba mucho mis ojos eran: esto es como volver a casa, es como volver al hogar tras muchos años viviendo entre troyanos y lestrigones, como volver a un lugar en el que todos son como tú, donde la gente te entiende y sabe de ti; volver a casa como cuando todo se derrumba y te das cuenta de que durante diecisiete años has estado toqueteando las combinaciones erróneas. Y fue cuando decidí expresar sin menearme, sin mover un solo músculo de mi cuerpo, que estaba dispuesto a ceder si me empujabas, que ya me había rendido, que era tuyo, todo tuyo a pesar de que de repente hubieses desaparecido y pareciese demasiado cierto como para ser un sueño, aunque estuviese convencido de que todo lo que deseaba a partir de aquel día era que me volvieses a hacer exactamente lo mismo que experimenté mientras dormía.

Al día siguiente estábamos jugando al tenis, un partido de dobles, y durante un tiempo muerto, cuando bebíamos la limonada de Mafalda, puso el brazo que tenía libre sobre mis hombros y con delicadeza apretó mi carne con su pulgar y su índice, como imitando un amistoso abrazo masajeador; todo resultaba tan de amigotes. Sin embargo, yo me encontraba tan embelesado que me deshice de su brazo pues un segundo más y me hubiese desarmado como uno de esos muñequitos de madera cuyo cuerpo quebradizo se derrumba en cuanto se acciona el resorte principal. Sorprendido, se disculpó y me preguntó si me había tocado algún nervio o algo así, que no tenía intención de hacerme daño. Debió de haberse sentido muy mal al pensar que me había hecho daño o me había tocado de una forma equivocada. Lo último que deseaba era desanimarle. Con todo, se me escapó algo como «no me ha dolido» y habría zanjado así la cuestión. Pero tenía la sensación de que si el dolor no había provocado tal reacción, entonces ¿cuál era la explicación para justificar que le apartase de mis hombros de forma tan brusca delante de mis amigos? Así que imité la cara de alguien que se afana en reprimir, sin éxito, una mueca de dolor.

Nunca se me había ocurrido pensar que lo que me había producido pánico cuando me tocó fuese lo mismo que asusta a las vírgenes cuando las toca por primera vez la persona que han elegido: descubren sensaciones que no sabían que existían y que producen placeres muchísimo más perturbadores que los que se consiguen en solitario.

Él parecía sorprendido por mi reacción, pero hizo todo lo posible para demostrar que me creía mientras yo fingía el dolor de mis hombros. Fue su forma de dejarme escapar y de disimular que no se había dado ni pizca de cuenta del extraño matiz en mi reacción. Cuando más tarde supe lo meticulosamente afilada que era su habilidad para identificar señales contradictorias, no dudé de que tuvo que haber sospechado algo entonces.

—Espera, déjame mejorarlo —me estaba poniendo a prueba y comenzó a masajearme el hombro—. Relájate —me dijo delante de los demás.

—Pero si me estoy relajando.

—Estás tan rígido como este banco. Toca esto —le dijo a Marzia, la chica que estaba más cerca de nosotros—. Es todo nudos.

Noté sus manos en mi espalda.

—Mira —dijo mientras presionaba la palma abierta con fuerza contra mi espalda—, ¿lo notas? Debería relajarse más.

—Deberías relajarte más —repitió ella.

Quizá en este momento, al igual que en muchos otros, ya que no sabía hablar en clave, no supe qué decir en absoluto. Me sentí como un sordomudo que no sabe ni siquiera utilizar el lenguaje de signos. Tartamudeé todo tipo de cosas para no decir lo que estaba pensando. Hasta ahí llegaba mi código. En cuanto conseguí respirar lo suficiente como para pronunciar unas pocas palabras, pude más o menos salir del atolladero. De otra manera, el silencio entre ambos me hubiese delatado, por lo que cualquier cosa, incluso el más absurdo disparate, era mejor que el silencio. El silencio me ponía en evidencia. Sin embargo, lo que probablemente me delatase incluso más fuesen mis intentos por superarlo delante del resto.

El desánimo personal debió de aportarme algo cercano a la impaciencia y a la rabia contenida. Que él hubiese pensado que iba dirigido contra él no se me había ni pasado por la cabeza.

Quizá fuese por razones similares el que yo apartase la vista cada vez que me miraba: para ocultar las presiones de mi timidez. Que él hubiese encontrado mi desdén ofensivo y, de vez en cuando, cargado de hostilidad tampoco se me pasó por la cabeza.

Tenía la esperanza de que no hubiese visto en mi reacción exagerada algo que no era. Antes de apartar su brazo, sabía que me había rendido ante su mano casi hasta tumbarme sobre ella, como si le dijese —al igual que les había oído decir a muchos adultos cuando a alguien le daba por hacerles un masaje en los hombros al pasar por detrás—: no pares. ¿Se habría dado cuenta de que estaba dispuesto, no solo a rendirme, sino también a amoldarme a su cuerpo?

Este fue el sentimiento que aquella noche también trasladé a mi diario: lo denominé «el desvanecimiento». ¿Por qué había desfallecido? ¿Y era tan fácil que ocurriese, tan solo debía tocarme en algún punto para que me volviese discapacitado y perdiese toda voluntad? ¿Era esto a lo que la gente se refería cuando afirmaban derretirse como la mantequilla?

¿Y por qué no iba a demostrarle lo mantecoso que podía ser? ¿Tenía miedo de lo que pudiese ocurrir? ¿O me asustaba que se pudiese reír de mí, decírselo a todo el mundo o ignorarlo todo con la excusa de que aún era muy joven como para saber lo que estaba haciendo? ¿O quizá fuese porque con todo lo que él ya sospechaba, al igual que haría cualquiera en su lugar, estaría dispuesto a actuar en consecuencia? ¿Quería yo que actuase? ¿O prefería una vida repleta de anhelo siempre y cuando ambos mantuviésemos activa esta partida de ping-pong: no saberlo, no saber que lo sabe, no saber que sabe que lo sabe? Tan solo calla, no digas nada y, si no puedes decir «sí», tampoco digas «no», di «luego». ¿Es esta la razón por la que la gente dice «quizá» cuando quieren decir «sí», con la esperanza de que creas que es un «no» mientras que lo que en realidad significa es «por favor, pregúntamelo una vez más, y después otra vez»?

Recuerdo aquel verano y no puedo creer que, a pesar de todos y cada uno de mis esfuerzos por vivir con «el fuego» y «el desvanecimiento», la vida aún me ofreciera grandes momentos. Italia. Verano. El sonido de las cigarras a primera hora de la mañana. Mi habitación. Su habitación. El balcón que dejaba fuera el resto del mundo. La suave y perfumada brisa que ascendía por las escaleras desde el jardín hasta nuestra habitación. El verano en que aprendí a amar la pesca. Porque él lo hacía. Adorar el correr. Porque él lo adoraba. Idolatrar a los pulpos, a Heráclito, a Tristán. El verano en que escuchaba a los pájaros cantar, olía las plantas y sentía la humedad trepar por los pies en los días calurosos y, debido a que mis sentidos estaban siempre alerta, los notaba automáticamente dirigiéndose hacia él.

Podía haber negado tantas cosas: que deseaba tocarle las rodillas y las muñecas cuando lucían al sol con aquel viscoso lustre que he visto en tan poca gente; que me encantaba cómo sus pantalones de tenis, cortos y blancos, parecían poseer, de forma permanente, el color del barro y que mientras transcurrían las semanas se convirtió en el color de su piel; que su pelo, cada día más y más rubio, atrapaba al sol antes incluso de que saliese del todo; que su camisa azul ondulada se volvía más ondulada cuando se la ponía en días borrascosos en el patio junto a la piscina, con la promesa de impregnarse de un aroma a piel y sudor que me la ponía dura con tan solo pensarlo. Podía haber negado todo esto. Y haberme creído mis mentiras.

Pero fue el collar con la estrella de David y una mezuzá de oro que llevaba al cuello lo que me dijo que había en él algo más fascinante de lo que yo esperaba, algo que nos unía y me recordaba que, mientras todo a nuestro alrededor conspiraba para que fuésemos los seres más distantes del mundo, esto trascendía cualquier diferencia. Me percaté de la estrella de manera inmediata el primer día que estuvo con nosotros. Y desde aquel instante supe que lo que me desconcertaba y me hacía anhelar su amistad con la esperanza de no hallar jamás la excusa para que no me gustase era mayor de lo que cualquiera de los dos podría esperar del otro, más grandioso y por lo tanto mejor que su alma, mi cuerpo o la propia tierra. Mirarle fijamente al cuello con la estrella y el revelador amuleto era como observar algo eterno, ancestral, inmortal en mí, en él, en ambos, que suplicaba por ser reavivado y substraído de un sueño milenario.

Lo que me desconcertó fue que no pareció importarle o no se dio cuenta de que yo también llevaba uno. Al igual que tampoco le interesó o se percató de las múltiples ocasiones en que mis ojos deambularon por su bañador en un intento por vislumbrar el contorno de la marca que nos convierte en hermanos hebreos en el desierto.

A excepción de mi familia, él era probablemente el único judío que había puesto el pie en B. Pero a diferencia de nosotros, lo hacía patente desde el primer momento. No éramos unos judíos que llamasen la atención. Practicábamos nuestro judaísmo como la mayoría de la gente en el resto del mundo: bajo la camisa, no oculto, pero sí bien guardado. «Judíos muy discretos», usando las palabras de mi madre. Ver a alguien proclamando su judaísmo colgado del cuello como hizo Oliver la vez que cogió una de las bicis y se dirigió hacia el pueblo con la camisa abierta nos chocaba, puesto que nos indicaba que podíamos también hacer lo mismo y salirnos con la nuestra. Intenté imitarle en varias ocasiones. Sin embargo, estaba demasiado cohibido, como alguien que intenta actuar de forma natural mientras camina desnudo por un vestuario cuando al final en lo único que se fija es en su propia desnudez. En el pueblo, intenté hacer alarde de mi judaísmo con unas silenciosas fanfarronadas que no surgían tanto de la arrogancia como de una vergüenza reprimida. Él no. Aunque esto no significa que él nunca pensase acerca de su ser judío o acerca de la vida de un judío en un país católico. En ocasiones hablábamos sobre este tema, en particular durante aquellas largas tardes en que ambos dejábamos de lado el trabajo y disfrutábamos charlando mientras el resto de la casa y los invitados se habían retirado a sus respectivas habitaciones para descansar unas horas. Él había vivido durante el tiempo suficiente en pequeños pueblos de Nueva Inglaterra como para saber lo que significaba ser un judío que está de sobra. Pero el judaísmo nunca le había preocupado de la misma forma que a mí, ni la ofuscación metafísica con uno mismo o con el mundo era un tema recurrente en él. Ni siquiera albergaba la tácita promesa mística sobre la hermandad redentora. Y quizá es por eso por lo que no se sentía incómodo por ser judío y no tenía que estar hurgando en ello a todas horas, de la misma forma que los niños se manosean las costras que desean que desaparezcan. Él llevaba bien ser judío. Estaba a gusto consigo mismo, al igual que se contentaba con su cuerpo, con su apariencia, con sus reveses, con su selección de libros, música, películas, amigos. No le importaba perder su preciada pluma Montblanc. «Me puedo comprar otra exactamente igual.» Se sentía a gusto también con las críticas. Le mostró a mi padre unas páginas de cuya autoría se enorgullecía. Mi padre le indicó que su acercamiento a Heráclito era brillante pero necesitaba más concreción y aceptar la naturaleza paradójica de los pensamientos del filósofo, no simplemente explicarlos. Le parecía bien consolidar ciertas cosas, le gustaban las paradojas. Volvimos a la mesa de dibujo que también le parecía bien. Invitó a mi joven tía a una conversación íntima a medianoche mientras daban una *gita*, un garbeo, en nuestra motora. Ella lo rechazó. Pero no pasaba nada. Lo intentó de nuevo unos días más tarde, volvió a ser rechazado y le quitó importancia. A ella también le pareció bien y, si hubiese permanecido otra semana con nosotros, probablemente habría aceptado salir a medianoche a dar una *gita* por el mar que a buen seguro hubiese durado hasta el amanecer.

Solamente en una ocasión durante sus primeros días allí tuve la sensación de que este chico de veinticuatro años, terco pero acomodado, tranquilo, al que todo le resbalaba, imperturbable e incorruptible, a quien le parecían bien tantas cosas en la vida, era, en realidad, un analizador de personas y situaciones, frío, sagaz y siempre en alerta máxima. No había nada impremeditado en lo que decía o hacía. Era capaz de observar a través de todos, y podía hacerlo precisamente porque lo primero que buscaba en la gente era lo que había visto en sí mismo y no deseaba que los demás viesen. Era un gran jugador de póquer, lo que escandalizó a mi madre el día que se enteró, que solía escaparse al pueblo un par de noches a la semana a «echar unas cuantas manos». Por este motivo, para nuestra completa sorpresa, había insistido en abrirse una cuenta bancaria el mismo día en que llegó. Ninguno de nuestros residentes se había hecho nunca una cuenta bancaria. La mayoría no tenía ni un centavo.

Ocurrió durante una comida en la que mi padre invitó a un periodista que se había interesado por la filosofía en su juventud y quería demostrar que, a pesar de no haber escrito nunca sobre Heráclito, aún podía debatir sobre cualquier cosa bajo el sol. Él y Oliver no hicieron buenas migas. Más tarde, mi padre comentó que era «un hombre muy ingenioso y también muy inteligente», a lo que Oliver le interrumpió diciendo: «¿De verdad lo crees, Pro?», sin darse plena cuenta de que a mi padre, pese a ser de trato fácil, no siempre le gustaba que le contradijeran y mucho menos que le llamasen Pro, aunque no le dio más importancia. «Sí, eso creo», insistió mi padre. «Bueno, no estoy muy seguro de estar de acuerdo. Le encuentro un poco arrogante, soso, patoso y ordinario. Utiliza demasiado el humor y tiene un gran vozarrón —Oliver imita la seriedad del hombre—, y gesticula de forma ostentosa para atraer a su audiencia puesto que es incapaz de defender una postura con palabras. Lo de la voz es exasperante, Pro. La gente se ríe con su humor, pero no porque sea gracioso sino porque telegrafía su deseo de ser gracioso. Su humor no es más que una forma de ganarse a la gente que no puede convencer.

»Si te fijas en él mientras estás hablando, siempre mira para otro lado, no te escucha, solamente tiene ganas de decir cosas que ha ensayado cuando tú hablabas y tiene que soltar antes de que se le olviden».

¿Cómo podía nadie intuir la forma de pensar de otro sin estar ya familiarizado con la misma forma de pensar? ¿Cómo podía alguien percibir tantos giros enrevesados en otros si no los había utilizado con anterioridad?

Lo que me chocó no fue solo su asombrosa habilidad para leer a la gente, para rumiar en sus entrañas y rescatar la configuración precisa de su personalidad, sino su capacidad para intuir cosas de la forma exacta en la que yo lo habría hecho. Al final, esto fue lo que me acercó a él con una fuerza que iba más allá del deseo o la amistad o la atracción de compartir la misma religión. «¿Por qué no vamos a ver una peli?», soltó una tarde mientras estábamos todos juntos sentados, como si de repente hubiese caído en la solución de lo que podría haber sido una aburrida tarde en casa. Acabábamos de dejar la mesa de la cena en la que mi padre, como solía hacer últimamente, me había estado animando a intentar salir con amigos más a menudo, sobre todo por las tardes. Casi lindaba con un sermón. Oliver era aún novato entre nosotros y no conocía a nadie en el pueblo, por lo que yo le debí de parecer tan buen compañero de película como cualquier otro. Pero había hecho esta pregunta de una forma demasiado despreocupada y espontánea, como si quisiese hacernos saber a mí y a todos los demás que estábamos en la habitación que no le interesaba demasiado ir al cine y que por lo tanto podía quedarse perfectamente en casa y revisar sus manuscritos. La inflexión indiferente de su propuesta, sin embargo, fue un guiño enviado a mi padre: solo fingía haber tenido esa ocurrencia; de hecho, sin dejar que yo lo sospechase, estaba dando continuidad al consejo de mi padre en la mesa y se ofrecía a buscar mi propio beneficio.

Sonreí, no por el ofrecimiento, sino por el truco de doble filo. Inmediatamente pilló mi sonrisa. Y tras haberla entendido, me la devolvió, casi haciéndose burla a sí mismo, con la sensación de que si me daba algún indicio con el que yo pudiera descifrar su trampa, entonces estaría confesando su culpabilidad; y aun así, negarse a confesarlo una vez que le dejé claro que lo había pillado le condenaría todavía más. Por lo que sonrió para demostrarme que sabía que le había pillado pero también para revelarme que era alguien lo suficientemente bueno como para confesarlo y no obstante poder ir a disfrutar del cine juntos. Toda esa situación me excitó.

O quizá esa sonrisa fuese su manera de afrontar mis ataques, como si se tratase de una insinuación tácita de que, a pesar de haber sido sorprendido mientras intentaba aparentar una completa naturalidad ante su ofrecimiento, él también había encontrado algo en mí por lo que sonreír, en concreto el placer astuto, enrevesado y culpable que experimentaba al descubrir tal multitud de afinidades imperceptibles entre ambos. Puede que nada de eso existiese y que yo me lo hubiese inventado todo. Pero los dos sabíamos lo que había visto el otro. Aquella tarde, mientras nos dirigíamos en bici a los cines, yo iba —y no me preocupé por ocultarlo— montado en el aire.

Así que, tras tantas perspicacias, ¿no se habría percatado de lo que significaba que me hubiese escabullido de su mano de forma tan brusca? ¿Ni tampoco que me inclinase sobre su brazo? ¿No sabría que no quería que me dejase marchar? ¿No sintió que, cuando comenzó a darme el masaje, mi incapacidad para relajarme era mi último refugio, mi última defensa, mi definitivo pretexto, que no me habría resistido ni por lo más remoto del mundo, sino que era una resistencia falsa, que era incapaz de resistirme y que nunca iba a querer resistirme a pesar de lo que me hiciese o me pidiese que hiciera? ¿No sabría que, mientras estaba sentado en la cama aquella tarde de domingo en la que no había nadie en casa más que nosotros dos y le vi entrar en mi habitación para preguntarme por qué no estaba con los demás en la playa y decidí no abrir la boca para responder usando tan solo un encogimiento de hombros, fue simplemente para no mostrarle que no era capaz de recabar el suficiente aire como para hablar, y que si conseguía pronunciar un solo sonido iba a ser para que se me escapase una confesión o un lamento, una cosa u otra? Nadie jamás, desde mi infancia, había conseguido hacerme pasar un trago así. «Tengo una mala alergia», dije por fin. «Yo también», me contestó. Probablemente la misma. Volví a encogerme de hombros. Recogió mi viejo osito de peluche con una mano, se inclinó hacia él y le musitó algo en el oído. Después, tras girar la cabeza del osito hacia mí y modificando su voz me preguntó:

—¿Qué ocurre? Estás enfadado.

Para entonces ya debía de haberse percatado del bañador que yo llevaba puesto. ¿Lo llevaba más bajo de lo que rige la decencia?

33

—¿Quieres ir a nadar? —preguntó.

—Quizá luego —le respondí yo, haciendo uso de su palabra, pero intentando hablar lo menos posible para que no se diese cuenta de que estaba sin aliento.

—Vamos ahora.

Extendió la mano para ayudarme a levantar. Se la cogí y, ocultándole el lado de la cara que daba a la pared para evitar que me viese, le pregunté:

—¿Debemos hacerlo?

Esto es lo más cerca que jamás he estado de decirle quédate. Quédate a mi lado. Deja que tu mano vuele hacia donde desee, quítame el bañador y tómame, no haré ningún ruido, no se lo diré a nadie, sabes que la tengo dura y si no lo sabes cogeré tu mano, me la meteré ahora mismo dentro del bañador y dejaré que introduzcas todos los dedos que te apetezca dentro de mí.

¿No se habría enterado de nada de esto?

Dijo que iba a cambiarse y salió de la habitación. «Te veo abajo.» Cuando me miré la entrepierna me percaté, para mi asombro, de que estaba húmeda. ¿Lo habría visto él? Seguro que sí. Es por eso por lo que quería que fuésemos a la playa. Es por eso por lo que se fue de mi habitación. Me golpeé la cabeza con el puño. ¿Cómo podía haber sido tan descuidado, tan inconsciente, tan estúpido? Por supuesto que lo había notado.

Debía aprender a hacer lo que él había hecho. Encogerme de hombros y no preocuparme del fluido preseminal. Pero ese no era yo. A mí nunca se me habría ocurrido decir: «¿Y qué más da si lo vio?». Y ahora él lo sabe.

Lo que nunca se me había ocurrido pensar es que a alguno de los que vivían bajo mi mismo techo, que jugaba a las cartas con mi madre, que desayunaba y comía con nosotros, que recitaba por pura diversión las oraciones de bendición hebreas en las cenas de los viernes, que dormía en una de nuestras camas, usaba nuestras toallas, compartía nuestras amistades, veía la tele con nosotros durante los días de lluvia cuando nos sentábamos en el salón tapados con una manta porque hacía un poco de frío y nos sentíamos tan cómodos todos apretujados escuchando el repiqueteo de la lluvia contra los cristales, que a alguien más en mi mundo más cercano le pudiese gustar lo mismo que a mí, querer lo mismo que yo, ser quien yo era. Nunca se me hubiese pasado eso por la cabeza, ya que aún estaba bajo la ilusión de que, salvo lo que leía en los libros, infería por los rumores u oía por curiosidad en algunas conversaciones subidas de tono, nadie de mi edad podría querer ser hombre y mujer a la vez, con hombres y mujeres. Había deseado a otros chicos de mi edad con anterioridad y me había acostado con chicas. Sin embargo, hasta que él se bajó del taxi y se adentró en mi hogar, nunca me habría parecido ni tan siquiera remotamente factible que alguien tan contento consigo mismo hubiera querido compartir su cuerpo tanto como yo anhelaba ofrecer el mío.

Con todo eso, dos semanas después de su llegada, todo lo que quería cada noche era que saliese de su habitación, no por la puerta principal, sino a través de las puertaventanas de nuestro balcón. Quería escuchar cómo se abrían sus ventanales, percibir sus alpargatas en el balcón y después el sonido de mis ventanas, que nunca estaban trancadas, al abrirse mientras él entraba en mi habitación después de que todos se hubiesen ido a la cama, deslizarse bajo las sábanas, desvestirme sin preguntar y, tras conseguir que le desease más de lo que creía que podría querer jamás a alguien, abrirse camino dentro de mi cuerpo suave y dulcemente, con la cordialidad que un judío le otorga a otro, y después de haber tenido en cuenta las palabras que yo habría estado ensayando durante días: «Por favor, no me hagas daño», lo que significaba: «Hazme todo el daño que quieras».

Apenas estaba en mi habitación durante el día. En lugar de eso, los últimos veranos había adecuado una mesa circular con una sombrilla en el centro junto a la piscina del jardín trasero. A Pavel, nuestro anterior inquilino estival, le gustaba trabajar dentro de su alcoba y salía de vez en cuando al balcón para echarle un vistazo al mar o fumarse un cigarrillo. Antes que él, Maynard también trabajaba en su cuarto. Oliver necesitaba compañía. Al comienzo compartíamos mi mesa pero con el tiempo se habituó a extender una gran sábana en la hierba para tumbarse encima, flanqueado por páginas sueltas de sus manuscritos y lo que llamaba «sus cosas»: una limonada, crema solar, libros, sus alpargatas, unas gafas de sol, lápices de colores y música que escuchaba sin parar con unos auriculares, por lo que era imposible hablar con él a no ser que él hablase contigo antes. En ocasiones, cuando iba al piso de abajo por la mañana con mi libreta de apuntes o algún otro libro, él ya estaba espatarrado al sol con su bañador rojo o amarillo y venga a sudar. Íbamos a correr o a nadar y al volver teníamos listo el desayuno en la mesa. Luego se habituó a dejar «sus cosas» en la hierba y a tumbarse justo en el borde alicatado de la piscina, el lugar que denominábamos «el cielo», una forma corta para decir «esto es el cielo», y después de comer solía decir «y ahora me voy para el cielo», añadiendo, como broma interna entre los latinistas, «a turrarme». Solíamos tomarle el pelo por las innumerables horas que pasaba empapado en loción solar tumbado en el mismo punto exacto.

—¿Cuánto tiempo estuviste esta mañana en *el cielo*? —le preguntaba mi madre.

—Dos horas sin parar. Pero tengo la intención de volver esta tarde prontito para un *aturramiento* más prolongado.

Ir al *canto del paraíso* también significaba estar tumbado sobre la espalda en el borde de la piscina con una pierna remojada en el agua, escuchando por los auriculares y con el sombrero de paja en la cabeza.

Ahí estaba una persona a la que no le faltaba de nada. No entendía este sentimiento. Le envidiaba.

—Oliver, ¿estás dormido? —solía preguntarle cuando el aire de la piscina se había vuelto aletargado y tranquilo hasta la opresión.

Silencio.

Luego llegaba su respuesta, casi como un suspiro, sin que se moviese un solo músculo de su cuerpo.

—Lo estaba.

—Perdona.

Podía haberle besado todos y cada uno de los dedos del pie en el agua. Después besarle el tobillo y las rodillas. ¿Cuántas veces me habré quedado mirándole el bañador mientras el sombrero le tapaba la cara? No se podría ni imaginar en lo que me fijaba.

Otra opción era:

—Oliver, ¿estás dormido?

Un largo silencio.

—No. Pensando.

—¿Sobre qué?

Los dedos de los pies salían y entraban del agua.

—Sobre una interpretación que hizo Heidegger de un fragmento de Heráclito.

O cuando, en un momento en que ni yo tocaba la guitarra ni él escuchaba por los auriculares, aún con el sombrero de paja en la cabeza, rompía el silencio:

—Elio.

—Dime.

—¿Qué estás haciendo?

—Leer.

—No, no estás leyendo.

—Pensar, entonces.

—¿Sobre qué?

Me moría por decírselo.

—Es privado —le respondía.

—¿Así que no me lo vas a decir?

—Así que no te lo voy a decir.

—Así que no me lo va a decir —refrendaba pensativamente, como si le estuviese explicando a alguien algo sobre mí.

Cómo me gustaba la manera en la que remachaba lo que yo acababa de repetirle. Me hacía pensar en una caricia, o en un gesto que es totalmente accidental al principio, pero que se vuelve intencionado la segunda vez y más aún la tercera. Me recordaba la forma en la que Mafalda me hacía la cama cada mañana, primero doblando la sábana de arriba sobre la manta, luego volviéndola a doblar para cubrir la almohada que estaba encima de la manta y una última cuando volvía a doblarlo todo sobre la colcha —una y otra vez hasta que me di cuenta de que arropados entre todos estos dobleces había recuerdos de algo al mismo tiempo piadoso e indulgente, como el beneplácito de un instante de pasión.

El silencio de aquellas tardes era siempre discreto y liviano.

—No te lo voy a decir —le decía.

—Entonces me vuelvo a dormir —expresaba él.

Me iba el corazón a cien. Debía de sospecharlo.

Silencio profundo de nuevo. Momentos después:

—Esto es el cielo.

Y no volvía a oírle pronunciar otra palabra en al menos una hora.

No había nada que me gustase más que estar sentado en mi mesa escudriñando mis transcripciones mientras él estaba tumbado boca abajo haciendo marcas en las hojas que le recogía cada mañana a la señora Milani, su traductora en B.

—Escucha esto —decía de vez en cuando mientras se quitaba los auriculares, rompiendo con ello el silencio opresivo de aquellas mañanas estivales largas y sofocantes—. Escucha esta chorrada —y se ponía a leer en alto algo que no podía creer que hubiese escrito unos meses antes—. ¿Tiene algo de sentido para ti?, porque para mí no.

—Quizá lo tenía cuando lo escribiste —le dije yo.

Recapacitó un rato, quizá midiendo mis palabras.

—Eso es lo más tierno que me ha dicho nadie en los últimos meses —dijo de una forma muy honesta, como si le hubiese sobrevenido una revelación repentina y estuviese otorgando a lo que dije un significado mayor del que yo quise implicar. Me sentí enfermo de forma súbita, aparté la mirada y finalmente pude murmurar lo primero que se me pasó por la cabeza:

—¿Tierno? —pregunté.

—Sí, tierno.

No entendía qué tenía que ver la ternura con eso. O quizá no veía con total claridad hacia dónde se dirigía todo aquello y preferí dejar pasar el tema. De nuevo silencio. Hasta la siguiente vez que abriese la boca.

Me encantaba cuando rompía el silencio que existía entre ambos para decir algo, lo que fuese, o para preguntarme qué opinaba sobre X, o si había oído hablar de Y. Nadie en la casa me preguntaba jamás mi opinión sobre las cosas. Si aún no se había dado cuenta de por qué, se la daría muy pronto, era tan solo una cuestión de tiempo que él cayese en la misma cuenta que el resto de que yo era el bebé de la familia. Y, con todo, allí estaba en su tercera semana con nosotros preguntándome si alguna vez había oído hablar de Athanasius Kircher, Giuseppe Belli o Paul Celan.

—Sí, he oído hablar de ellos.

—Yo soy casi una década mayor que tú y hasta hace tan solo unos días no sabía de la existencia de ninguno de ellos. No lo entiendo.

—¿Qué es lo que no entiendes? Papá es profesor universitario. Crecí sin televisión. ¿Ahora lo entiendes?

—¿Por qué no te vuelves a poner con tus ruiditos? —dijo mientras hacía como si estuviese arrugando la toalla y tirándomela a la cara.

Me gustaba incluso la manera en la que me regañaba.

Cierto día, mientras movía mi cuaderno encima de la mesa, tiré accidentalmente un vaso. Se cayó al suelo. No se rompió. Oliver, que estaba cerca, se levantó, lo cogió y lo colocó, no solo encima de la mesa, sino junto a mis papeles.

No sabía dónde buscar las palabras de agradecimiento.

—No tenías por qué —proferí finalmente.

Dejó pasar el suficiente tiempo para que yo registrase que su respuesta no iba a ser fortuita o despreocupada.

—Quería hacerlo.

Quería hacerlo, pensé yo.

Quería hacerlo, me lo imaginé repitiéndolo amable, complaciente, efusivo como solía estar justo antes de que le sobreviniese el mal humor.

Para mí aquellas tardes que pasábamos alrededor de la mesa de madera del jardín con el enorme parasol sombreando de forma imperfecta mis papeles, con el repiqueteo de los hielos en la limonada, el sonido no muy lejano de las olas besando las enormes rocas y, de fondo, proveniente de alguna de las casas vecinas, una emisora de grandes éxitos repetidos una y otra vez de forma entrecortada y velada, todas estas cosas quedaron enmarcadas para siempre en aquellas mañanas en las que lo único que deseaba era que el tiempo se detuviese. Que el verano no terminase jamás, que él nunca se alejase, que la música repetida una y otra vez siguiese para siempre, pido muy poca cosa y juro que no exigiré nada más en la vida.

¿Qué es lo que quería? ¿Y por qué no podía saber lo que ambicionaba incluso cuando estaba ya lo suficientemente preparado para ser tan brutal en mis confesiones?

Quizá lo menos que esperaba que me dijese fuera que no había nada malo respecto a mí, que no era menos humano que cualquier otro jovencito de mi edad. Me habría quedado satisfecho y no habría pedido nada más si él se hubiera agachado y recogido la dignidad que había arrojado a sus pies con tan poco esfuerzo.

Yo era Glauco y él era Diomedes. En nombre de algún oscuro pacto entre hombres nos intercambiamos las armaduras, la mía de oro por la suya de bronce. Un cambio justo. Ninguno de los dos regateó ni mencionó nada de baratijas ni de extravagancias.

La palabra *amistad* me vino a la cabeza. Pero la amistad, como la define todo el mundo, me era ajena, algo improductivo que no me importaba en absoluto. En cambio, lo que yo había querido desde el momento en que se bajó del taxi hasta que nos despedimos en Roma era lo que todos los humanos suplican a los demás, lo que hace que la vida sea vivible. Tendría que salir de él primero. Después, posiblemente, de mí.

Existe una ley en algún lugar que dice que cuando una persona está totalmente enamorada de otra, es inevitable que la otra lo esté también. *Amor ch'a null'amato amar perdona.* «El amor no exime de amar a quien es amado», palabras de Francesca en el «Inferno». Solo tienes que aguardar y tener esperanza. Yo la tenía, aunque quizá esto fuese lo que he querido todo el tiempo. Esperar para siempre.

Mientras estaba allí sentado trabajando en mis transcripciones en la mesa redonda por la mañana, lo que hubiese aceptado finalmente no era su amistad, ni cualquier cosa parecida. Tan solo levantar la cabeza y verle, loción solar, sombrero de paja, bañador rojo, limonada. Elevar la vista y encontrarte allí, Oliver. Muy pronto llegará el día en que mire y ya no estés más en tu lugar.

A última hora de la mañana, los amigos y vecinos de las casas adyacentes normalmente se dejaban caer por aquí. Todo el mundo se reunía en nuestro jardín y luego todos juntos nos dirigíamos a la playa cercana. Nuestra casa era la que más cerca estaba del agua y todo lo que hacía falta era abrir la puertecilla en la balaustrada, bajar por las estrechas escaleras del peñasco y ya estabas en las rocas. Chiara,

41

una de las chicas que hace tan solo tres años era más baja que yo y que el verano pasado no me dejaba ni a sol ni a sombra, se había convertido en una mujer que dominaba el arte de no saludarme siempre que nos cruzábamos. En cierta ocasión, ella y su hermana menor llegaron con el resto, recogieron la camiseta de Oliver de la hierba y se la lanzaron.

—Ya vale. Nos vamos a la playa y tú te vienes con nosotras —dijeron.

Él estaba deseando complacerlas.

—Dejad que recoja todos estos papeles, o de lo contrario su padre —y mientras sus manos reorganizaban los papeles usó la barbilla para señalarme— me despellejará vivo.

—Hablando de piel, acércate un poco —dijo ella, y con la punta de los dedos, suave y lentamente, intentó arrancar un pellejo que se le estaba desprendiendo de sus hombros bronceados, que habían adquirido el mismo matiz dorado que un campo de trigo a finales de junio. Cómo deseaba yo poder hacer eso—. Dile a su padre que fui yo quien arrugó los papeles, a ver qué dice entonces.

Echando un vistazo a los manuscritos que Oliver había dejado sobre la enorme mesa del comedor antes de subir las escaleras, Chiara le gritó desde el piso de abajo que ella podría haber hecho una traducción mejor de esas hojas que la traductora local. Chiara, que era hija de un expatriado como yo, tenía una madre italiana y un padre americano. Hablaba en inglés e italiano con ambos.

—¿También sabes mecanografiar? —su voz procedía del piso de arriba, donde buscaba por su habitación otro bañador, luego desde la ducha, portazos, porrazos de cajones, golpes de zapatos.

—Escribo bien a máquina —gritó ella mientras miraba hacia arriba al hueco vacío de la escalera.

—¿Tanto como hablas?

—*Mejó*. Y te haría también *mejó* precio.

—Necesito cinco páginas traducidas al día, listas para recoger cada mañana.

—Entonces no te haré *ná* —soltó Chiara—. Búscate a otra *pessona*.

—Bueno, la señora Milani necesita el dinero —dijo mientras bajaba con la camisa ondulada azul, alpargatas, un bañador slip rojo, gafas de sol y la edición roja de Loeb de Lucrecio de la que nunca se separaba—. Me va bien con ella —dijo a la vez que se extendía crema en los hombros.

—*Me va bien con ella* —dijo Chiara con una risa tonta—. A mí me vas bien tú, a ti te voy bien yo, a ella le va bien él...

—Dejad de hacer el payaso y vamos a bañarnos —dijo la hermana de Chiara.

Me costó mucho tiempo darme cuenta de que tenía cuatro personalidades según el bañador que llevase puesto. El hecho de saber a qué atenerme me hizo pensar que poseía una cierta ventaja.

Rojo: descarado, testarudo, muy maduro, casi brusco y malhumorado. Mantenerse alejado.

Amarillo: enérgico, optimista, gracioso aunque no carente de púas. No ceder con facilidad, puede volverse rojo en cualquier momento.

Verde, casi nunca lo llevaba: conformista, con ganas de aprender, hablador, deslumbrante. ¿Por qué no sería siempre así?

Azul: lo llevaba la tarde que entró en mi habitación por el balcón, el día que me dio un masaje de hombros o cuando recogió el vaso del suelo y lo colocó justo a mi lado.

Hoy iba de rojo: estaba acelerado, resuelto, vigoroso.

Cuando se disponía a salir cogió una manzana de un cuenco enorme de fruta, profirió un animado «¡Luego, señora P.!» a mi madre, que estaba sentada con un par de amigas a la sombra, las tres en traje de baño, y en lugar de abrir la puertezuela que daba al camino estrecho que iba hacia las rocas, la saltó. Jamás ninguno de nuestros invitados había sido tan espontáneo. Todo el mundo le adoraba por eso, todo el mundo aprendió a apreciar su *¡Luego!*

—*Okay,* Oliver, *okay. ¡Luego!* —dijo mi madre, intentando imitar su jerga y aceptando incluso su nueva forma de tratamiento como señora P. Siempre había algo brusco en esa palabra. No era un «hasta luego» o un «cuídate», ni siquiera un *ciao. ¡Luego!* era un saludo excitante y rompedor que daba de lado a todas nuestras melifluas sutilezas europeas. *¡Luego!* dejaba siempre un regusto áspero en lo que hasta entonces había sido un momento cálido e íntimo. *¡Luego!* no cerraba las cosas de forma suave, ni daba pie a que se fuesen muriendo poco a poco. Procuraba un severo portazo.

Pero *¡Luego!* era también una forma de evitar decir adiós y facilitar todos los adioses. Se dice *¡Luego!* sin dar a entender que es una despedida, sino para decir que en breve estarás de vuelta. Es el equivalente a «será un segundo», la respuesta que le dio a mi madre después de que esta le pidiese que le pasase el pan mientras él se entretenía apartando las espinas del pescado. *Será un segundo.* Mi madre, que odiaba lo que ella denominaba sus *americanismos,* terminó por referirse a él como *il cauboi,* el vaquero. Comenzó como algo despectivo pero rápidamente se tornó en un apodo cariñoso que acompañaba a su otro mote, que se le otorgó durante su primera semana allí cuando bajó a la mesa del comedor después de ducharse repeinado hacia atrás. *La star,* había dicho ella para abreviar *la muvi star.* Mi padre, que siempre era el más indulgente de todos, aunque también el más observador, ya había descifrado al *cauboi.*

—*È un timido,* ese es el problema —dijo cuando le preguntaron por el desabrido *¡Luego!* de Oliver.

¿Oliver tímido? Eso era nuevo. ¿Podía todo aquel brusco americanismo ser solamente una manera exagerada de encubrir el hecho de que no sabía —o tenía miedo de no saber— cómo despedirse con gracia? A raíz de eso recordé cómo durante días se había negado a comer huevos pasados por agua por las mañanas. Al cuarto o quinto día, Mafalda insistió en que no podía abandonar la región sin haber probado los huevos. Al final accedió, lo que le llevó a tener que admitir, no sin un cierto matiz de auténtica incomodidad que nunca se preocupó en ocultar, que no sabía cómo abrir un huevo pasado por agua.

—*Lasci fare a me, Signor Ulliva.* Déjame a mí —dijo ella.

Desde aquella mañana y tras mucho tiempo entre nosotros, le llevaba dos huevos y no servía a los demás hasta que no hubiese abierto la cáscara de ambos.

¿Querría un tercer huevo?, preguntó ella. Había gente a la que le gustaba más de dos huevos.

—No, con dos vale —respondió él, y volviéndose hacia mis padres añadió—: Me conozco y si me tomo tres, luego serán cuatro y después más.

Nunca había oído a alguien de su edad decir *me conozco*. Me sentí intimidado.

Sin embargo, a Mafalda ya la había convencido mucho antes, durante su tercera mañana con nosotros, cuando le preguntó si le gustaba tomar zumo por las mañanas. Él contestó que sí. Seguramente esperase néctar de naranja o de pomelo, pero lo que recibió fue un gran vaso lleno hasta el borde de jugo de albaricoque muy denso. Nunca antes lo había tomado. Ella se puso delante de él con la bandeja apretada contra el delantal, intentando vislumbrar su reacción mientras se lo tragaba. Al principio no dijo nada. Luego, probablemente sin pensar, se relamió. Ella estaba en el cielo. Mi madre no podía creerse que gente que daba clase en las grandes universidades se relamiese los labios después de beber zumo de albaricoque. Desde aquel día, un vaso de ese elixir le estaba esperando cada mañana.

Se quedó perplejo al saber que, de entre todos los lugares posibles, había albaricoques en nuestro huerto. Al final de la tarde, cuando no había nada que hacer en la casa, Mafalda solía pedirle que se subiese a una escalera con una cesta y recogiese los frutos que estuviesen vergonzosamente sonrojados, le decía. No, este está aún demasiado joven, los jóvenes no tienen vergüenza, la vergüenza llega con la edad.

Nunca olvidaré cómo le observaba desde mi mesa cuando se subía por la pequeña escalera con su bañador slip rojo y tardaba una eternidad en coger los albaricoques más maduros. De camino a la cocina —cesta de mimbre, alpargatas, camisa ondulada, crema bronceadora y demás— me lanzó uno enorme y me dijo «¡Píllalo!» de la misma manera que hubiese lanzado una pelota de tenis de lado a lado de la pista y hubiese dicho «¡Sacas tú!». Por supuesto que él no tenía ni idea de lo que estaba pensando unos minutos antes, pero los firmes y redondeados carrillos del albaricoque con el hoyuelo en el medio me recordaron cómo su cuerpo se había estirado de una rama a otra con el culo prieto y redondeado recordando el color y la forma de la fruta. Tocar el albaricoque era como tocarlo a él. Él nunca lo sabría, al igual que la gente a la que le compramos el periódico cada día y con la que fantaseamos toda la tarde no tiene ni idea de que un rasgo peculiar de su cara o el bronceado de sus hombros expuestos nos aportarán infinitos momentos de placer cuando estemos solos.

¡Píllalo!, al igual que *¡Luego!*, posee una calidad directa y poco ceremoniosa que me recuerda lo retorcidos y misteriosos que son mis deseos comparados con la espontaneidad sociable de todo lo que le rodea. Nunca se le habría ocurrido que al poner el albaricoque en la palma de mi mano me estuviese obsequiando con su culo para que lo agarrase o que, al morder la fruta, también estaba mordiendo esa parte de su cuerpo que debe de ser más fina y bella que el resto, pues nunca se dora al sol y además está cerca, si es que llegase a atreverme a morder tanto, de su rabito.

De hecho, él sabía más sobre los albaricoques que nosotros —injertos, etimología, orígenes, aventuras en el mediterráneo y sus alrededores—. Aquella mañana en la mesa del desayuno, mi padre nos explicó que el nombre de la fruta provenía del árabe, pues la palabra —en italiano *albicocca, abricot* en francés, *aprikose* en alemán, e igual que las palabras *álgebra, alquimia* y *alcohol*— derivaba de un sustantivo arábigo combinado con el artículo *al-* delante. El origen de *albicocca* era *al-birquq.* Mi padre, que no podía resistirse a dejarlo todo lo suficientemente claro, necesitaba respaldar toda la actuación con un pequeño estímulo de reciente cosecha, por lo que añadió que lo realmente asombroso era que, en la actualidad, en Israel y en muchos países árabes se refieren a esa fruta con un nombre completamente distinto: *mishmish.*

Mi madre estaba perpleja. Todos, incluidos mis dos primos que estaban de visita aquella semana, sentimos el impulso de aplaudir.

Sin embargo, en lo que respecta a las etimologías, Oliver sintió tener que disentir.

—¡Ah! —fue la reacción sobresaltada de mi padre.

—En realidad, el término no es exactamente árabe —dijo.

—¿Y eso? —era obvio que mi padre estaba imitando la ironía y la mayéutica socrática, que empezaría con un «Así que no...», dejando después que el interlocutor se introdujera en turbulentas arenas movedizas.

—Es una larga historia, así que no te despistes, Pro —de repente Oliver se había puesto serio—. Muchas palabras latinas derivan del griego. En el caso de *albaricoque,* sin embargo, es a la inversa: el griego bebe del latín. La palabra latina era *praecoquum,* de *pre-coquere,* precocinado, que madura antes, como en el caso de *precoz,* que significa «prematuro».

»Los bizantinos tomaron prestado *praecox,* que se convirtió en *prekokkia* o *berikokki,* y así es como finalmente los árabes debieron de heredar *al-birquq.*

Mi madre no pudo resistir su hechizo, se acercó a él, desalineó su pelo y dijo: *«Che muvi star!».*

—Tiene razón. No hay por qué negarlo —dijo mi padre sin aliento, como si estuviese actuando igual que un acobardado Galileo que tuviese que murmurarse la verdad a sí mismo.

—Lo sé gracias a un curso elemental de Filología —dijo Oliver.

Yo no podía pensar en otra cosa que en albaricoque, rabito, rabito, albaricoque.

Un día vi a Oliver subido en la escalera con el jardinero, Anchise, intentando aprender todo lo posible sobre sus injertos, que explicaban por qué esos albaricoques eran más grandes, carnosos y jugosos que los de la mayoría de la región. Le fascinaban los injertos, sobre todo cuando descubrió que el jardinero podía pasarse horas y horas compartiendo todo lo que sabía sobre ellos con alguien que se molestase en preguntar.

Resultó que Oliver sabía más sobre tipos de comida, quesos y vinos que todos nosotros juntos. Incluso Mafalda estaba cautivada y en ocasiones se adhería a su opinión: «¿Crees que debo saltear la pasta con cebolla o salvia? ¿Sabe demasiado a limón ahora? Lo he estropeado, ¿no? Debería haberle añadido un huevo más, ¡no se sostiene! ¿Debo usar la licuadora nueva o debo seguir usando el viejo mortero y la mano?».

Mi madre no podía resistirse a lanzar alguna que otra pulla.

—Como todos los *caubois* —decía—, saben todo lo que hay que saber sobre la comida pero no saben sujetar con propiedad ni el tenedor ni el cuchillo. Gourmets aristocráticos con modales plebeyos. Dadle de comer en la cocina.

Con mucho gusto, hubiese respondido Mafalda. Y de hecho, un día que llegó tarde a almorzar después de haber pasado toda la mañana con la traductora, el señor Ulliva se puso a comer en la cocina espaguetis y a beber vino tinto con Mafalda, Manfredi —su marido y nuestro chófer— y Anchise, y todos intentaron enseñarle una canción napoli-

48

tana. No solo era el himno nacional de la juventud en el sur, sino que era lo mejor que podían ofrecer cuando querían entretener a la realeza.

Se los había ganado a todos.

Me daba la sensación de que Chiara estaba igualmente colada. Y su hermana también. Incluso la muchedumbre de tenistas holgazanas que llevan cuatro años viniendo a primera hora de la tarde antes de ir a la playa para darse un último baño se quedaban un rato más de lo habitual con la esperanza de poder jugar un partido rápido con él.

Con cualquiera de los otros residentes estivales me hubiese molestado. Pero al ver que todos le cogían tanta simpatía me sobrevino una sensación extraña, un pequeño oasis de paz. ¿Qué podía tener de malo que me gustase alguien que le gustaba a todo el mundo? La mayoría estaban encantados con él, incluidos mis dos primos, así como los demás parientes que venían a quedarse los fines de semana y a veces más tiempo. A pesar de ser conocido por sacar defectos a todo el mundo, me producía cierta satisfacción ocultar mis sentimientos por él bajo mi usual indiferencia, hostilidad o rencor hacia cualquiera que me eclipsara en la casa. Debido a que les gustaba a todos, yo debía decir que me gustaba también. Me sentía como esos hombres que dicen de otro varón que es muy guapo como la mejor forma de ocultar que en realidad se mueren por abrazarle. Si me oponía al visto bueno universal sería una forma de alertar a los demás de que tenía motivos ocultos para resistirme a él. Oh, me gusta mucho, decía durante los primeros diez días cuando mi padre me preguntaba qué pensaba de él. Había utilizado de forma intencionada palabras muy comprometedoras pues así nadie sospecharía que había un doble fondo en la secreta paleta de matices que empleaba para referirme a él. Es la mejor persona que he conocido en mi vida, dije la noche en que el pequeño bote en que había salido a navegar junto con Anchise por la tarde tardó en volver y comenzamos a buscar el teléfono de sus padres en Estados Unidos por si debíamos darles una terrible noticia.

Aquel día incluso me animé a dejar salir mis inhibiciones y demostré mi dolor de la misma manera que el resto estaba mostrándolo. Pero también lo hice para que nadie pudiese sospechar que albergaba unos deseos mucho más secretos y desesperantes, hasta que me di cuenta, para mi vergüenza, de que había una parte en mí a la que no le importaba que se muriese, que había algo incluso excitante en la idea de que su cuerpo hinchado y sin ojos arribase finalmente a nuestras costas.

Pero no podía engañarme. Estaba convencido de que nadie en el mundo lo deseaba tan físicamente como yo; ni había alguien dispuesto a viajar la distancia que yo estaba preparado para recorrer por él. Ninguno había estudiado cada hueso de su cuerpo, tobillos, rodillas, muñecas, dedos de las manos y de los pies, nadie codiciaba cada pliegue de sus músculos, ninguno se lo llevaba a la cama cada noche y al verlo por la mañana tumbado en su *cielo* junto a la piscina le sonreía y cuando una sonrisa se aproximaba a sus labios pensaba: ¿sabes ya que anoche me corrí en tu boca?

Quizá los demás también albergasen hacia él algo especial que ocultaban hasta que se lo demostraban de manera particular. Pero a diferencia de los otros, yo era el primero que lo veía cuando volvía de la playa o cuando la silueta inconsistente de su bicicleta, borrosa entre la bruma de media tarde, aparecía por el camino de pinos que daba a nuestra casa. Fui el primero en reconocer sus pasos cuando una noche llegó tarde al cine y se quedó allí de pie buscándonos, sin decir una palabra hasta que me di la vuelta sabiendo que le haría muy feliz que le hubiese visto. Le reconocía por la forma en que pisaba las escaleras que le conducían a nuestro balcón o el descansillo justo delante de la puerta de mi habitación. Sabía cuándo se detenía delante de las puertaventanas, como si se estuviese decidiendo a llamar pero luego recapacitase y continuase caminando. Sabía que era él quien conducía la bicicleta por la forma en que esta derrapaba siempre de manera juguetona en el camino de gravilla y después seguía rodando a pesar de que era imposible que tuviese tracción, para luego pararse de forma repentina, enérgica y decidida y proferir una especie de *voilà!* al bajarse.

Intentaba siempre tenerlo dentro de mi campo de visión. No dejaba que se alejase de mí nunca, excepto cuando no estaba conmigo. En ese caso no me importaba demasiado lo que hiciese, mientras que se comportase igual con los demás que conmigo. No le permitía ser otra persona cuando estaba lejos. Ni alguien que yo no hubiese visto. No toleraba que tuviese una vida diferente a la que tenía con nosotros, conmigo.

No me consentía perderlo.

Sabía que no podía sujetarlo, que no tenía nada que ofrecerle, ningún señuelo para atraparlo.

No era nada.

Solo un crío.

Él simplemente distribuía su atención cuando la ocasión le parecía idónea. Cuando vino a ayudarme a entender mejor un fragmento de Heráclito, puesto que yo tenía la determinación de leer a «su» autor, las palabras que me vinieron a la cabeza no eran *caballerosidad* o *generosidad* sino *paciencia* y *aguante*. Unos minutos más tarde, cuando me preguntó si me gustaba el libro que estaba leyendo, me dio la sensación de que no era por curiosidad sino por tener una oportunidad de charlar de manera informal. Todo era muy informal.

Le parecía bien la informalidad.

¿Cómo es que no estás en la playa con los demás?

Vuelve a tu sitio.

¡Luego!

¡Píllalo!

Solo estaba intentando mantener una conversación.

Charlar de manera informal.

Nada.

Oliver recibía muchas invitaciones de otras casas. Esto se había convertido en una especie de tradición entre nuestros inquilinos veraniegos. Mi padre siempre quería que se sintiesen libres de «propagar» sus libros y conocimientos por el pueblo. También creía que los sabios debían saber cómo dirigirse a los legos, y es por ese motivo por el que siempre había abogados, médicos o empresarios sentados a nuestra mesa. Decía que todo el mundo en Italia había leído a Dante, Homero y Virgilio. No importa a quién te dirijas, siempre puedes soltar algo de Homero o Dante al principio de la conversación. Virgilio es un deber y Leopardi llegará después. Tras eso, siéntete con libertad para deslumbrarles con todo lo que tengas, Celan, cilantro, salami, qué más da. Esto tiene también la ventaja de que da la posibilidad a todos los residentes de perfeccionar su italiano, uno de los requisitos de la residencia. Que estuviesen de ronda de cenas por todo B. tenía también otro beneficio: nos libraba de tenerlos a nuestra mesa todas y cada una de las noches de la semana.

Pero las invitaciones de Oliver se habían vuelto vertiginosas. Chiara y su hermana lo querían al menos dos veces por semana. Un caricaturista de Bruselas, que había alquilado una hacienda para todo el verano, lo solicitaba para sus *soupers* de domingo, a los que siempre estaban invitados los escritores y especialistas de los alrededores. Luego los Moreschi, que vivían tres casas más abajo, los Malaspina de N. y los conocidos ocasionales que rompían a tocar en una de las tabernas de la *piazzetta* o en Le Danzing. Todo esto sin mencionar sus partidas de póquer y bridge, que se organizaban de una forma totalmente desconocida para nosotros.

Su vida, al igual que sus papeles, incluso cuando daba toda la impresión de ser caótica, estaba meticulosamente compartimentada. En ocasiones se saltaba la cena del todo y tan solo le decía a Mafalda: «*Esco,* me marcho».

Su *Esco,* me di cuenta lo bastante pronto, era tan solo otra versión del *¡Luego!* Un adiós incondicional y sumario que no se exponía mientras te ibas sino cuando ya estabas fuera. Se pronunciaba de espaldas a aquellos de los que te despedías. Me daban pena las víctimas que deseaban apelar, presentar declaración.

Ignorar si se iba a personar en la cena era una tortura. Pero era soportable. El auténtico trauma consistía en no atreverme a preguntar si asistiría. Que se me saliese el corazón del pecho si por fin oía su voz o le veía sentado en su sitio cuando ya casi había perdido la esperanza de que aquella noche se encontrase entre nosotros, mostrándose de repente como una flor envenenada. Verle y creer que se iba a unir a nosotros para cenar y luego escuchar un *Esco* tajante me enseñó que hay ciertos deseos que deben ser sujetados con alfileres como las alas de una radiante mariposa.

Quería que se fuese de nuestra casa para así poder darle el portazo definitivo.

También deseaba que se muriese y así, como no podía dejar de pensar en él y de preocuparme por cuándo sería la próxima vez que lo vería, al menos su muerte acabaría con todo ello. Incluso ansiaba matarle yo mismo, para así darle a entender lo que su mera existencia había llegado a importunarme, lo insoportable que era su facilidad con todo y con todo el mundo, el llevar las cosas con tanta calma, su incansable no me molesta tal o cual cosa, los brincos por encima de la valla hacia la playa cuando todos los demás abrían antes la puertezuela, sin mencionar sus bañadores, su lugar en el *paraíso,* su descarado *¡Luego!* y la manera de chasquear los labios al beber zumo de albaricoque. Si no le asesinaba, entonces le dejaría paralítico de por vida para que tuviese que permanecer con nosotros en una silla de ruedas y no volver jamás a Estados Unidos. Si estuviese en una silla de ruedas, yo siempre sabría dónde se encontraba y sería más fácil localizarle. Me sentiría superior a él y me convertiría en su maestro, ahora que estaba lisiado.

Luego se me ocurrió que en lugar de eso podía suicidarme, o dejarme gravemente herido y hacerle saber el motivo de haberlo hecho. Si me laceraba la cara desearía que me mirase y se preguntase por qué, por qué iba alguien a hacerse eso a sí mismo, hasta que luego —sí, *¡Luego!*—, años más tarde, atase cabos y se diese golpes contra la pared.

En ocasiones era Chiara quien debía ser eliminada. Ya sabía lo que pretendía. Era de mi edad y su cuerpo estaba más que preparado para él. ¿Más que el mío?, me preguntaba. Ella iba detrás de él, eso quedaba claro, mientras que yo todo lo que deseaba era una noche con él, solo una noche —incluso una hora— aunque solamente fuese para determinar si quería pasar alguna otra más con él después de la primera. De lo que no quise darme cuenta fue de que su ansia por poner a prueba al deseo no era más que una estratagema para obtener lo que queríamos sin tener que admitir que lo pretendíamos. Me dio pavor pensar lo experimentado que podía ser él. Si era capaz de hacer tantos amigos a las pocas semanas de estar aquí, simplemente figúrate cómo sería su vida en su casa. Imagina dejarle suelto en un campus universitario urbano como el de Columbia, donde impartía clases.

El asunto con Chiara ocurrió con tal facilidad que no hubo tiempo para conjeturas. Le encantaba irse con ella a dar un paseo y alejarse mar adentro montados en la barca de remos de doble casco, él remando mientras ella ganduleaba al sol y se quitaba el sujetador cuando ya se habían parado lejos de la costa.

Yo observaba. Temía perderlo en su favor. Temía también perderla a ella en favor de él. Aun así, la idea de los dos juntos no me angustiaba. Me la ponía dura, aunque no sabía si era provocado por el cuerpo de Chiara desnudo tumbado al sol, por el de él junto a ella, o los dos juntos.

Desde donde yo estaba en la barandilla del jardín que daba al peñasco podía forzar la vista y conseguir verlos tumbados al sol el uno junto al otro, probablemente besuqueándose, ella colocando de vez en cuando un muslo sobre el de él, hasta que unos minutos después él hacía lo mismo. No se habían quitado los bañadores. Eso me confortaba, pero cuando tiempo después los vi bailando una noche, algo me dijo que esos no eran los movimientos de alguien que se había limitado a meterse mano.

En realidad, me gustaba verlos bailar juntos. Quizá observar cómo se contoneaba así con alguien me hizo darme cuenta de que ahora estaba cogido, que no existían motivos para la esperanza. Y esto era algo bueno. Ayudaría a mi recuperación. Tal vez pensar de esta forma era ya una señal de que la reparación estaba en camino. Había rozado la zona prohibida y había sido perdonado con bastante facilidad.

Pero cuando a la mañana siguiente me dio un vuelco el corazón al verle en nuestro lugar habitual del jardín, supe que desearles lo mejor y anhelar una recuperación no tenían nada que ver con lo que aún requería de él.

¿Se le aceleraba el corazón al verme entrar en la habitación?

Tenía serias dudas.

¿Me ignoró aquella mañana de la misma forma que yo le ignoraba a él: a propósito, para sacarme de mis casillas, para protegerse, para demostrar que no significaba nada para él? ¿O no era consciente, de la misma forma en que, a veces, las personas más observadoras son incapaces de entender los signos más obvios pues simplemente no están prestando atención, no les interesa, no les preocupa?

Cuando él y Chiara bailaban, veía cómo ella pasaba su muslo entre las piernas de él. Y los había pillado luchando en broma rebozados en la arena. ¿Cuándo había comenzado? ¿Y por qué no estaba yo allí cuando se inició? ¿Y por qué no me lo comunicaron? ¿Por qué no era capaz de reconstruir el momento en el que pasaron de X a Y? Estoy seguro de que había muchas señales a mi alrededor. ¿Por qué no era consciente de ello?

Comencé a pensar solamente en lo que harían juntos. Habría hecho cualquier cosa para arruinar todas y cada una de las oportunidades que tuviesen de estar solos. Habría inventado difamaciones del uno contra el otro para luego contarle la reacción al otro. Pero también quería ver cómo lo hacían ellos mismos, quería estar presente, que me debiesen algo y ser su cómplice necesario, su intermediario, el peón que se había convertido en algo tan vital, tanto para el rey como para la reina, que era ahora el dueño del tablero.

Comencé a decir cosas agradables sobre ambos, fingiendo no tener ni idea de cómo marchaba todo entre ellos. Él pensaba que yo estaba siendo muy coqueto. Ella dijo que sabía cuidarse sola.

—¿Estás intentando emparejarnos? —me preguntó ella con un cierto tono de burla en su voz.

—De todos modos, ¿a ti qué más te da? —me preguntó él.

Le describí el cuerpo de ella desnudo, que había contemplado dos años antes. Quería que se excitase. Daba igual lo que desease, siempre y cuando estuviese excitado. A ella también le describí su cuerpo, pues quería ver si su pasión se parecía a la mía para así compararlas y comprobar cuál de las dos era la auténtica.

—¿Estás intentando hacer que me sienta atraído por ella?

—¿Qué problema habría en ello?

—Ningún problema. Excepto que a mí me gusta ir por mi cuenta, si no te importa.

Me llevó un tiempo entender lo que buscaba en realidad. No solo quería que se excitase en mi presencia o hacer que me necesitase, sino que le animaba a hablar sobre ella a sus espaldas. Iba a convertir a Chiara en el cotilleo entre dos hombres. Eso permitiría un calentamiento de ambos a través de ella, salvar la distancia entre los dos al admitir que nos atraía la misma mujer.

Tal vez solo quisiese hacerle saber que me gustaban las chicas.

—Mira, es muy amable por tu parte, y yo te lo agradezco, pero déjalo.

Su rechazo me indicaba que no iba a seguirme el juego. Me puso en mi lugar.

No, él es muy noble, pensé. No como yo, insidioso, siniestro y básico. Eso potenció mi agonía y provocó en mí unas marcas de vergüenza. Ahora, además de la deshonra de desearle de la misma manera que Chiara, le respetaba, le temía y le odiaba por conseguir que me odiase a mí mismo.

La mañana siguiente de verles bailar no hice ningún ademán de ir a correr con él. Ni tampoco lo hizo él. Cuando finalmente lo saqué a colación, puesto que el silencio sobre la materia se había vuelto insoportable, me dijo que ya había ido.

—Estás siendo un poco dormilón últimamente.

Qué listo es, pensé yo.

De hecho, durante las últimas mañanas me había acostumbrado tanto a que me esperase que me confié y dejé de preocuparme de cuándo me levantaba. Así aprenderé.

A la mañana siguiente, a pesar de que yo quería ir a nadar con él, ir al piso de abajo habría sido como la reacción de alguien escarmentado tras una eventual regañina. Así que me quedé en mi habitación. Tan solo para demostrar que estaba en lo cierto. Oí cómo andaba con cuidado por el balcón, casi de puntillas. Me estaba evitando.

Bajé mucho más tarde. Para entonces él ya se había ido a entregar las correcciones y recoger las últimas traducciones de la señora Milani.

Dejamos de hablar.

Incluso cuando compartíamos espacio por las mañanas, las conversaciones eran a lo sumo vagas y superfluas. A eso ni siquiera se lo podía llamar charlar.

No le molestaba. Probablemente ni lo había reconsiderado.

¿Cómo puede haber gente que atraviese un infierno para estar más cerca de otra persona mientras esta no tiene ni la más remota idea de nada y ni tan siquiera le dedica un pensamiento durante semanas o intercambia unas palabras con él? ¿Podría Oliver imaginarse algo? ¿Debía hacérselo saber?

El romance con Chiara comenzó en la playa. Después dejó de lado el tenis y comenzó a dar paseos en bici por las tardes con ella y sus amigos a través de las lejanas colinas del oeste paralelas a la costa. Cierto día, cuando eran demasiados para ir a montar en bici, Oliver se giró y me preguntó si no me importaba dejarle mi bicicleta a Mario, pues yo no la estaba utilizando.

Hizo que volviese a cuando tenía seis años.

Me encogí de hombros dando a entender un «Adelante». Me daba completamente igual. Pero en cuanto se fueron, subí corriendo a mi cuarto y rompí a llorar sobre mi almohada.

Alguna noche nos encontrábamos en Le Danzing. Nunca podíamos pronosticar cuándo aparecería Oliver. Tan solo salía a escena e igual de repentinamente desaparecía, unas veces solo, otras acompañado. Cuando Chiara venía a nuestra casa como había hecho desde que era una niña, se sentaba en el jardín y miraba hacia fuera, a la espera de su llegada. Entonces, mientras pasaba el tiempo y ya no teníamos nada más que decirnos, me preguntaba: *«C'è Oliver?»*. Fue a ver a la traductora. O bien: Está en la biblioteca con mi padre. O: Está por la playa. «Bueno, pues entonces me voy. Dile que he estado aquí.»

Se acabó, pensé.

Mafalda negó con la cabeza con una mirada de reproche compasivo.

—Ella es un bebé, él un profesor universitario. ¿No podía haber buscado a alguien de su edad?

—Nadie te ha preguntado nada —soltó Chiara, que lo había oído y no estaba dispuesta a ser criticada por una cocinera.

—No se te ocurra hablarme así o te partiré la cara en dos —dijo nuestra cocinera napolitana a la vez que levantaba con ademán amenazante la palma de la mano—. Aún no ha cumplido los diecisiete y ya va por ahí levantando pasiones con los pechos al aire. ¿Se cree que soy nueva?

Podía imaginarme perfectamente a Mafalda inspeccionando las sábanas de Oliver cada mañana. O comparando información con la criada de Chiara. No se le podía escapar ningún secreto a esta red de amas de casa perpetuamente informadas.

Miré a Chiara. Sabía que estaba dolida.

Todo el mundo sospechaba que había algo entre ellos. Por la tarde, él solía decir que iba al cobertizo junto al garaje a coger una bici para acercarse al pueblo. Una hora y media después había vuelto. La traductora, solía decir.

—La traductora —la voz de mi padre resonaba mientras mecía un coñac vespertino.

—Sí, sí, la *traduttrice* —canturreaba Mafalda.

En ocasiones nos encontrábamos fortuitamente en el pueblo.

Un día, estaba yo sentado en el café donde algunos de nosotros solíamos quedar por las noches después del cine o antes de ir a la discoteca, cuando vi a Chiara y Oliver salir hablando de un callejón contiguo. Él iba comiendo un helado con una mano, mientras que ella se agarraba a su brazo libre con los dos suyos. ¿De dónde habían sacado el tiempo para intimar tanto? Daba la sensación de que tenían una conversación interesante.

—¿Qué estás haciendo tú aquí? —me dijo al verme.

Usó un tono de broma tanto para cubrirse las espaldas como para ocultar que habíamos dejado de hablarnos del todo. Pensé que era un truco barato.

—Nada, pasar el rato.

—¿No se te ha pasado ya la hora de irte a la cama?

—Mi padre no cree en los horarios —me defendí.

Chiara estaba aún sumida en un profundo pensamiento. Evitaba mirarme a los ojos.

¿Le habría dicho las cosas bonitas que yo había estado diciendo sobre ella? Parecía molesta. ¿Le importunaba mi repentina intromisión en su pequeño mundo? Recordé el tono de voz que había utilizado la mañana que perdió los papeles con Mafalda. Una sonrisa de satisfacción planeó sobre su rostro; estaba a punto de decir algo cruel.

—Nunca hubo horarios en su casa, ni control, ni supervisión, nada. Por eso es un chico tan bueno y educado. ¿No crees? No tiene nada contra lo que rebelarse.

—¿Es eso cierto?

—Supongo —respondí, intentando quitarle importancia antes de que siguiesen por allí—. Todos tenemos nuestra propia forma de rebeldía.

—Ah, ¿sí? —preguntó él.

—Dinos una —metió baza Chiara.

—No lo entenderíais.

—Es que lee a Paul Celan —me interrumpió Oliver, intentando cambiar de tema pero quizá también para salir en mi ayuda y demostrarme, aun sin dar tal sensación, que no había olvidado nuestra conversación anterior. ¿Estaba intentando rescatarme tras aquella pequeña pulla acerca de la hora a la que me acuesto o esto era el comienzo de otra broma a mi costa? Surgió en su rostro una mirada neutral e inflexible.

—*E chi è?* —ella nunca había oído hablar de Paul Celan.

Le lancé una mirada cómplice. Él la recibió, pero no mostró ni un ápice de connivencia en sus ojos cuando finalmente me la devolvió. ¿De qué lado estaba?

—Un poeta —susurró mientras comenzaban a dirigirse paseando hacia el centro de la *piazzetta* y me dedicó un improvisado *¡Luego!*

Vi cómo buscaban una mesa vacía en uno de los cafés adyacentes.

Mis amigos me preguntaron si él estaba tirándole los tejos a ella.

No lo sé, respondí yo.

Entonces ¿lo estaban haciendo?

Eso tampoco lo sabía.

Me encantaría estar en su lugar.

¿Y a quién no?

Pero yo estaba en el cielo. Que recordase la conversación que habíamos tenido sobre Celan me aportó una especie de tónico que no había experimentado durante muchos, muchos días. Contagiaba todo lo que tocaba. Una simple palabra, una mirada y me llevaba al cielo. Al fin y al cabo, ser así de feliz quizá no fuese tan difícil. Todo lo que debía hacer era buscar una fuente de felicidad en mí mismo y no esperar a que los demás me la proporcionasen la próxima vez.

Recordé la escena de la Biblia en la que Jacob le pide agua a Raquel y, al oírle pronunciar las palabras que le habían sido profetizadas, alza sus manos al cielo y besa la tierra junto al pozo. Yo, judío; Celan, judío; Oliver, judío. Estábamos en un medio gueto, medio oasis, en un mundo que en otras circunstancias hubiese sido cruel e impávido, donde sentirse confundido entre extraños dura poco, donde no malinterpretamos a nadie y nadie nos juzga mal, donde una persona simplemente conoce a otra y la conoce tan bien que alejarse de tal intimidad se considera *galut,* la palabra hebrea para definir el exilio y la dispersión. Entonces ¿era él mi hogar, mi vuelta a casa? Tú eres mi retorno al hogar. Cuando estoy contigo y estamos bien juntos no deseo nada más. Consigues que me guste quién soy y en lo que me convierto cuando estás conmigo, Oliver. Si existe la verdad en el mundo, esta miente cuando estoy contigo, y si algún día encuentro el coraje para decirte mi verdad, recuérdame que encienda una vela de agradecimiento en todos los altares de Roma.

Nunca se me ocurrió pensar que si bien una palabra suya podía hacerme tan feliz, otra me destruiría con igual facilidad; si no quería ser infeliz, debía aprender a tener cuidado de esas pequeñas alegrías.

A pesar de ello, aquella misma noche utilicé la euforia embriagadora del momento para hablar con Marzia. Bailamos hasta pasada la medianoche, luego la acompañé a casa a través de la costa. Después nos detuvimos. Comenté que me asaltaba la tentación de pegarme un baño, con la esperanza de que ella me quitase la idea de la cabeza. Sin embargo, me dijo que a ella también le gustaba bañarse por la noche. Nos deshicimos de la ropa en un segundo.

—No estás conmigo porque te has enfadado con Chiara, ¿no?

—¿Por qué voy a estar enfadado con Chiara?

—Por culpa de él.

Negué con la cabeza y fingí poner cara de asombro para darle a entender que no concebía de dónde se podía haber sacado tales ideas.

Me pidió que me girase y que no la observase mientras usaba su suéter para secarse el cuerpo. Simulé echarle una ojeada clandestina, pero fui muy obediente e hice lo que me pidió. No me atreví a exigirle que no echase un vistazo cuando me vestía, pero ella fue lo suficientemente atenta como para mirar hacia otro lado. Cuando ya no estábamos desnudos la cogí de la mano y le besé en la palma, luego en los espacios entre los dedos, a continuación en la boca. Le costó devolverme el beso, pero después no quería parar.

Quedamos en encontrarnos en el mismo sitio de la playa al día siguiente por la tarde. Le dije que estaría allí antes que ella.

—Pero no se lo digas a nadie —dijo ella.

Hice un gesto que simulaba que le echaba la cremallera a mi boca.

A la mañana siguiente, durante el desayuno, les dije a mi padre y a Oliver que casi lo habíamos hecho.

—¿Y por qué no lo hicisteis? —preguntó mi padre.

—No sé.

—El que no lo intenta siempre se lamenta —Oliver se estaba burlando y a la vez apoyándome con ese refrán tan manido.

—Solamente tenía que haber encontrado el valor para extender la mano y tocarla, ella hubiese dicho que sí —comenté, en parte para eludir cualquier crítica posterior de alguno de ellos y en parte para demostrarles que cuando se trata de reírse de uno mismo, sé cómo administrarme la dosis solito, muchas gracias. Estaba presumiendo.

—Inténtalo luego —comentó Oliver.

Esto es lo que hacía la gente que estaba segura de sí misma. Pero también me daba la sensación de que tramaba algo que no se atrevía a mostrar, quizá porque había algo ligeramente inquietante detrás de su estúpido pero bien intencionado *inténtalo luego*. Estaba criticándome. O riéndose de mí. O viendo a través de mí.

Me dolió cuando por fin soltó lo que se guardaba. Solamente alguien que me hubiese descifrado a la perfección podía haberlo dicho.

—Si no es luego, ¿cuándo?

A mi padre le gustó: «Si no es luego, ¿cuándo?». Le recordaba al famoso mandato judicial del rabino Hillel: «Si no es ahora, ¿cuándo?».

Oliver intentó instantáneamente retirar su comentario hiriente.

—Yo sin duda lo volvería a intentar. Y después otra vez —esta era la versión suavizada. Sin embargo, *inténtalo luego* era el tupido velo que había corrido sobre *si no es luego, ¿cuándo?*

Repetí su frase como si fuese un mantra profético que mostrase cómo vivía él su vida y cómo yo intentaba vivir la mía. Al corear lo que había salido de su boca, me aventuraba a adentrarme por un pasadizo a algún tipo de verdad inferior que hasta entonces me había estado esquivando, una realidad sobre mí, sobre mi vida, sobre los demás y sobre mí con los demás.

Inténtalo luego eran las últimas palabras que me decía a mí mismo cada noche cuando me juré que iba a hacer algo para atraer a Oliver. *Inténtalo luego* quería decir: ahora no tengo el coraje. Las cosas no estaban listas en *ese instante*. No sabía de dónde iba a sacar el valor y la determinación para *intentarlo luego*. No obstante, tener la intención de hacer algo en lugar de sentarme pasivamente me hizo sentir que ya estaba realizándolo, como si estuviese recogiendo los beneficios de un dinero que no había invertido, ni mucho menos ganado.

También sabía que estaba construyendo un fortín alrededor de mi vida con muchos *inténtalo luego* y que los meses, las estaciones, los años enteros podían escaparse de mis manos con un simple San *Intentaloluego* en el santoral de cada día. *Inténtalo luego* funcionaba para gente como Oliver. *Si no es luego, ¿cuándo?* era mi doctrina.

Si no es luego, ¿cuándo? ¿Y si me había descubierto y había destapado todos y cada uno de mis secretos con esas cinco afiladas palabras?

Tenía que hacerle saber que me resultaba totalmente indiferente.

Lo que hizo que cayese en barrena fue cuando hablé con él unas cuantas mañanas después en el jardín y me enteré, no solo de que estaba haciendo oídos sordos a todos mis halagos de parte de Chiara, sino también de que iba desencaminado.

—¿Qué quieres decir con que voy desencaminado?

—No estoy interesado.

No sabía si quería decir que no estaba interesado en discutir o que no estaba interesado en Chiara.

—Le interesa a todo el mundo.

—Bueno, igual sí, pero a mí no.

Aún no lo tenía claro.

Había en su voz algo seco, molesto y meticuloso.

—Pero yo os he visto.

—Lo que viste no era de tu incumbencia. Y de cualquier forma yo no le estoy siguiendo el juego ni a ella ni a ti.

Le dio una calada al cigarro y después me echó una mirada amenazante y heladora que podía haber cortado mis entrañas con la precisión de una artroscopia.

Me encogí de hombros.

—Pues lo siento mucho —y volví a mis libros.

Una vez más, había sobrepasado mis límites y no tenía forma de salir con refinamiento a no ser que admitiese que había sido terriblemente indiscreto.

—Quizá debieras intentarlo tú —soltó.

Nunca le había oído expresarse en un tono tan radiante. Normalmente era yo el que titubeaba en los límites del decoro.

—Ella no querría tener ningún tipo de relación conmigo.

—¿Tú querrías?

¿Hacia dónde nos dirigíamos y por qué tenía la sensación de que unos pasos más adelante me aguardaba una trampa?

—No —respondí con cautela, sin darme cuenta de que mi falta de confianza había hecho que mi «no» sonase casi como una pregunta.

—¿Estás seguro?

¿Había estado de alguna manera dándole a entender todo este tiempo que la deseaba?

Levanté la cabeza para mirarle y dar así la sensación de que estaba respondiendo a un reto con otro reto.

—¿Qué sabrás tú?

—Sé que te gusta.

—No tienes ni idea de lo que me gusta —espeté—. Ni idea.

Procuraba que sonase con un tono de superioridad y misterio, como si me estuviese adentrando en una esfera de la condición humana sobre la que alguien como él no había oído hablar jamás. Sin embargo, solo había conseguido sonar malhumorado e histérico.

Un lector del alma humana menos astuto hubiese visto en mis constantes negaciones los terroríficos signos de la admisión nerviosa en busca de una excusa con respecto a Chiara.

Un observador más sagaz, por otra parte, lo hubiese considerado un preámbulo a una verdad totalmente distinta: abre la puerta del todo a tu cuenta y riesgo, créeme, no quieres oírlo. Quizá deberías irte ahora que aún estás a tiempo.

Pero también sabía que si era cierto que él mostraba claros signos de sospechar la verdad, yo haría un mayor esfuerzo para quitarle la idea de inmediato. Si, en cambio, no sospechaba nada, entonces mis palabras nerviosas le dejarían indiferente de igual forma. Al final yo estaría más contento si él pensaba que yo deseaba a Chiara que si forzaba más la situación y conseguía que me tropezase una y otra vez conmigo mismo. Me habría quedado sin palabras y habría ido donde mi cuerpo quería ir muchas horas antes, sin ninguna agudeza preparada. Me pondría muy, muy rojo, por haberme ruborizado, haber confundido las palabras y finalmente haberme derrumbado. Y entonces, ¿dónde estaría? ¿Qué diría él?

Mejor hundirme ahora, pensé, que vivir otro día más barajando las posibles soluciones al *inténtalo luego*.

No, mejor que no lo supiese nunca. Podría vivir con eso. Siempre, siempre podría vivir con eso. Ni siquiera me sorprendió ver lo fácil que me resultó aceptarlo.

Y, aun así, sin previo aviso, surgió de repente un momento tan dulce entre ambos que las palabras que deseaba decirle casi se me caían de los labios. Un momento de bañador verde, los llamaba, incluso después de que mi teoría de los colores fuese refutada y me quitase todas las esperanzas de esperar «bondad» durante los días azules o tener cuidado con los días rojos.

La música era un tema de fácil discusión entre nosotros, sobre todo cuando yo estaba al piano. O cuando él quería que tocase algo a la manera de tal o de cual. Le gustaban las combinaciones de dos, tres o cuatro compositores en armonía en la misma pieza transcritos por mí. Cierto día Chiara comenzó a tararear una melodía de la lista de éxitos y de repente, ya que era un día muy ventoso y no había nadie que fuese a la playa, y ni siquiera había nadie fuera de casa, todos nuestros amigos se reunieron alrededor del piano del salón, mientras yo improvisaba una variación de Brahms sobre una interpretación de Mozart de esa misma canción.

—¿Cómo lo consigues? —me preguntó una mañana mientras descansaba en *el cielo*.

—En ocasiones, la única forma de entender a un artista es ponerse en su lugar, adentrarse en él. Después, el resto fluye de forma natural.

Volvimos a hablar sobre libros. Yo casi nunca había hablado de literatura con nadie salvo con mi padre.

O dialogábamos sobre música, sobre los filósofos presocráticos, sobre las universidades americanas.

O si no, estaba Vimini.

La primera vez que se inmiscuyó en nuestras mañanas fue precisamente el día que estuve tocando la última variación de Brahms sobre una variación de Händel.

Su voz rompió el intenso calor de media mañana.

—¿Qué estáis haciendo?

—Trabajar —respondí.

Oliver, que estaba tumbado sobre su estómago al borde de la piscina, miró hacia arriba mientras le caía el sudor entre sus omoplatos.

—Yo también —respondió cuando ella se giró y le hizo la misma pregunta.

—Tú estabas hablando, no trabajando.

—Es lo mismo.

—Ojalá yo pudiese trabajar. Pero nadie me da trabajo.

Oliver, que no la había visto nunca antes, me miró completamente impotente, como si no conociese las reglas de la conversación.

—Oliver, te presento a Vimini, nuestra vecina de al lado.

Ella le ofreció la mano y él la sacudió.

—Nacimos el mismo día, pero ella tiene diez años. Es también un genio. ¿Es verdad o no que eres un genio, Vimini?

—Eso dicen. Pero a mí me da la sensación de que puede que no lo sea.

—¿Y eso por qué? —indagó Oliver, asegurándose de no sonar demasiado condescendiente.

—Sería de muy mal gusto por parte de la naturaleza el haberme hecho un genio.

—¿Cómo dices? —Oliver parecía más asombrado que nunca.

—No lo sabe, ¿no? —me preguntó delante de él.

Negué con la cabeza.

—Dicen que no viviré mucho tiempo.

—¿Por qué dices eso? —parecía totalmente aturdido—. ¿Cómo lo sabes?

—Todo el mundo lo sabe. Tengo leucemia.

—Pero eres preciosa, con una apariencia muy sana y muy inteligente —protestó.

—Pues eso, una broma de mal gusto.

Oliver, que ahora estaba de rodillas en la hierba, había tirado su libro al suelo.

—Quizá podrías venir un día a mi casa a leerme algo —dijo ella—. Soy muy buena chica y tú pareces un buen chico también. Bueno, adiós —trepó el muro—. Y siento haberte asustado como un fantasma, pero...

Casi se podía ver cómo intentaba retractarse de una metáfora tan macabra.

Si la música no nos había acercado ya lo suficiente, al menos durante aquel día y por unas horas la aparición de Vimini lo consiguió.

Charlamos acerca de ella toda la tarde. No tenía que buscar cosas sobre las que dialogar. Él se encargó de hacerlo y preguntar casi todo el rato. Oliver estaba hipnotizado. Por una vez no hablaba sobre mí mismo.

Muy pronto se hicieron amigos. Ella siempre esperaba a que él volviese de correr o nadar por la mañana y juntos caminaban hasta la puerta y bajaban, de forma indefectiblemente cautelosa, las escaleras, para dirigirse a una de las enormes rocas, donde se sentaban y conversaban hasta que era la hora de desayunar. Nunca había visto una amistad tan bonita o tan intensa. No estaba celoso y nadie, y yo mucho menos, se atrevía a interponerse entre ellos o a espiarles. Nunca olvidaré cómo ella le daba la mano una vez que había abierto la verja hacia las escaleras que daban a las rocas. Pocas veces se aventuraba a ir tan lejos a no ser que fuese acompañada de alguien más mayor.

Cuando recuerdo aquel verano, nunca soy capaz de ordenar los eventos. Hay algunas escenas cruciales. Por lo demás, todo lo que recuerdo son momentos repetidos. El ritual matutino anterior y posterior al desayuno: Oliver tirado en la hierba, o junto a la piscina y yo sentado en mi mesa. Más tarde ir a correr o a nadar. Luego él cogía la bicicleta e iba hasta el pueblo a ver a la traductora. La comida en la mesa larga y a la sombra del otro jardín, o comíamos dentro, siempre con un invitado o dos a la *labor del almuerzo*. Las horas vespertinas, espléndidas y opulentas, repletas de sol y silencio.

Luego están las escenas secundarias: mi padre preguntándose siempre qué hacía yo con mi tiempo, por qué estaba siempre solo; mi madre recomendándome que hiciese nuevos amigos si los viejos no me interesaban y sobre todo que no estuviese constantemente por casa —libros, libros y más libros, siempre con libros y todos esos cuadernos de notas—. Ambos me pedían que jugase más al tenis, que fuese a bailar más a menudo, que conociese a gente, que averiguase por mí mismo por qué los demás son tan necesarios en la vida y no solo cuerpos extraños a los que acercarse furtivamente. Haz locuras si crees que debes, me decían todo el tiempo, fisgoneando constantemente para destapar los posibles signos misteriosos y reveladores en un corazón roto que, de manera torpe, indiscreta y devota, ambos deseaban esconder, como si yo fuese un soldado que se hubiese extraviado en su jardín y necesitase que le curasen las heridas de forma inmediata o de lo contrario moriría. Siempre puedes hablar conmigo. Yo también tuve tu edad, solía decir mi padre. Las cosas que sientes y crees que solamente las sientes tú, créeme, yo las he vivido y sufrido también y en más de una ocasión. Algunas aún no las he superado y otras las sigo ignorando como lo puedes hacer tú hoy y aun así conozco casi cada recodo, cada guarida, cada estancia del corazón humano.

Había otras escenas: el silencio de las sobremesas, algunos dormían, otros trabajaban, otros leían, todo el mundo ensimismado bajo profundas tonalidades. Esas horas celestiales en las que las voces del mundo más allá de nuestra casa se filtraban tan suavemente que estaba seguro de haberme quedado dormido. El tenis al atardecer. Duchas y cócteles. La espera de la cena. De nuevo invitados. La cena. Su segundo viaje a la traductora. Un paseo hasta el pueblo y el retorno a casa ya de noche, a veces solo, a veces con amigos.

Luego están las excepciones: la tarde tormentosa en la que nos sentamos en el salón a escuchar música y el granizo apedreando cada ventana de la casa. Las luces se apagaron, la música se terminó y todo lo que teníamos eran nuestras caras. Una tía mía mofándose de sus años horribles en San Luis, Missouri, que ella pronunciaba *Sen Luí;* mi madre siguiendo la pista al olor del té y de fondo, desde la cocina del piso de abajo, las voces de Manfredi y Mafalda —algún susurro de una pareja discutiendo con estruendosos siseos—. Bajo la lluvia, la figura cubierta, delgada y encapuchada del jardinero luchando contra los elementos, arrancando hierbajos incluso bajo la lluvia, mi padre haciéndole señas con los brazos a través de las ventanas, *Vuelve, Anchise, vuelve.*

—Ese hombre me asusta —solía decir mi tía.

—Ese bicho raro tiene un corazón de oro —decía mi padre.

Pero todos esos momentos estaban tintados de miedo, como si el miedo fuese un espectro amenazador, o un ave extraña y perdida atrapada en nuestro pueblo, cuya ala negra como el hollín cobijaba a todos los seres vivos bajo una sombra que nunca se desvanecía. No sabía a qué temía, ni por qué me preocupaba tanto, ni por qué esto que podía causar el pánico de forma tan fácil se parecía a menudo tanto a la esperanza y, al igual que la ilusión en los momentos más negros, me brindaba alegría, alegría ficticia, una alegría con la soga al cuello. El vuelco que me daba el corazón cuando le veía de forma inesperada me horrorizaba y me excitaba a la vez. Tenía miedo cuando aparecía, miedo cuando no lo hacía, miedo cuando me miraba y más miedo aún cuando no lo hacía. Al final, la agonía me agotaba y durante las tórridas tardes simplemente me rendía y me echaba a dormir en el sofá del salón y, a pesar de estar durmiendo, sabía a la perfección quién estaba en el salón, quién había entrado o salido de puntillas, quién estaba allí de pie, quién me observaba y durante cuánto tiempo, quién intentaba coger el periódico de hoy procurando hacer el menor ruido posible, para después darse por vencido y buscar el listado de películas del día sin preocuparse de si me despertaba o no.

El miedo nunca se disipaba. Me despertaba con él y observaba cómo se tornaba en alegría cuando le oía ducharse por la mañana y sabía que desayunaría con nosotros, pero se truncaba cuando, en lugar de tomar café, atravesaba rápido la casa y se ponía de inmediato a trabajar en el jardín. A mediodía, la agonía de la espera por oír si se dirigía a mí era más de lo que podía soportar. Sabía que, en una hora o dos, el sofá sería mi destino. Me odiaba a mí mismo por sentirme tan desdichado, tan extremadamente invisible, tan enamorado, tan bisoño. Solo dime algo, tócame, Oliver. Mírame el tiempo suficiente y observa bien las lágrimas de mis ojos. Llama de noche a mi puerta y comprueba que la he dejado entreabierta para ti. Entra. Siempre hay sitio en mi cama.

Lo que más temía eran los días en los que no le veía durante largos periodos de tiempo, tardes enteras sin saber dónde había estado. En ocasiones le descubría cruzando la *piazzetta* o hablando con alguien que yo nunca había visto por allí. Pero eso no contaba, porque en la pequeña *piazzetta* donde la gente se arremolinaba a la hora del cierre él ni siquiera me miraba, solamente asentía con la cabeza, gesto que parecía más propio para dedicárselo a mi progenitor, de quien daba la casualidad de que yo era hijo, que a mí.

Mis padres, pero sobre todo mi papá, no podían estar más a gusto con su presencia. Oliver estaba actuando mejor que la mayoría de nuestros residentes. Ayudaba a mi padre a organizar sus papeles, se hacía cargo de la mayoría de su correspondencia extranjera y estaba claramente sacando adelante su propio libro. Lo que hiciese en su vida privada y con su tiempo libre era asunto suyo. *Si la juventud tuviese que ir al trote, ¿entonces quién iría al galope?*, decía un refrán chapucero de mi padre. Dentro de la estructura de nuestra casa, Oliver parecía no hacer nada mal.

Ya que ellos nunca se preocupaban por sus ausencias, creí que sería más seguro no mostrar nunca la ansiedad que a mí me provocaban. Mencionaba sus faltas solo cuando alguno de los dos se preguntaba dónde podría estar; fingía estar tan sorprendido como ellos. *Sí, es verdad, lleva mucho tiempo fuera. No, no tengo ni idea.* Y también tenía que controlar no parecer demasiado sorprendido, pues eso podría despertar sospechas y alertarles de que algo me ocurría. Descubrían las cosas hechas de mala fe en cuanto las veían. De hecho, me sorprendía que aún no se lo hubiesen imaginado. Siempre habían dicho que me *encariñaba demasiado rápido* con la gente. Aquel verano, sin embargo, me di cuenta por fin de a qué se referían con *encariñarse demasiado rápido*. Obviamente, ya había ocurrido antes y es probable que ya se hubiesen percatado de ello cuando yo aún era muy joven para darme cuenta solo. Aquello había ejercido una gran influencia en sus vidas. Se intranquilizaban por mí. Yo sabía que tenían motivos para preocuparse. Albergaba la esperanza de que nunca se diesen cuenta de lo lejos que estaban ahora las cosas de sus inquietudes ordinarias. Yo sabía que no se escamaban de nada y eso me molestaba, aunque por otra parte no quería que lo supiesen. Me indicaba que si ya no era tan transparente y podía ocultar tantas cosas sobre mi vida, entonces estaba a salvo de ellos y de él; pero ¿a qué precio?, y ¿quería en realidad estar a salvo de alguien?

No tenía a nadie con quien hablar. ¿A quién se lo podía decir? ¿A Mafalda? Dejaría la casa. ¿A mi tía? Se lo diría a todo el mundo. ¿A Marzia, a Chiara, a mis amistades? Me abandonarían al momento. ¿A mis primos cuando viniesen? Jamás. Mi padre era el que tenía unas ideas más liberales, pero ¿con respecto a esto? ¿Quién me queda? ¿Escribirle a alguno de mis profesores? ¿Ir al médico? ¿Y si necesito un psiquiatra? ¿Se lo digo a Oliver?

Se lo explicaré a Oliver. No hay otra persona a la que se lo pueda contar, Oliver, así que me temo que va a tener que ser a ti...

Una tarde, cuando sabía que la casa estaba completamente vacía, subí a su habitación. Abrí su armario y, como era mi habitación cuando no había residentes, fingí estar buscando algo que se me había olvidado en uno de los cajones de abajo. Tenía la intención de rebuscar entre sus papeles, pero en cuanto abrí su armario lo encontré. Colgado de un gancho estaba el bañador rojo, que no había usado para ir a nadar ese día y que por eso estaba allí colgado y no secándose en el balcón. Lo cogí. Jamás en mi vida había fisgoneado entre las pertenencias personales de nadie. Me acerqué el bañador al rostro, luego restregué la cara por su interior, como si estuviese intentando acurrucarme dentro y esconderme detrás de sus pliegues. Así que este es el aroma que tiene cuando no va embadurnado de crema solar, así es como huele, así es como huele, me repetía una y otra vez mientras buscaba dentro del bañador algo aún más íntimo que su olor, para luego comenzar a besar cada recoveco, casi deseando encontrarme un pelo, algo, para chuparlo y poner la prenda entera en mi boca. Si pudiese robarlo, guardármelo para siempre, no dejar que Mafalda lo lavase nunca, volver a él durante los meses de invierno en casa y al olisquearlo hacer que él cobrase vida, desnudo a mi lado en aquel precioso instante. Llevado por un impulso, me quité mi bañador y comencé a ponerme el suyo. Sabía lo que quería, y se me antojaba bajo un éxtasis embriagador de los que consiguen que la gente se arriesgue como nunca lo haría, ni siquiera con el organismo repleto de alcohol. Quería correrme en su traje de baño y dejarlo allí para que él lo descubriese. Entonces fue cuando me poseyó una idea aún más insana. Deshice su cama, me quité su bañador y lo abracé, desnudo entre las sábanas. Deja que me encuentre, sabré arreglármelas, de una forma u otra. Reconocí el tacto de la cama. Mi cama. Pero su aroma, saludable y compasivo, me rodeaba al igual que el perfume extraño que se había apoderado de todo mi cuerpo cuando un anciano que estaba por casualidad a mi lado en el templo durante la celebración del Yom Kipur situó su talit sobre mi cabeza hasta que me hice invisible y me auné con una nación dispersa para siempre pero que, de vez en cuando, se vuelve a congregar cada vez que un ser y otro se envuelven bajo un mismo paño. Coloqué su almohada sobre mi cabeza, la besé de manera descarriada y enrollando las piernas a su alrededor le dije lo que no me atrevía a decirle a nadie en el mundo. Entonces le solté todo lo que quise. Me llevó menos de un minuto.

Había expulsado de mi cuerpo el secreto. ¿Y qué si me veía? ¿Y qué si me pillaba? ¿Y qué, y qué, y qué?

Mientras iba de su cuarto al mío me pregunté si volvería alguna vez a estar tan desenfrenado como para hacer lo mismo de nuevo.

Aquella tarde me descubrí a mí mismo tomando buena cuenta de dónde se hallaba cada persona de la casa. Un nuevo y vergonzoso impulso se apoderó de mí antes de lo que me hubiese imaginado. No me habría costado nada volver a escabullirme al piso de arriba.

Una tarde, mientras leía en la biblioteca de mi padre, me topé con la historia de un joven y apuesto caballero que estaba locamente enamorado de una princesa. Ella lo estaba de él también, pero no se había percatado del todo y, pese a la amistad que floreció entre ellos, o quizá precisamente por dicha amistad, él se encontró tan comedido y estupefacto ante su pureza vedada que fue incapaz de manifestar su amor. Cierto día él le preguntó directamente: «¿Es mejor hablar que morir?».

Yo ni siquiera tendría el coraje de hacer tal pregunta.

Sin embargo, lo que le había revelado a su almohada me mostró que, al menos por un instante, había dicho la verdad, la había expulsado y de hecho me había divertido haciéndolo, y si hubiese dado la casualidad de que hubiera pasado por allí en el preciso instante en que estaba murmurándolo, no habría sido capaz de volver a mirarme en un espejo, no me habría importado, ni preocupado —deja que lo sepa, deja que lo vea, deja que me juzgue también si así lo desea, pero que la gente no lo sepa—. Incluso cuando tú eres mi mundo ahora mismo, incluso si en tus ojos se oculta un universo horrible y despreciativo. Esa dura mirada tuya, Oliver, preferiría morir antes que verla de nuevo una vez te lo hubiese confesado.

Segunda parte

EL MURO DE MONET

Hacia finales de julio las cosas llegaron a un punto crítico. Parecía estar claro que después de Chiara había habido una serie de *cotte,* enamoramientos, pequeñas pasiones, amores de una noche, aventurillas, quién sabe. Para mí, todo eso se resumía en una: su polla había estado en todos los sitios de B. Todas las chicas habían tocado esa verga que tiene. A saber en cuántas vaginas se había introducido, en cuántas bocas. Esa imagen me divertía. Nunca me molestó imaginármelo entre las piernas de una chica mientras ella estaba tumbada mirando hacia él, hacia sus hombros anchos, morenos y relucientes moviéndose arriba y abajo como me lo había imaginado aquella tarde que enrosqué mis piernas en su almohada.

Una simple mirada a sus espaldas cuando daba la casualidad de que estaba revisando sus manuscritos en su *cielo* particular me hacía preguntarme dónde habría estado la noche anterior. Con qué naturalidad y libertad movía sus omoplatos cada vez que se revolvía, con qué inconsciencia atrapaban el sol. ¿Hicieron saborear el mar a la mujer que había estado tumbada debajo y los había mordisqueado? ¿O sabían a crema solar? ¿O a aquel olor que desprendían las sábanas cuando me metí entre ellas?

Ojalá yo tuviese unos hombros así. Quizá si los tuviese no los desearía tanto.

Muvi star.

¿Deseaba ser como él? ¿Anhelaba ser él? ¿O solamente quería tenerle? O tal vez los verbos *ser* y *tener* son totalmente inadecuados para esta rebuscada trama del deseo, en la que poseer el cuerpo de alguien para poder tocarlo y ser ese alguien al que ansiamos manosear son lo mismo, sencillamente son las dos orillas de un río que fluye de nosotros a ellos y de vuelta a nosotros y una vez más hacia ellos en un circuito perenne en el que las cavidades del corazón, al igual que las escotillas de la esperanza, las guaridas del tiempo y los falsos fondos en el cajón que llamamos identidad, comparten una lógica seductora de acuerdo con la cual la distancia más corta entre la vida real y la vida irreal, entre lo que somos y lo que queremos, es una escalera de caracol designada con la misma crueldad traviesa con que lo hiciera M. C. Escher. ¿Cuándo nos habían separado a ti y a mí, Oliver? ¿Y por qué yo sí lo sabía y tú no? ¿Es tu cuerpo lo que anhelo cuando pienso en tumbarme a su lado cada noche o lo que quiero es colarme en su interior y poseerlo como si fuese mío, como hice cuando me puse tu bañador y me lo volví a quitar, suplicando a cada segundo, como no había suplicado jamás en mi vida, que te deslizases dentro de mí como si mi cuerpo entero fuese tu bañador, tu hogar? Tú en mí, yo en ti...

Luego llegó el día. Estábamos en el jardín y le hablé de la novela que acababa de terminar de leer.

—La que trata del caballero que no sabe si hablar o morir. Ya me lo has contado.

Resultaba obvio que ya se lo había comentado y me había olvidado.

—Sí.

—Entonces ¿qué? ¿Lo hace o no lo hace?

—Es mejor hablar, dijo ella. Pero ella está en guardia. Percibe que hay una trampa.

—¿Así que habla?

—No, lo elude.

—Se lo figura.

Acabábamos de desayunar. Aquel día a ninguno de los dos nos apetecía trabajar.

—Escucha, necesito recoger algo en el pueblo.

Algo era siempre las últimas páginas traducidas.

—Si quieres puedo ir yo.

Se quedó sentado en silencio durante un instante.

—No, vayamos juntos.

—¿Ahora? —lo que en realidad querría haber dicho era «¿De verdad?».

—¿Qué pasa? ¿Tienes algo mejor que hacer?

—No.

—Entonces vamos —metió unas pocas páginas en su deshilachada mochila verde y se la colgó de los hombros.

Desde el último paseo en bicicleta juntos a B., nunca me había pedido que fuese con él a ningún sitio.

Dejé la pluma estilográfica, cerré el cuaderno de apuntes, coloqué un vaso lleno de limonada encima de los papeles y ya estaba listo para irnos.

De camino al cobertizo cruzamos por el garaje.

Como era normal, Manfredi, el marido de Mafalda, estaba discutiendo con Anchise. En esta ocasión le estaba acusando de aguar los tomates al regarlos y eso estaba mal hecho porque así crecían demasiado rápido.

—Quedarán muy harinosos —se quejaba.

—Mira, yo me encargo de los tomates, tú te dedicas a conducir y así estaremos todos felices.

—Es que no lo entiendes. Durante todo el día los estás moviendo de un lado a otro y luego a otro —insistió— y plantaste albahaca muy cerca. Pero claro, los que habéis estado en el ejército lo sabéis absolutamente todo, por supuesto.

—Lo que tú digas —Anchise le ignoraba.

—Por supuesto que lo que yo diga. Ahora me explico por qué no te dejaron quedarte en el ejército.

—Eso es, no me dejaron quedarme.

Ambos nos saludaron. El jardinero le dio a Oliver su bicicleta.

—Ayer enderecé la rueda que estaba torcida. También le hinché un poco los neumáticos.

Manfredi no podía estar más molesto.

—De ahora en adelante yo arreglo las ruedas y tú te haces cargo de los tomates —apuntó el conductor muy resentido.

Anchise nos ofreció una sonrisa irónica. Oliver se la devolvió.

Cuando ya habíamos llegado al camino de cipreses que lleva a la carretera del pueblo, le pregunté:

—¿No te asusta un poco?

—¿Quién?

—Anchise.

—No, ¿por qué? El otro día me caí cuando volvía y me hice una herida bastante grande. Él insistió en ponerme un poco de un mejunje embrujado. También me arregló la bici.

Manteniendo una mano en el manillar, se levantó la camiseta y me mostró una costra enorme y un moratón en la cadera izquierda.

—Aun así me asusta —dije yo, repitiendo el veredicto de mi tía.

—Simplemente es un alma solitaria.

Hubiese manoseado, acariciado y alabado esa costra.

De camino, me di cuenta de que Oliver se lo tomaba con calma. No estaba tan apurado como de costumbre, iba sin esa velocidad, sin subir la colina con ese entusiasmo atlético. Tampoco parecía tener prisa por volver con sus papeles o reunirse con sus amigos en la playa o, como solía ocurrir, dejarme tirado. Quizá no tuviese nada mejor que hacer. Me encontraba ante mi momento en el *cielo* y, a pesar de mi juventud, sabía que no iba a durar mucho, así que era mejor que lo disfrutase como se presentaba que arruinarlo con mi determinación excéntrica de finiquitar nuestra amistad o llevarla a otro nivel. Nunca habrá una amistad, pensaba yo, esto no significa nada, solo un minuto de bendición. *Zwischen Immer und Nie. Zwischen Immer und Nie.* Entre siempre y nunca. Paul Celan.

Cuando llegamos a la *piazzetta* con vistas al mar, Oliver se detuvo para comprar unos cigarros. Había comenzado a fumar Gauloises. Yo nunca los había probado y le pregunté si me daba uno. Sacó un *cerino* de la caja, ahuecó las manos cerca de mi cara y me lo encendió.

—No están mal, ¿eh?

—No, nada mal.

Me recordarán a él, a estos días, pensé, mientras me daba cuenta de que en menos de un mes se habría esfumado sin dejar ningún rastro.

Probablemente aquella fuese la primera vez que me permitía contar los días que le quedaban de estancia entre nosotros en B.

—Échale un vistazo a esto —dijo mientras paseábamos despacio bajo el sol de media mañana camino del costado de la *piazzetta* que se elevaba sobre las redondeadas colinas.

A lo lejos y mucho más abajo, se podía observar el mar con unas pocas líneas de espuma rayando la bahía al igual que unos delfines que quebrasen el oleaje. Un pequeño autobús luchaba por subir la colina, mientras que tres ciclistas uniformados se rezagaban tras él, quejándose obviamente de los humos.

—Ya sabes quién dicen que se ahogó cerca de aquí, ¿no? —comentó.

—Shelley.

—¿Y sabes qué hicieron su esposa Mary y sus amigos cuando encontraron el cuerpo?

—*Cor cordium,* corazón de corazones —le respondí, haciendo con ello referencia al momento en que un amigo agarró el corazón de Shelley antes de que las llamas se hubiesen tragado todo su cuerpo hinchado cuando lo quemaron en la orilla. ¿Por qué me estaba poniendo a prueba?

—¿Hay algo que no sepas?

Le miré. Este era mi momento. Podía aprovecharlo o podía dejarlo marchar pero, de cualquiera de las maneras, sabía que no podría librarme de ello. O podía saborear su cumplido y vivir para odiar todo lo demás. Esta fue proba-

83

blemente la primera vez en mi vida que hablé con un adulto sin haber planeado lo que iba a decir. Estaba demasiado nervioso como para idear algo.

—No sé nada, Oliver. Nada de nada.

—Sabes más que nadie por aquí.

¿Por qué respondía a mi tono trágico con un estímulo tan anodino para mi ego?

—Si supieses lo poco que sé sobre lo que en realidad importa.

Estaba flotando en el agua, intentando no hundirme pero tampoco con intención de nadar a un lugar seguro, tan solo permanecía allí, pues allí estaba la verdad; incluso aunque no pudiese decirla, o ni tan siquiera hacer alusión a ella, podía asegurar que estaba a nuestro alrededor, al igual que un collar que acabamos de perder mientras nadamos: sé que está por aquí en algún sitio. Si él supiese, si supiese de veras que estaba dándole todas las oportunidades posibles de atar cabos hasta que lograra llegar más allá del infinito.

Pero si él lo hubiera entendido, entonces habría sospechado, y si lo hacía sería que también lo habría vivido, observándome desde un carril paralelo con una mirada inflexible, hostil, vidriosa, mordaz y omnisciente.

Debió de toparse con algo, aunque Dios sabe qué. Tal vez quisiese dar la sensación de no estar reculando.

—¿Cuáles son las cosas que importan?

¿Estaba siendo un poco falso?

—Ya sabes qué cosas. A estas alturas, tú, de entre todos, ya deberías saberlo.

Silencio.

—¿Por qué me estás contando todo esto?

—Porque pensé que debías saberlo.

—Porque pensabas que debía saberlo —repitió mis palabras despacio, con la intención de sacarles todo su significado, organizándolas en todo momento, ganando tiempo mientras las repetía. El hierro, pensé, estaba al rojo vivo.

—Porque quiero que sepas —solté de repente— que no hay nadie más a quien se lo pueda contar, solo a ti.

Hala, por fin lo había dicho.

¿Tenía algún sentido lo que decía?

Estaba a punto de interrumpir y desviar la conversación haciendo algún comentario sobre el mar y el tiempo que haría mañana o sobre si sería una buena idea salir a navegar hasta E., como solía prometer todos los años por esta época mi padre.

Pero en su favor debo decir que no me lo permitió.

—¿Tienes idea de lo que estás diciendo?

En esta ocasión desvié mi vista al mar y con un tono impreciso y cansado que era mi último viraje, mi tapadera final, mi huida definitiva, dije:

—Sí, sé perfectamente lo que digo y tú no estás malinterpretando nada en absoluto. Lo que ocurre es que no me expreso demasiado bien. Estás en tu derecho de no volver a hablarme en tu vida.

—Espera, ¿estás diciendo lo que creo que estás diciendo?

—Bueno..., sí —ahora que lo había dicho ya todo, podía asumir cierta despreocupación, ese tonillo ligeramente exasperado con el que un delincuente, asediado por la policía, le confiesa a uno de los agentes cómo robó la tienda.

—Espérame aquí, tengo que subir un momento a coger unos papeles. No te vayas.

Le observé con una sonrisa confiada.

—Sabes perfectamente que no me voy a mover de aquí.

Si eso no era otra confesión, entonces ¿qué era?, pensé.

Mientras hacía tiempo, cogí nuestras dos bicicletas y las llevé hacia el monumento conmemorativo de la guerra, dedicado a los jóvenes del pueblo que perecieron en la Batalla del Piave durante la Primera Guerra Mundial. Cada pueblito de Italia tiene un monumento similar. Dos pequeños autobuses se acababan de parar delante y estaban bajándose los pasajeros: unas ancianas que venían de los pueblos vecinos para comprar. Alrededor de la pequeña plaza, los viejos, la mayoría hombres, estaban sentados en unas sillas menudas hechas con un mimbre raquítico o en bancos del parque y llevaban puestos unos trajes viejos de color pardo claro. Me preguntaba cuánta gente habría allí que aún recordase a los jóvenes combatientes que se habían perdido en el río Piave. Tendrías que tener al menos ochenta años para haberlos conocido y al menos una centena, si no más, para haber sido mayor que ellos. Cuando eres centenario, estoy seguro de que ya has aprendido a sobreponerte a la pérdida y el dolor, ¿o te acosan hasta que te mueres? A la edad de cien los hermanos olvidan, los hijos olvidan, las personas amadas olvidan, nadie recuerda nada, incluso los más desolados olvidan recordar. Las madres y los padres hace ya mucho que murieron. ¿Alguien se acordará?

Un pensamiento me recorrió la mente: ¿llegarán a saber mis descendientes lo que se dijo hoy en esta *piazzetta*? ¿Lo sabrá alguien? O se diluirá en el aire liviano, como una parte de mí deseaba que ocurriese. ¿Sabrán lo cerca del abismo que estuvieron nuestros destinos aquel día en la *piazzetta*? Esa simple idea me divirtió y me otorgó la perspectiva necesaria para afrontar el resto del día.

Dentro de treinta o cuarenta años, volveré aquí y recordaré la conversación que sabía que no olvidaría jamás, a pesar de haberlo deseado en ocasiones. Volveré con mi mujer y mis hijos, les mostraré las vistas, señalaré la bahía, los cafés locales, Le Danzing, el Grand Hotel. Después me quedaré aquí de pie y les preguntaré a la estatua y a las sillas de mimbre y a las mesas endebles de madera si recuerdan a alguien llamado Oliver.

Cuando volvió, lo primero que soltó fue: «Estúpida Milani, ha mezclado las páginas y tiene que reescribirlo todo. Así que no tengo nada para trabajar esta tarde, lo que me hace perder un día entero».

Era su turno para buscar excusas que esquivasen el tema. A mí no me importaba dejarle escapar si quería. Podíamos hablar sobre el mar, el Piave o acerca de fragmentos de Heráclito como «La naturaleza gusta de ocultarse» o «Fui a buscarme a mí mismo». Y si esto no valía, teníamos el viaje a E. del que habíamos estado discutiendo durante días. También nos quedaba, si no, el conjunto de música de cámara que nos visitaría cualquier día de esos.

De camino pasamos por una tienda donde mi madre siempre encargaba flores. Cuando era niño me gustaba mirar los enormes escaparates de la tienda, bañados por una cortina perpetua de agua que bajaba resbalando suavemente y le aportaba un aura de encantamiento y misterio que me recordaba a aquellas películas en las que la pantalla se emborronaba para anunciar que estábamos a punto de presenciar una escena en retrospectiva.

—Ojalá no hubiese dicho nada —comenté al fin.

Nada más pronunciarlo, sabía que acababa de romper el exiguo hechizo surgido entre ambos.

—Fingiré que no lo hiciste nunca.

Bueno, ese era un enfoque que jamás me hubiese esperado de un hombre al que le gustaba el mundo. Nunca había oído utilizar una frase como esa en nuestra casa.

—¿Quiere esto decir que aún nos hablamos, pero en realidad no?

Se lo pensó.

—Mira, hay cosas sobre las que no podemos hablar, de verdad que no podemos.

Se colgó la bolsa del cuello y comenzamos a descender la colina.

Quince minutos antes, estaba en total agonía, los nervios a flor de piel, los sentimientos heridos, pisoteados, triturados con el mortero de Mafalda, pulverizados de tal manera que no se podía distinguir el miedo de la ira o de un mero rastro de deseo. Pero en aquel momento había algo de esperanza. Ahora que habíamos puesto todas las cartas sobre la mesa, el secretismo y la vergüenza habían desaparecido, pero con ellos también esa pizca de ilusión tácita que había mantenido todo eso vivo durante las últimas semanas.

Tan solo el paisaje y el clima podían levantarme el ánimo en aquel instante. Lo consiguió el paseo en bicicleta juntos por el campo vacío, que en aquel momento del día nos pertenecía, bajo un sol que comenzaba a lucir sobre los terrenos expuestos a ambos lados del camino. Le dije que me siguiese, que le enseñaría un lugar que la mayoría de los turistas y foráneos jamás habían visto.

—Si tienes tiempo —añadí, pues no me interesaba avasallarle en aquel preciso instante.

—Tengo tiempo.

Lo dijo con un tono de voz poco comprometido, como si se hubiese percatado de un matiz sobreactuado un tanto cómico en mis palabras. Pero quizá esta fuese una pequeña concesión para compensarme por el hecho de no haber discutido lo que teníamos entre manos.

Nos desviamos de la carretera principal y nos dirigimos hacia el borde del acantilado.

—Este —dije a modo de prefacio con la intención de mantener su interés intacto— es el lugar donde Monet venía a pintar.

Unas palmeras pequeñas y mal desarrolladas y unos olivos nudosos formaban el bosquecillo. Después, a través de los árboles, en una pendiente que iba hasta el mismo borde del acantilado, se llegaba a un montículo sombreado en parte por unos pinos altos. Dejé apoyada mi bici en uno de aquellos pinos, él me imitó y le mostré el camino hasta el muro.

—Y ahora, observa —dije con una gran satisfacción, como si le estuviese revelando algo más elocuente que cualquier cosa que pudiese decir en defensa propia.

Una ensenada tranquila y silenciosa se abría justo bajo nosotros. No había signos de civilización en ningún sitio, ninguna casa, ningún embarcadero, ningún barco de pesca. Más alejado, como siempre, se hallaba el campanario de San Giacomo y, si forzabas la vista, se perfilaba un poco N. e incluso una pizca más alejado había algo que parecía nuestra casa y las casas contiguas: aquella en la que vivía Vimini; la de la familia Moreschi, con sus dos hijas con las que Oliver era probable que hubiese dormido, por separado o juntas, quién sabía y, llegados a este punto, a quién le importaba.

—Este es mi sitio. Todo mío. Vengo aquí a leer. He perdido la cuenta de cuántos libros me he leído aquí.

—¿Te gusta estar solo? —me preguntó.

—No. A nadie le gusta estar solo. Pero he aprendido a vivir con ello.

—¿Eres siempre tan sabio? —siguió preguntando.

¿Estaría a punto de adoptar un tono condescendiente previo a una charla como la que me daban todos los demás, sobre la necesidad de ser más extrovertido, de hacer más amigos y, después de hacer amigos, de no ser tan egoísta con ellos? ¿O esto era el preámbulo a su papel de psiquiatra y amigo de la familia a tiempo parcial? ¿O tal vez, una vez más, le estaba malinterpretando por completo?

—No soy sabio. Ya te lo dije, no sé nada. Conozco algún libro y sé cómo colocar una palabra detrás de otra, pero eso no quiere decir que sepa hablar sobre las cosas que en realidad me preocupan.

—Pero ahora, en cierta forma, lo estás haciendo.

—Sí, en cierta forma sí. Así es como normalmente digo las cosas: en cierta forma.

Con la vista perdida, para no mirarle a él, me senté en la hierba y me di cuenta de que unos cuantos metros más allá se estaba poniendo en cuclillas sobre las puntas de sus dedos, como si en cualquier momento fuera a ponerse de pie de un salto y a volver al lugar donde habíamos dejado las bicicletas.

Nunca se me ocurrió pensar que no solo le había llevado allí para enseñarle mi pequeño mundo, sino para pedirle a mi pequeño mundo que le dejase entrar, para que, así, el lugar al que venía a estar solo durante las tardes de verano tuviese la oportunidad de conocerle, juzgarle, ver si me convenía, arroparle para que yo pudiera volver aquí y recordarle. Aquí solía venir a escaparme del universo conocido y en busca de otro de mi propia invención; estaba básicamente enseñándole mi plataforma de lanzamiento. Todo lo que tenía que hacer era una lista de las obras que había leído aquí y sabría todos los lugares a los que había viajado.

—Me gusta la forma en que dices las cosas. ¿Por qué siempre te estás menospreciando?

Me encogí de hombros. ¿Me estaba criticando por criticarme a mí mismo?

—No lo sé. Así que supongo que tú no lo haces.

—¿Tanto miedo tienes de lo que los otros puedan pensar?

Negué con la cabeza. Pero no sabía la respuesta. O quizá era una pregunta tan obvia que no necesitaba contestarla. Eran estos momentos los que me hacían sentir muy vulnerable, totalmente desnudo. Presióname, ponme nervioso y, a menos que yo te presione a ti también, ya me has descubierto. No, no tengo respuesta para eso, pero tampoco me estaba conmoviendo. Mi primera reacción fue dejarle que volviese solo a casa. Yo llegaría a tiempo para la cena.

Estaba esperando mi respuesta. Estaba mirándome fijamente.

Esta, pensé yo, es la primera vez que me atrevo a quedarme mirándole yo también. En la mayoría de las ocasiones, vislumbraba su mirada y quitaba la mía, la retiraba porque no quería sumergirme en la piscina clara y encantadora de sus ojos sin haber sido invitado y jamás esperaba el tiempo suficiente como para saber ni tan siquiera si sería bien recibido en ella; la retiraba porque no quería que se me escapase nada; la retiraba porque no quería admitir lo que me importaba. Apartaba mi mirada porque la suya, tan dura, me hacía recordar lo alto que había llegado y lo tan por debajo de él que estaba yo en la clasificación. Ahora, en el silencio del momento, se la aguanté, no en forma de desafío, o con el fin de demostrarle que ya no era tímido, sino para rendirme, para indicarle cómo era yo, cómo era él, que esto era lo que quería, que tan solo había verdades entre nosotros ahora y que donde hay verdad no hay barreras ni miradas furtivas, y que, si de aquí no surgía nada, que jamás se pudiera decir que alguno de los dos no estaba al tanto de lo que podía haber ocurrido. Ya no tenía esperanzas. Y quizá me quedé mirándole con una complicidad total que le retaba a besarme, como haría alguien que lanza un desafío a otro y le incita a escaparse juntos en un solo gesto.

—Estás poniéndome las cosas muy difíciles.

¿Podría estar refiriéndose por casualidad a nuestro cruce de miradas?

No me vine abajo. Ni tampoco él. Sí, se refería a eso.

—¿De qué manera estoy poniendo las cosas difíciles?

Mi corazón latía demasiado rápido como para poder expresarme con coherencia. Ni siquiera estaba avergonzado por mostrarle mi sonrojo. Vamos, házselo saber, díselo.

—Porque podría estar muy, muy mal.

—¿Podría? —le pregunté.

Había un rayo de esperanza.

Se sentó en la hierba, más tarde se tumbó sobre su espalda con los brazos bajo la cabeza y se quedó observando el cielo.

—Sí, podría. No voy a fingir que no se me ha pasado por la cabeza.

—Sería el último en enterarme.

—Bueno, pues sí se me ha pasado. Hala. ¿Qué te pensabas que ocurría?

—¿Ocurrir? —salí de la pregunta a tientas—. Nada —me lo pensé un poco más—. Nada —repetí, como si lo que estaba comenzando a entender de forma velada fuese tan extraño que pudiese alejarlo de mí repitiendo «nada» y de ese modo rellenar los insoportables huecos de silencio—. Nada.

—Ya veo —dijo por fin— que lo has entendido mal, amigo mío —y con un cierto tono de regañina continuó—: Si te hace sentir mejor, tengo que contenerme. Ya va siendo hora de que aprendas tú también.

—Lo mejor que puedo hacer es fingir que no me importa.

—Eso hace ya tiempo que lo sabemos —me interrumpió.

Me sentía defraudado. Todas estas ocasiones en que pensaba que le estaba menospreciando al mostrarle lo fácil que era ignorarlo en el jardín, en el balcón, en la playa, había estado sabiéndolo todo y aceptando mis movimientos como la clásica táctica de irritación que eran.

Su reconocimiento, que parecía abrir todas las compuertas entre nosotros, fue precisamente lo que hundió mis crecientes esperanzas. ¿Hacia dónde iríamos desde aquí? ¿Qué más quedaba por decir? ¿Y qué ocurriría la próxima vez que fingiésemos no hablarnos pero no estuviésemos seguros de si esa frialdad entre ambos era aún una farsa?

Charlamos durante algún tiempo más, luego la conversación se fue acabando. Ahora que habíamos enseñado nuestras bazas, toda tertulia parecía irrelevante.

—Así que este es el lugar donde Monet venía a pintar.

—Ya te lo enseñaré en casa. Tenemos un libro con unas reproducciones preciosas de esta zona.

—Sí, ya me lo enseñarás.

Estaba interpretando el papel del condescendiente. Lo odiaba.

Ambos apoyados en un brazo, ambos mirando al horizonte.

—Eres el chico más afortunado del mundo —dijo.

—No tienes ni idea.

Dejé que meditase mi frase. Luego, quizá para aplacar el silencio que se hacía insoportable, solté:

—Sin embargo, hay muchas cosas que están mal.

—¿Qué, tu familia?

—Bueno, eso también.

—¿Pasar aquí todo el verano, leer todo el tiempo, conocer todos esos trucos que tu padre saca a la luz en cada comida?

De nuevo se estaba mofando de mí.

Sonreí con cierta satisfacción, pero tampoco era eso.

—¿Entonces qué es? ¿Nosotros?

No contesté.

—Bueno, pues veamos...

Y antes de que pudiese darme cuenta, se me acercó furtivamente. Pensé que estábamos demasiado cerca, nunca había estado tan cerca de él aparte de en un sueño o cuando me aproximó las manos ahuecadas para encender un cigarro. Si arrimaba su oreja un poco más podría oír mi corazón. Lo había leído en alguna novela pero hasta entonces no me lo había creído. Me miró fijamente a la cara, como si le encantase y quisiese estudiarla y entretenerse en ella, después me tocó el labio inferior con un dedo y lo dirigió de izquierda a derecha, de derecha a izquierda, una y otra vez mientras yo permanecía tumbado, viéndole sonreír de tal manera que me hacía temer que pudiera pasar cualquier cosa y no hubiera vuelta atrás, que esa fuera su manera de preguntar y allí estuviera mi oportunidad de negarme o decir algo y ganar tiempo, para así poder debatirlo conmigo mismo, una vez llegado a ese punto. Pero no me quedaba tiempo, pues adosó sus labios a mi boca y me dio un beso cálido, conciliador, perfectamente medido, hasta que me percaté de lo famélico de mi beso. Ojalá supiese calibrar el mío de la forma que lo hacía él. Pero la pasión nos permite esconder más y en aquel instante, en el muro de Monet, si deseaba esconderlo todo sobre mí tras aquel beso también estaba desesperado por olvidarlo perdiéndome en su interior.

—¿Ahora mejor? —me preguntó después.

No le respondí, pero levanté mi cara hacia él y le besé de nuevo, casi de forma salvaje, no porque estuviese lleno de pasión, ni porque a su beso aún le faltase un poco del entusiasmo que yo ansiaba, sino porque no estaba seguro de si me había llegado a convencer de algo sobre mí mismo. Ni siquiera tenía claro si lo había disfrutado tanto como esperaba y necesitaba probarlo de nuevo, para, incluso en el propio acto, comprobar la comprobación. Mi cabeza se perdía en las cosas más mundanas. Un discípulo de Freud de poca monta hubiese dicho que había *demasiada negación*. Disipé mis dudas con un beso aún más violento. No quería pasión, no quería placer. Quizá ni tan siquiera quería una comprobación. Y no quería palabrería, ni charlas irrelevantes, ni charlas relevantes, ni charlas en bici, ni tampoco charlas sobre libros. Simplemente el sol, la hierba, la esporádica brisa marina y el perfume fresco de su cuerpo, de su pecho, de su cuello y de sus sobacos. Cógeme sin más y múdame la piel y pon mis entrañas al aire, hasta que, al igual que el personaje de Ovidio, me mimetice con tu lujuria, eso desearía. Véndame los ojos, cógeme la mano y no me pidas que piense. ¿Harías eso por mí?

No tenía ni idea de hacia dónde nos llevaba todo esto, pero me estaba rindiendo a él, centímetro a centímetro, y él tenía que saberlo, pues notaba que aún mantenía cierta distancia entre ambos. Incluso cuando nuestras caras se tocaban, nuestros cuerpos se hallaban muy lejos. Sabía que lo que hiciese entonces, cualquier movimiento que realizase, rompería la armonía del momento. Así que, con la impresión de que no habría una secuela de nuestro beso, comencé a comprobar la eventual separación de nuestras bocas, para darme cuenta, ahora que estaba haciendo unos pequeños esfuerzos para terminarlo, de cuánto deseaba que no acabase, quería su lengua en mi boca y la mía en la suya porque todo en lo que nos habíamos convertido tras estas semanas, estas riñas, tantos pactos e inicios que iban acompañados siempre por un estremecimiento, eran dos lenguas húmedas revolviéndose en la boca del otro. Solo dos lenguas, todo lo demás no era nada. Cuando, por fin, levanté una rodilla y la coloqué para poder estar frente a él, supe que había roto el encanto.

—Creo que deberíamos irnos.

—Aún no.

—No podemos hacer esto. Me conozco. Hasta ahora nos habíamos comportado. Habíamos sido buenos. Ninguno de los dos había hecho nada de lo que avergonzarse. Mantengámoslo así. Quiero ser bueno.

—No lo seas. No me importa. ¿Quién se va a enterar?

Mediante un movimiento desesperado que sabía que no olvidaría jamás si él no lo aplacaba, alargué la mano hacia él y la posé sobre su entrepierna. No se movió. Debería haber metido directamente la mano bajo sus pantalones cortos. Debió de intuir mis intenciones y, con suma serenidad, que lindaba con un gesto muy cordial pero un tanto frío, colocó su mano sobre la mía durante unos segundos y después, entrelazando sus dedos con los míos, me la levantó.

Hubo un instante de silencio ensordecedor.

—¿Te he ofendido?

—Déjalo.

Sonó muy parecido al ¡*Luego!* que escuché por primera vez unas semanas antes —mordaz, directo y completamente triste, sin ninguna inflexión de la alegría o de la pasión que acabábamos de compartir—. Me tendió su mano y me ayudó a incorporarme.

De repente se estremeció.

Me acordé de la herida de su costado.

—Tengo que asegurarme de que no se me infecta —dijo.

—Pararemos en la farmacia en el camino de vuelta.

No respondió. Pero fue probablemente lo más aleccionador que podíamos haber dicho. Dejó que se colase en nuestras vidas el indiscreto mundo real: Anchise, el arreglo de la bicicleta, las discusiones sobre los tomates, la partitura abandonada precipitadamente bajo el vaso de limonada, todo parecía tan lejano.

De hecho, mientras nos alejábamos de mi sitio, vimos dos furgonetas de turistas dirigirse hacia el sur en dirección a N. Debía de ser casi mediodía.

—No volveremos a hablarnos —dije mientras nos deslizábamos por la interminable colina con el viento entre nuestros cabellos.

—No digas eso.

—Es que lo sé. Hablaremos de trivialidades. Trivialidades y palabrería. Solo eso. Y lo gracioso es que lo soportaría.

—Acabas de hacer una rima —dijo.

Me encantaba la forma en que me daba coba.

Dos horas más tarde, durante la comida, me mostré a mí mismo todas las pruebas necesarias de que no sería capaz de soportarlo.

Antes del postre, mientras Mafalda retiraba los platos y la atención de todos los demás estaba puesta en una conversación sobre Jacopone da Todi, sentí cómo un pie descalzo y cálido frotaba casualmente el mío.

Recordé que, en el muro, debí de haber aprovechado la oportunidad para comprobar si la piel de su pie era tan suave como me la había imaginado. Ahora, esta era la única oportunidad que tendría.

Quizá fue el mío el que se movió y tocó el suyo. Él lo apartó, no al instante, pero lo suficientemente pronto, como si hubiese esperado de forma consciente un intervalo apropiado de tiempo como para no dar la impresión de que lo había retirado espantado. Yo también esperé unos pocos segundos más y, sin haber planeado mis movimientos, le di permiso a mi pie para que comenzase a buscar el suyo. No había hecho más que comenzar la investigación cuando mi dedo gordo se topó con su pie; apenas lo había alejado, como un barco pirata que daba continuas indicaciones de haberse alejado mucho, pero que en realidad estaba oculto en la niebla a apenas cincuenta metros, a la espera de poder abalanzarse en cuanto se presentase la oportunidad. Casi no tuve tiempo suficiente de hacer nada con el pie antes de que, sin previo aviso, sin darme la oportunidad de abrirme camino o dejar que volviese a poner el mío a una distancia de seguridad, volviera a mover su pie con suavidad, gentileza y de repente en dirección al mío y comenzara a acariciarlo, a frotarlo, no dejándolo quieto en ningún momento, con el pulpejo redondeado y liso de su talón estrujando el mío, de vez en cuando poniendo todo el peso para moverse, pero aligerándolo rápidamente con una nueva caricia de los dedos. Durante todo el tiempo me indicaba que estaba haciéndolo con intención divertida y juguetona, pues era de esta manera como podíamos evadirnos de los tostones que estaban ocurriendo al otro lado de la mesa, pero también me decía que esto no tenía que ver con los demás y permanecería estrictamente entre nosotros, porque era solo algo nuestro, aunque tampoco debía darle más importancia de la necesaria. El sigilo y la tenacidad de sus caricias motivaron un espasmo en mi columna. Me sobrevino un repentino vértigo. No, no iba a llorar, no se trataba de un ataque de pánico, ni tampoco un «desvanecimiento», ni me iba a correr dentro de los pantalones cortos, aunque esto lo disfrutase mucho, mucho, sobre todo cuando el arco de su pie se posaba en el mío. Al echarle un vistazo a mi plato de postre y ver el pastel de chocolate salpicado con zumo de frambuesa, me dio la sensación de que alguien estaba echando mucha más salsa roja de lo habitual y de que parecía caer del techo sobre mi cabeza, hasta que, de repente, me di cuenta de que provenía de mi nariz. Pegué un grito y rápidamente agarré mi servilleta y me la llevé a la cara, inclinando la cabeza hacia atrás al máximo.

—*Ghiaccio,* hielo, Mafalda, *per favore, presto* —exclamé tranquilamente para dar la sensación de que controlaba la situación a la perfección—. Subí esta mañana a las colinas. Me pasa a menudo —dije para disculparme ante los invitados.

Hubo un barullo de sonidos secos mientras la gente se apresuraba a entrar y salir de la habitación. Había cerrado los ojos. Cálmate, me repetía constantemente, cálmate. No dejes que tu cuerpo te delate.

—¿Fue culpa mía? —me preguntó cuando entró en mi habitación después de comer.

No le contesté.

—Estoy hecho un desastre, ¿a que sí?

Sonrió, pero no dijo nada.

—Siéntate un segundo.

Se sentó en la cama, en la esquina más alejada. Parecía que estaba visitando a un amigo hospitalizado que acababa de sufrir un accidente de caza.

—¿Te pondrás mejor?

—Eso tengo entendido. Me recuperaré —había oído decir eso a muchos personajes en miles de novelas. Daba al amante furtivo la oportunidad de escaparse. Daba a todo el mundo la oportunidad de guardar las apariencias. Restauraba la dignidad y el coraje a quien le hubiesen descubierto la tapadera.

—Te dejaré que descanses —lo dijo como una enfermera muy atenta—. Estaré por aquí —comentó antes de salir, de la misma forma que una madre diría «te dejo la luz encendida»—. Pórtate bien.

Mientras intentaba conciliar el sueño, aquel acontecimiento de la *piazzetta*, ocurrido en algún momento entre lo del monumento conmemorativo de la Batalla del Piave y nuestra excursión a las montañas, a las que subimos cargados de miedo, vergüenza y a saber cuántas cosas más, parecía surgir de veranos lejanos, de otros tiempos, como si hubiese ido en bici a la *piazzetta* antes de la Primera Guerra

Mundial, siendo aún un niño, y hubiese vuelto como un soldado mutilado de noventa años confinado ahora en esta habitación, una habitación que ni tan siquiera era la mía, pues había sido cedida a un jovenzuelo que era la luz de mis ojos.

La luz de mis ojos, dije, luz de mis ojos, la luz del mundo, eso es lo que eres, la luz de mi vida. No tenía ni idea de lo que significaba la luz de mis ojos y una parte de mí se preguntaba de dónde había sacado tal disparate, pero eran las cosas sin sentido como esas las que hacían que brotasen lágrimas, unas lágrimas que deseaba ahogar en su almohada, secar en su bañador, unas lágrimas que quería que tocase con la punta de su lengua y consiguiese así disipar mi pena.

No entendía por qué había puesto su pie sobre el mío. ¿Era una insinuación o un gesto bienintencionado de solidaridad y camaradería, como su masaje de amigos, o un codazo desenfadado entre amantes que ya no se acuestan juntos pero que han decidido seguir siendo amigos y de vez en cuando ir los dos al cine? ¿Querría decir *No se me ha olvidado, permanecerá para siempre entre nosotros, a pesar de que no saldrá nada de todo esto?*

Quería huir de casa. Quería que ya fuese otoño y estar lo más lejos posible. Abandonar mi pueblo y su estúpido Le Danzing y a los jóvenes idiotas con quien nadie en su sano juicio desearía entablar amistad. Dejar a mis padres y a mis primos, que siempre competían conmigo, y a aquellos residentes horribles de verano con sus proyectos académicos extraños que siempre acababan acaparando todos los baños de mi parte de la casa.

¿Qué ocurriría si le volvía a ver? ¿Sangraría de nuevo, lloraría, me correría en los pantalones? ¿Y si le veía con otra persona, de paseo como solía hacer por la noche cerca de Le Danzing? ¿Y si en lugar de una mujer era un hombre?

Debía aprender a evitarle, a cortar todos los lazos, uno a uno, como hacen los neurocirujanos cuando separan una neurona de otra, un deseo tormentoso de otro, no debía volver al jardín, debía dejar de espiarle, dejar de ir por las noches al pueblo, desintoxicarme un rato cada día, como un adicto, un día, una hora, un minuto, un segundo infectado de heces tras otro. Podía conseguirlo. Sabía que esto no tenía futuro. Suponiendo que viniese a mi habitación aquella noche. O incluso mejor, suponiendo que me tomase unas cuantas copas y fuese yo a la tuya y te dijese toda la verdad a la cara, Oliver: Oliver, quiero que me poseas. Alguien tiene que hacerlo y por qué no ibas a ser tú. Corrección: quiero que seas tú. Intentaré no ser el peor lego de tu vida. Simplemente trátame como tratarías a alguien con quien esperas no volver a toparte nunca. Ya sé que esto no suena demasiado romántico pero estoy atado por tantos nudos diferentes que necesito una solución gordiana. Así que apúrate.

Lo haremos. Después volveré a mi habitación y me lavaré. Más tarde, yo sería el que de forma ocasional colocaría mi pie sobre el suyo y esperaría a ver su reacción.

Ese era mi plan. Esa era la forma en que lo sacaría de mi organismo. Esperaría a que todo el mundo se hubiese ido a la cama. Controlaría las luces. Entraría en su habitación por el balcón.

Toc, toc. No, mejor no llamar. Estaba seguro de que dormía desnudo. ¿Y si no estaba solo? Me quedaría escuchando un rato en el balcón antes de entrar. Si hubiese alguien con él y ya fuese tarde para emprender una retirada apresurada, diría: «¡Dirección incorrecta!». Sí, eso: dirección incorrecta. Un toque de frivolidad para salvar la cara. ¿Y si estaba solo? Entraría en pijama. No, mejor solo con la parte de abajo. Soy yo, diría. ¿Qué haces aquí? No me puedo dormir. ¿Quieres que te traiga algo de beber? No es una bebida lo que me hace falta. Ya he tomado lo suficiente para sacar valor y venir desde mi habitación hasta la tuya. He venido a por ti. No lo hagas más difícil, no hables, no me des ninguna razón y no actúes como si de un momento a otro fueses a gritar pidiendo ayuda. Soy mucho más joven que tú y lo único que conseguirías haciendo saltar la alarma o amenazándome con decírselo a mi madre sería quedar como un idiota. Y justo después, me quitaría los pantalones del pijama y me introduciría en su cama. Si no me tocase, entonces yo le tocaría a él, y si no me correspondiese, dejaría que mi boca se dirigiese a sitios donde nunca antes había estado. La gracia de esas palabras me divirtió. Sexo intergaláctico. Mi estrella de David, su estrella de David, nuestros cuellos siendo uno, dos judíos unidos desde tiempo inmemorial. Si no funcionase nada de esto, me iría a por él, intentaría defenderse y lucharíamos, me aseguraría de excitarle mientras me atrapase, a la vez que yo le envolvería con mis piernas como a una mujer, incluso le haría daño en el costado que se había herido cuando se cayó de la bicicleta, y si todo esto no funcionase, entonces cometería la humillación definitiva, y con esta humillación le demostraría que el avergonzado era él, no yo, que yo había llegado con verdad y bondad humana en mi corazón y que lo estaba dejando en sus sábanas para recordarle cómo había despreciado la petición de camaradería de un joven. Si dices que no a eso te mandan al infierno de cabeza.

¿Y si no le atraía? Dicen que de noche todos los gatos..., ¿y si no le gustaba nada de nada? Con todo, tenía que intentarlo. ¿Y si se enfadaba y se ofendía de verdad? «Sal de aquí, eres un enfermo, un desgraciado y un mierda retorcido.» El beso era una prueba suficiente de que algo le gustaba. Por no mencionar lo del pie. *Amor ch'a null'amato amar perdona.*

El pie. La última vez que provocó una reacción tal en mí no fue cuando me besó sino cuando apretó el pulgar contra mis hombros.

No, hubo aún otra ocasión. En un sueño, cuando entró en mi habitación y se tumbó encima de mí y yo fingí estar dormido. Una nueva corrección: en un sueño suspiré de forma muy suave para decirle: «No te vayas, estás invitado a continuar, simplemente no me digas que lo sabías».

Más tarde, cuando me desperté, tenía muchas ganas de tomar un yogur. Recuerdos de la infancia. Fui a la cocina y me encontré a Mafalda taciturna guardando la vajilla que había sido lavada unas horas antes. Debía de haberse echado una siesta también y se acababa de levantar. Vi un melocotón enorme en la cesta de la fruta y comencé a pelarlo.

—*Faccio io* —me dijo mientras intentaba arrebatarme el cuchillo de las manos.

—*No, no, faccio da me* —contesté con la intención de no ofenderla.

Quería cortarlo y luego hacer esos trozos aún más pequeños y de los resultantes otros más pequeños todavía. Hasta que se convirtiesen en átomos. Terapia. Luego cogí un plátano, lo pelé muy despacito y comencé a trocearlo en finas tiras que luego corté en cubos. Después un albaricoque. Una pera. Dátiles. Luego cogí el recipiente grande de yogur de la nevera y volqué lo que quedaba y los pedazos de fruta en la batidora. Por último, para darle un toque de color, eché unas fresas cogidas del huerto. Me encantaba el ronroneo de la batidora.

No era un postre que a Mafalda le resultase familiar, pero me dejaba hacerlo a mi manera en la cocina sin interferir, como si estuviese complaciendo a alguien a quien ya habían hecho el suficiente daño. La muy zorra lo sabía todo. Debía de haber visto lo del pie. No me quitaba los ojos de encima en ningún momento, como si se estuviese preparando para arrebatarme el cuchillo en cuanto lo acercase a las venas.

Después de mezclar el mejunje, lo eché en un vaso grande, lancé una pajita como si fuese un dardo y me dirigí al patio. De camino, entré en el salón y cogí un libro enorme de fotografías de los cuadros de Monet. Lo coloqué sobre una pequeña estufa junto a la escalera. No iba a enseñarle el libro. Lo dejaría allí. Él lo entendería.

Una vez en el patio, vi a mi madre tomando el té con dos hermanas que habían venido desde S. para jugar al bridge. La cuarta jugadora llegaría en cualquier momento.

Desde la parte de atrás, la del garaje, llegaban los ecos de una discusión sobre fútbol entre su chófer y Manfredi.

Llevé mi bebida a la parte más alejada del patio, saqué una tumbona y, de cara a la verja alargada, intenté disfrutar de la última media hora de sol. Me gustaba sentarme y contemplar cómo al acabar el día se extendía una luz extraña previa al ocaso. Ese era el momento en que uno se iba a dar el último baño del día, aunque tampoco estaba mal quedarse allí leyendo.

Me gustaba sentirme tan descansado. Quizá los antiguos sabios tuviesen razón: no hace daño fundirse con el entorno de vez en cuando. Si continuaba sintiéndome así, más tarde iba a tener que tocar uno o dos preludios o fugas, o quizá una fantasía de Brahms. Tragué más yogur y puse la pierna en la silla de al lado.

Tardé un rato en darme cuenta de que estaba adoptando una pose.

Quería que apareciese por allí y me sorprendiese así de relajado. Él tenía poca idea de lo que estaba planeando para la noche.

—¿Está Oliver por aquí? —me giré a preguntarle a mi madre.

—¿No ha salido?

No dije nada. Ya estaba cansado de los «pues estaré por aquí».

Tras un rato, Mafalda vino a llevarse el vaso. *Vuoi un altro di questi?*; me preguntó si quería otro de aquello como si se refiriese a un licor extraño cuyo nombre no italiano, si es que tenía alguno, no le interesase en absoluto.

—No, quizá salga.

—¿Y adónde irás a estas horas? —me preguntó dando a entender que se refería a la hora de cenar—. Sobre todo después del estado en que te encontrabas a la hora de comer. Me preocupas.

—No pasará nada.

—Bueno, yo te he intentado avisar.

—No te preocupes.

—*Signora!* —gritó, tratando de ganarse el apoyo de mi madre. Mi madre coincidió en que no era buena idea.

—Entonces iré a nadar.

Cualquier cosa antes que estar contando las horas hasta la noche.

Cuando estaba bajando las escaleras hacia la playa, me encontré a un grupo de amigos. Estaban jugando al voleibol en la arena. ¿Que si quería jugar? No, gracias, he estado enfermo. Los dejé solos y me acerqué a la enorme roca, me quedé mirándola un rato y después miré al mar, que parecía dirigir un ondulante rayo de luz desde el agua hasta mi cara, como en un cuadro de Monet. Me adentré en el agua tibia. No estaba feliz. Quería estar con alguien, pero no me importunaba estar solo.

Vimini, a la que debió de llevar allí alguno de los otros, dijo que había oído que no me encontraba bien.

—Nosotros los enfermos... —comenzó.

—¿Sabes dónde está Oliver? —le pregunté.

—No lo sé. Pensé que estaba pescando con Anchise.

—¿Con Anchise? ¡Está loco! La última vez casi se matan.

No respondió. Estaba contemplando la puesta de sol.

—Te gusta, ¿a que sí?

—Sí —le contesté.

—A él también le gustas, más que él a ti, creo.

¿Era la impresión que le daba a ella?

No, lo había dicho Oliver.

¿Cuándo se lo había dicho?

Hacía tiempo.

Coincidía con el tiempo en que casi habíamos dejado de hablarnos. Incluso mi madre me llevó a un aparte durante aquella semana y me sugirió que fuese más educado con nuestro *cauboi*. Esa manía de entrar y salir de las habitaciones sin tan siquiera un hola indiferente no estaba bien.

—Creo que tiene razón —dijo Vimini.

Me encogí de hombros. Nunca antes me habían acaecido tales contradicciones. Era una agonía algo similar a la ira lo que se estaba fraguando en mi interior. Intenté centrar la cabeza y concentrarme en la puesta de sol ante nosotros, de la misma forma que la gente que está a punto de responder al polígrafo visualiza lugares serenos y plácidos para ocultar su agitación. Pero también estaba forzándome a pensar en otras cosas porque no quería manosear ni malgastar ningún pensamiento que tuviese que ver con lo de esta noche. Puede que él dijese que no, puede que incluso decidiese abandonar nuestra casa y, si le presionaban, decir el porqué. Esto era todo lo que me iba a permitir pensar.

Una reflexión horrible se apoderó de mí. ¿Qué ocurriría si, ahora mismo, hubiera ido al pueblo a revelar o a dar pistas sobre lo ocurrido en nuestro paseo en bicicleta a alguno de los amigos que había hecho entre los chicos de allí, o a toda aquella gente que solicitaba invitarle a cenar? ¿Yo en su lugar hubiese sido capaz de mantener la boca cerrada ante tal secreto? No.

Y aun así, me había demostrado que podía darse y recibirse lo que yo deseaba de forma tan natural que uno se preguntaba por qué era necesario tanto tormento retorcido y tanta vergüenza, viendo que no hacía falta un gesto tan complicado para poder, por ejemplo, comprar un paquete de cigarrillos, o pasar un porro, o pararse justo delante de una de las chicas de la parte de atrás de la *piazzetta* por la noche y, tras pactar un precio, subir con ella para compartir unos minutos.

Cuando volví de nadar, aún no había ni rastro de él. Indagué. No, no había vuelto. Su bici estaba en el mismo lugar donde la había dejado a mediodía. Y Anchise había vuelto hacía unas horas. Subí a mi cuarto y desde el balcón intenté abrirme paso entre las puertaventanas de su habitación. Estaban trancadas. Lo único que podía ver a través del cristal eran los pantalones cortos que llevaba puestos durante la cena.

Intenté hacer memoria. Tenía puesto un bañador cuando entró en mi habitación aquella tarde y me prometió que se quedaría por aquí. Eché un vistazo desde el balcón con la esperanza de ver el barco, en caso de que hubiese decidido volver a salir con él. Estaba amarrado en el embarcadero.

Cuando bajé, mi padre tomaba unos cócteles con un reportero de Francia.

—¿Por qué no tocas algo? —me preguntó.

—*Non mi va* —respondí—. No estoy de humor.

—*E perché non ti va?* —me inquirió, como si discrepase de mi tono de voz.

—*Perché non mi va* —le respondí de mala manera.

Después de haber salvado una barrera tan difícil aquella mañana, me daba la sensación de que podía expresar abiertamente cualquier trivialidad que se me pasase por la cabeza.

Mi padre dijo que quizá yo también debía tomar una copa de vino con ellos.

Mafalda anunció la cena.

—¿No es demasiado pronto para cenar? —pregunté.

—Son más de las ocho.

Mi madre estaba acompañando a una de sus amigas que había venido en coche y debía irse.

Agradecía que el francés estuviese sentado al borde del sillón, aparentando estar a punto de levantarse para ir al salón, aunque aún permaneciese sedente, sin moverse. Sostenía con ambas manos un vaso vacío, forzando a mi padre, que acababa de preguntarle qué pensaba de la incipiente temporada operística, para que se mantuviese sentado mientras terminaba de responderle.

La cena se pospuso aún unos cinco o diez minutos. Si llegaba tarde, no cenaría con nosotros. Pero si eso ocurría, significaría que estaba comiendo en otro sitio. Yo no quería que cenase en ningún sitio que no fuese allí con nosotros.

—*Noi ci mettiamo a tavola,* sentémonos —dijo mi madre.

Me pidió que me sentase a su lado.

El asiento de Oliver estaba vacío. Mi madre se quejó de que al menos debía habernos avisado de que no vendría a comer.

Mi padre dijo que quizá fuese una vez más culpa del barco. Esa embarcación debía ser desarmada del todo.

—Pero el bote está abajo —dije yo.

—Entonces debe de ser por la traductora. ¿Quién fue el que me dijo que tenía que ver a la traductora aquella tarde? —preguntó mi madre.

No debía mostrar signos de ansiedad. O de que me importaba. Tenía que guardar la calma. No quería volver a sangrar. Sin embargo, aquel momento, que parecía de una dicha total, en el que fuimos en bicicleta a la *piazzetta,* tanto antes como después de nuestra charla, pertenecía ahora a otro segmento temporal, como si le hubiese sucedido a otro yo, en otra vida que no era muy diferente a la mía, pero lo suficientemente distante como para conseguir que los pocos segundos que nos separaban pareciesen años luz. Si ponía mi pie en el suelo y fingía que el suyo estaba justo detrás de la pata de la mesa, ese suelo, como si fuese una nave espacial que acabase de apagar su dispositivo de ocultación o un fantasma que hubiese sido llamado por los vivos, se materializaría de repente como un pliegue en el espacio y diría: *Sé que has sentido la llamada. Alarga la pierna y me encontrarás.*

No había pasado mucho tiempo cuando la amiga de mi madre, que en el último instante decidió quedarse a cenar, fue invitada a sentarse donde yo me había situado durante la comida. El lugar pactado para Oliver fue retirado de inmediato.

La retirada se llevó a cabo de manera concisa, sin una pizca de pesar o remordimientos, de la misma forma en que se quitaría una bombilla que ya no funciona o se desecharían los sobrantes cárnicos de un cordero que en su momento fue un animal de compañía, o de la manera en que se quitarían las sábanas y las mantas de una cama en la que acaba de morir alguien. Toma, coge esto, y quítalo de mi vista. Observé cómo desaparecían sus cubiertos, el mantel individual, la servilleta, todo su ser. Fue un presagio de lo que iba a ocurrir en menos de un mes. No miré a Mafalda. Odiaba estos cambios de última hora en la mesa. Hacía un gesto con la cabeza de reproche a Oliver, a mi madre, al mundo en general. A mí también, supongo. Sin tan siquiera mirarla sabía que sus ojos estaban escrutando mi cara para cruzarse con los míos y mantener la mirada, es por eso por lo que estaba evitando quitar la vista de mi *semifreddo,* que me encantaba, y ella lo sabía y me lo había situado ahí porque, a pesar del semblante represor de su cara que vigilaba cada uno de mis movimientos, ella sabía que yo sabía que sentía lástima por mí.

Esa noche, más tarde, mientras tocaba algo al piano, me dio un vuelco el corazón al creer que había escuchado cómo una moto paraba junto a la puerta. Alguien le había acercado hasta casa. Podía estar equivocado. Me esforcé por percibir sus pasos, desde el sonido de la suela sobre la gravilla hasta el enmudecido batir de sus alpargatas mientras subía por las escaleras que daban a nuestro balcón. Pero no entró nadie en casa.

Mucho, mucho después, en la cama, distinguí algo de música que provenía de un coche que se había detenido en la carretera principal, más allá del paseo de los pinos. Se abrieron las puertas. Hubo un portazo. El coche arrancó. La música comenzó a disiparse. Simplemente quedó el sonido del oleaje y de la gravilla rastrillada por los pies gandules de alguien que está muy concentrado en sus pensamientos o un poco borracho.

Y si de camino a su cuarto le diese por entrar en mi cuarto para decirme: *Solo estaba asomando la cabeza antes de meterme en la cama para ver cómo te encontrabas. ¿Todo bien?*

No respondo.

¿Estás cabreado?

No respondo.

¡Estás cabreado!

No, en absoluto. Pero me dijiste que te quedarías por aquí.

O sea, que estás cabreado.

Pero ¿por qué no te quedaste por aquí?

Me mira, y como si fuésemos dos adultos. *Ya sabes por qué.*

Porque no te gusto.

No.

Porque nunca te gusté.

No. Porque no te convengo.

Silencio.

Créeme, hazme caso.

Levanto la esquina de la sábana.

Dice que no con la cabeza.

Solo un segundo.

Vuelve a negarse. *Me conozco.*

Ya le había oído usar esas palabras antes. Quieren decir: *Me muero por hacerlo, pero puede que no consiga controlarme una vez que comencemos, así que mejor no empiezo.* Qué gran aplomo decirle a alguien que no puedes tocarle porque te conoces.

Bueno, pues si no vas a hacer nada conmigo, ¿puedes por lo menos leerme una historia?

Me conformaba con eso. Quería que me contase un cuento. Algo de Chéjov o de Gogol o de Katherine Mansfield. Quítate la ropa, Oliver, y métete en mi cama, déjame acariciar tu piel, pon tu pelo sobre mi carne, tu pie sobre el mío, aunque no hagamos nada, acurruquémonos, tú y yo, cuando la noche se extiende en el cielo, y leamos historias sobre gente inquieta que siempre termina quedándose desolada y odian estar solos porque siempre son ellos mismos con quienes no soportan estar a solas.

Traidor, pensé a la espera de escuchar la puerta de su cuarto chirriar al abrirse y de nuevo al cerrarse. Traidor. Qué fácil nos olvidamos. *Estaré por aquí.* Claro. Mentiroso.

Nunca se me ocurrió pensar que yo también era un traidor, que en algún lugar de la playa cerca de su casa una chica me había estado esperando, todos los días, y que, como Oliver, no me lo había ni replanteado.

Le oí salir al descansillo. Yo había dejado la puerta de mi cuarto entreabierta de forma intencionada, con la esperanza de que la luz del vestíbulo se colase lo suficiente como para mostrar mi cuerpo. Tenía la cara contra la pared. Dependía de él. Caminó por delante de mi puerta. No se paró. Ni siquiera lo dudó. Nada.

Oí cómo se cerraba su puerta.

Unos pocos minutos después la abrió. Me dio un vuelco el corazón. Para entonces ya estaba sudando y podía sentir la humedad en mi almohada. Escuché algunos pasos más. Luego percibí cómo se encerraba con pestillo en el baño. Si abría la ducha quería decir que había hecho el amor. Escuché el ruido de la bañera y luego abrió la ducha. Traidor. Traidor.

Esperé hasta que saliese. Pero tardaba muchísimo.

Cuando por fin me decidí a echar un vistazo en el pasillo, me percaté de que mi habitación estaba completamente a oscuras. La puerta se había cerrado, ¿había alguien en mi cuarto? Podía distinguir el perfume de su champú Roger & Gallet tan cerca de mí que llegué a pensar que si levantaba el brazo tocaría su cara. Estaba en mi habitación, de pie en la oscuridad, estático, como si intentase decidir si se animaba a despertarme o a buscar mi cama en la penumbra. Oh, bendita noche, pensé, bendita noche. Sin decir una palabra me esforcé por vislumbrar el contorno de la bata que tantas veces me había puesto después de que él la usase, su largo cinturón de toalla colgando tan cerca de mí, frotándome la cara tan suavemente mientras permanecía de pie a mi lado, preparado para dejar que cayera la toga al suelo en cualquier momento. ¿Habría venido descalzo? ¿Y habría cerrado mi puerta con llave? ¿Tendría la verga tan dura como yo y le estaría sobresaliendo de la bata, motivo por el cual el cinturón me acariciaba la cara? ¿Estaría haciéndome cosquillas en la cara aposta? No pares, no pares, no pares nunca. La puerta comenzó a abrirse sin previo aviso. ¿Por qué la abría ahora?

Había sido solamente el aire. Un golpe de viento la había cerrado. Y otro la abrió. El cinturón que había sobado mi cara con tanta picardía no era más que la mosquitera rozándome cada vez que respiraba. Fuera, podía escuchar cómo corría el agua en el baño, parecían haber pasado horas y horas desde que entró en el aseo. No, no era la ducha, sino la cadena. No funcionaba bien del todo, y esporádicamente soltaba toda el agua cuando estaba a punto de desbordarse, para luego volver a llenarse y vaciarse una y otra vez, y así toda la noche. Cuando salí al balcón y vislumbré el perfil azulino del mar, sabía que estaba amaneciendo.

Volví a despertarme una hora después.

Durante el desayuno, como era habitual, fingí no darme ni cuenta de su presencia. Fue mi madre la primera que, al verle, exclamó: *Ma guardi un po' quant'è pallido*, pero qué demacrado que está. Pese a unos comentarios tan sinceros, continuó usando un tono formal al dirigirse a Oliver. Mi padre levantó la vista y continuó leyendo el periódico.

—Espero que hicieses el agosto anoche, de lo contrario tendré que contestar a tu padre.

Oliver rompió la parte de arriba de sus dos huevos pasados por agua usando el canto de la cuchara. Aún no había aprendido.

—Yo nunca pierdo, Pro —se dirigía al huevo de la misma manera que mi padre le hablaba al periódico.

—¿Te deja tu padre?

—Siempre me he financiado solo. He pagado mis gastos desde que iba a la escuela primaria. Era casi imposible que no lo aceptase.

Le envidiaba.

—¿Bebiste mucho anoche?

—Hice eso y otras cosas —estaba untando mantequilla en el pan.

—Prefiero no saberlo —dijo mi padre.

—Tampoco mi padre quiere saberlo. Y para serte completamente franco, me parece que a mí tampoco me interesa recordarlo.

¿Hacía esto por mi bien? *Mira, nunca va a ocurrir nada entre nosotros y cuanto antes te lo metas en la cabeza, antes estaremos todos más tranquilos.*

¿O se trataba de una postura diabólica?

Admiraba a la gente que hablaba de sus vicios como si fuesen parientes lejanos a los que había aprendido a soportar pues no podía renegar de ellos. *Hice eso y otras cosas. A mí tampoco me interesa recordarlo* —al igual que el *me conozco*— se refería de forma directa a una esfera de la experiencia humana a la que solo tenían acceso los demás, yo no. Cómo deseaba poder decir una cosa así algún día, como por ejemplo que no me apetecía recordar lo que había hecho la noche anterior, en pleno esplendor matutino. Me preguntaba cuáles eran las otras cosas que necesitaban de una ducha. ¿Te duchaste para sentirte mejor ya que tu organismo no podía soportarlo más? ¿O te duchaste para olvidar, para eliminar cualquier rastro de la degradación y la indecencia de la noche anterior? Ah, proclamar todos tus vicios para mover la cabeza en señal de desaprobación y purificarlo todo con un zumo de albaricoque recién hecho por los dedos aritméticos de Mafalda y hacer sonar los labios al terminar.

—¿Ahorras las ganancias?

—Lo ahorro y lo invierto, Pro.

—Ojalá hubiese tenido esa cabeza a tu edad; me habría ahorrado muchas decisiones equivocadas —dijo mi padre.

—¿Decisiones equivocadas tú, Pro? Sinceramente, no te veo siquiera imaginándote una decisión equivocada.

—Eso es porque me ves como una figura, no como un ser humano. Peor aún: como un anciano. Pero hubo alguna que otra. Me refiero a decisiones equivocadas. Todo el mundo atraviesa un periodo de *traviamento:* cuando tomamos, por poner un ejemplo, un camino diferente en la vida, la otra *via*. El propio Dante lo hizo. Algunos se recuperan, otros fingen hacerlo, otros nunca vuelven, algunos se rajan incluso antes de empezar y otros, por el miedo a no tomar decisiones, se encuentran siguiendo un camino equivocado durante toda su vida.

Mi madre suspiró de forma melodiosa. Era su manera de avisar a los presentes de que esto podía convertirse en una conferencia improvisada de aquel gran hombre.

Oliver comenzó a romper otro huevo.

Tenía unas bolsas enormes bajo los ojos y un aspecto adusto.

—A veces el *traviamento* resulta ser el camino correcto, Pro. O tan bueno como cualquier otro.

Mi padre, que para entonces ya estaba fumando, asintió de forma pensativa. Esta era su manera de hacer patente su desconocimiento del tema y su disposición a rendirse ante los que sabían al respecto.

—A tu edad yo no sabía nada, pero hoy en día todo el mundo sabe de todo y hablan, hablan y hablan.

—Quizá lo que Oliver necesita es dormir, dormir, dormir.

—Esta noche, le prometo, *signora* P., que no habrá ni póquer ni bebida. Me pondré ropa limpia, revisaré mis manuscritos y después de cenar veremos todos juntos la tele y jugaremos a canasta, como los viejos en Little Italy. Pero antes —añadió con una sonrisa de satisfacción— necesito ver a Milani un momento. Sin embargo, esta noche, lo prometo, seré el chico que mejor se comporte de toda la Riviera.

Y eso fue lo que ocurrió. Tras una breve escapada a B., se convirtió en el Oliver «verde» durante todo el día, un niño no mayor que Vimini, con todo el candor y ninguno de sus dardos. También había un enorme ramo de flores que habían enviado de la floristería local. «Has perdido la cabeza», dijo mi madre. Después de comer, dijo que iba a echarse una siesta, la primera y la última durante su estancia entre nosotros. Y sí que se la echó, pues cuando se despertó, hacia las cinco de la tarde, estaba tan fresco como si se hubiera quitado diez años de encima: las mejillas rojas, los ojos descansados y sin rastro de la sobriedad previa. Podía haber pasado por alguien de mi edad. Como había prometido, aquella noche nos sentamos todos juntos —no había invitados— y vimos películas románticas en la tele. La mejor parte fue cómo todo el mundo, incluidas Vimini, que pasaba por allí, y Mafalda, cuyo asiento se hallaba cerca de la puerta del salón, replicaba cada escena, predecía cómo acabaría y en ocasiones se indignaba y se burlaba de las estupideces de la historia, de los actores y de los protagonistas. ¿Por qué? ¿Qué habrías hecho tú en su lugar? Le habría dejado, eso habría hecho. ¿Y tú, Mafalda? Bueno, en mi opinión, creo que debería haberle dicho que sí la primera vez que le preguntó y no titubear tanto tiempo. Exactamente lo mismo que digo yo. Recibió lo que se merecía. Y punto.

Solo nos interrumpieron una vez. Fue una llamada de teléfono desde Estados Unidos. A Oliver le gustaba que sus conversaciones telefónicas fuesen extremadamente cortas, casi abruptas. Escuchamos cómo pronunció su inevitable *¡Luego!,* colgó y antes de que nos diésemos cuenta estaba de vuelta investigando qué se había perdido. Nunca hacía ningún comentario tras colgar. Nunca le preguntábamos. Todo el mundo a la vez se ofreció voluntario para explicarle lo que había ocurrido en la trama, incluido mi padre, cuya versión de lo que se había perdido Oliver era menos precisa que la de Mafalda. Había mucho ruido, por lo que nos perdimos más de lo que él se había perdido durante su corta llamada. Nos reíamos mucho. En algún momento, mientras nos hallábamos totalmente concentrados en semejante drama, Anchise entró en el salón y, desenrollando una camiseta vieja y empapada, nos mostró la pesca de la tarde: un róbalo gigantesco que iría destinado a la comida o a la cena de mañana y del que había suficiente para todos los que se quisiesen unir. Mi padre decidió echarle un poco de Grappa a todo el mundo, incluso le dio unas gotas a Vimini.

Aquella noche, todos nos fuimos pronto a la cama. El día había sido agotador. Me debí de quedar profundamente dormido, pues cuando me desperté ya estaban retirando los utensilios del desayuno.

Me lo encontré tumbado en la hierba con un diccionario a su izquierda y un cojín amarillo bajo el pecho. Tenía la esperanza de hallarlo sobrio o que estuviese del mismo humor que había estado todo el día anterior. Pero ya estaba metido del todo en su trabajo. Me sentí extraño al romper el silencio. Tuve la tentación de volver a mi costumbre de fingir que no le había visto, pero ahora era más difícil de hacer, sobre todo cuando dos días antes me había dicho que se había dado cuenta de mi pequeña actuación.

¿El hecho de saber que estábamos fingiendo cambiaría algo si volvíamos a no hablarnos?

Es probable que no. Quizá abriese incluso aún más la brecha, pues era difícil para cualquiera de los dos creer que seríamos lo bastante estúpidos como para aparentar precisamente lo que ya habíamos confesado que era una farsa. Pero no podía aguantarme.

—Te estuve esperando el otro día —me parecía a mi madre cuando le reprochaba a mi padre que volviese a casa tan tarde sin explicación. Nunca pensé que llegaría a sonar tan malhumorado.

—¿Por qué no bajaste al pueblo? —fue su respuesta.

—No sé.

—Lo pasamos bien. Te hubieses divertido. ¿Descansaste al menos?

—Más o menos. Estuve inquieto, pero bien.

Volvió a quedarse mirando la página que había estado leyendo y pronunciaba con afectación y en silencio las sílabas, quizá para demostrar que estaba muy concentrado en esa hoja.

—¿Vas a ir al pueblo por la mañana?

Sabía que le estaba interrumpiendo y me odiaba por eso.

—Luego, tal vez.

Debí de haber pillado la indirecta, y lo hice. Pero una parte de mí se negaba a creer que alguien podría cambiar tan rápidamente.

—Yo tengo pensado ir al pueblo.

—Ya veo.

—Un libro que había pedido ha llegado por fin. Debo recogerlo en la librería hoy por la mañana.

—¿Qué libro?

—*Armancia.*

—Si quieres yo lo recojo.

Le miré. Me sentía como un niño que, pese a todas las disculpas e indirectas, se ve incapaz de recordar a sus padres que le habían prometido que le llevarían a la tienda de juguetes. No hacía falta andarse por las ramas.

—Es que tenía la esperanza de que pudiésemos ir juntos.

—¿Te refieres a como el otro día? —añadió, como si estuviese ayudándome a decir lo que no me atrevía a mencionar yo solo, pero a la vez complicando las cosas al fingir no acordarse de las fechas exactas.

—No creo que se vuelva a repetir nada como lo del otro día —quería dar la sensación de mantener la nobleza y la gravedad en mi derrota—, pero sí, algo así —podía mostrarme también indeciso.

Que yo, un chico extremadamente tímido, encontrase el valor para decir algo así solo podía ser debido a una cosa: a un sueño que había tenido dos o quizá tres noches seguidas. En el sueño, Oliver me había estado suplicando con estas palabras: «Me matarás si paras». Pensé que recordaba el contexto, pero me avergonzaba tanto que me mostraba reticente, incluso frente a mí mismo, a admitirlo. Había colocado una cortina a su alrededor y solo podía echar alguna ojeada furtiva y precipitada.

—Aquel día pertenece a un pliegue temporal totalmente distinto. Deberíamos aprender a no menear más las cosas.

Oliver me escuchaba.

—La voz de la experiencia es tu más valioso rasgo.

Él había levantado los ojos y estaba mirándome fijamente a la cara, lo que me provocó una sensación de incomodidad.

—¿Tanto te gusto, Elio?

—¿Que si me gustas? —quería sonar incrédulo, como si estuviese cuestionando que él lo hubiese dudado. Pero entonces me lo pensé mejor y comencé a suavizar el tono de mi pregunta con un intencionado y evasivo *quizá,* que supuestamente debía significar *por supuesto,* cuando de repente suelto—: ¿Que si me gustas? Te idolatro.

Ya está, ya lo había dicho. Quería que la palabra le asustase y le sentase como un cachete para que fuese seguido instantáneamente por unas caricias de lo más lánguidas. ¿Qué es un simple *gustar* cuando se está barajando la posibilidad de *idolatrar*? Pero también quería que ese verbo actuase como un puñetazo que le dejase KO, como los que propina, no la persona que está enamorada de ti, sino un amigo íntimo para decirte en privado: *Escucha, creo que debes saber que Fulanito o Menganito te idolatra.* «Idolatrar» parecía implicar más de lo que nadie se atrevería a decir en esas circunstancias; aun así, era lo más seguro y en última instancia lo más turbio que se me ocurrió decir. Me tuve que reconocer el mérito por quitarme la verdad de encima, aunque siempre me guardaba un as en la manga por si acaso debía retirarlo inmediatamente al ir demasiado lejos.

—Iré contigo a B. —dijo—, pero no me des más discursos.

—Ni discursos, ni nada. Ni una palabra.

—¿Qué te parece si cogemos las bicicletas en media hora?

Oh, Oliver, me dije a mí mismo de camino a la cocina a por algo de picar, lo haré todo por ti. Subiré a las montañas contigo, te echaré una carrera hasta el pueblo, no señalaré el mar cuando lleguemos al muro, te esperaré en el bar de la *piazzetta* mientras tú visitas a la traductora, y tocaré el monumento al soldado desconocido muerto en el Piave y no diré una palabra, te enseñaré el camino a la librería y aparcaremos las bicis fuera de la tienda para entrar juntos y salir juntos y te prometo, te prometo, te prometo que no diré nada de Shelley o Monet, ni me rebajaré a decirte que hace dos noches añadiste un anillo de vida a mi alma.

Voy a disfrutar de esto simplemente por lo que es, me digo una y otra vez. Somos dos jóvenes de viaje en bici, y vamos a ir al pueblo y volver, y nadaremos, jugaremos al tenis, comeremos, beberemos y, ya por la noche, nos encontraremos en la misma *piazzetta* donde dos mañanas antes nos dijimos tanto y a la vez tan poco. Él estará con una chica, yo estaré con otra chica y puede que hasta seamos felices. Todos los días, si no estropeo las cosas, conduciremos hasta el pueblo y volveremos, e incluso si esto es todo lo que está dispuesto a dar, lo cogeré. Estaría dispuesto a conformarme con menos, con tal de vivir con estos restos trillados.

Aquella mañana fuimos en bicicleta hasta el pueblo y terminamos con lo de su traducción rápidamente, pero, aun después de tomar un café rápido en el bar, la librería no abría. Así que nos entretuvimos por la *piazzetta*, yo me quedé mirando el monumento conmemorativo, él observaba las vistas de la bahía moteada, ninguno de los dos mencionó nada del fantasma de Shelley, que nos vigilaba a cada paso por el pueblo y nos mandaba más señales que el padre de Hamlet. Sin pensarlo, me preguntó que cómo era posible que alguien se ahogase en aquel mar. Sonreí inmediatamente, pues comprendí su intención de dar marcha atrás, lo que provocó una mirada cómplice entre ambos, como un beso húmedo y apasionado en mitad de una conversación entre dos individuos que, sin pensarlo, han conectado con los labios del otro en el abrasador desierto rojo que ambos habían situado de forma intencionada entre ellos para así no buscar a tientas sus cuerpos desnudos.

—Pensé que no íbamos a mencionar... —comencé a decir.

—Sin discursos. Lo sé.

Cuando volvimos a la librería, dejamos nuestras bicicletas fuera y entramos.

Me sentí especial. Como si le mostrase a alguien una capilla privada, una guarida secreta, el lugar donde, como ocurrió con el muro, uno viene a estar solo, a soñar con los demás. Aquí es donde soñé contigo antes de que entrases en mi vida.

Me gustaba cómo se desenvolvía en la librería. Era curioso pero no estaba del todo concentrado, interesado aunque no despreocupado, fluctuando entre un *Mira lo que he encontrado* y un *¿Cómo puede ser que una librería no tenga tal o tal libro?*

El librero había pedido dos ejemplares de *Armancia* de Stendhal, una edición en rústica y otra más cara en tapa dura. Llevado por un impulso, dije que me llevaba las dos y las apunté en la cuenta de mi padre. Luego le pedí al asistente un bolígrafo, abrí la edición de lujo y escribí: *Zwischen Immer und Nie, por ti en silencio, en algún lugar de Italia, en la década de los ochenta.*

En los años venideros, si aún seguía en su poder el ejemplar, deseaba que le doliese. Mejor aún, deseaba que algún día alguien, husmeando entre sus libros, abriese este volumen de *Armancia* y le preguntase: *Dime, ¿quién estaba en silencio, en algún lugar de Italia, en la década de los ochenta?* Y en ese instante quiero que sienta algo tan punzante como la pena y más terrible que el arrepentimiento, incluso algo de lástima por mí, porque aquella mañana en la librería eso era lo que yo había recibido, pues era todo lo que él me pudo ofrecer. Quizá fuese por lástima por lo que puso un brazo a mi alrededor, y entre tal oleada de clemencia y remordimiento que nos andaba rondando como si se tratase de una corriente subterránea indefinida y erótica que llevaba forjándose muchos años, quería que recordase la mañana en el muro de Monet cuando le besé, no la primera sino la segunda vez, y le dejé mi saliva en su boca pues deseaba de forma desesperada tener la suya en la mía.

Comentó algo sobre que ese regalo era lo mejor que había recibido en todo el año. Me encogí de hombros para quitar importancia a esos agradecimientos cumplidores. Quizá simplemente quería que lo repitiese.

—Me alegro. Tan solo quería agradecerte esta mañana que hemos pasado —y antes incluso de que él pensase en interrumpirme, añadí—: Ya lo sé. Sin ningún tipo de discurso.

Mientras íbamos cuesta abajo, pasamos junto a mi lugar, y en esta ocasión fui yo quien miró en otra dirección, como si ni siquiera me acordase. Estoy seguro de que si le hubiese mirado en aquel momento, nos habríamos dedicado la misma mirada infecciosa que nos borramos de la cara al recordar la muerte de Shelley. Tal vez eso nos hubiera acercado más el uno al otro, aunque solo fuese para recordarnos lo lejos que necesitábamos estar ahora. Quizá, al mirar para otro lado, sabiendo que así evitábamos los «discursos», habíamos encontrado una manera de sonreírnos, pues estaba seguro de que sabía que yo sabía que él sabía que estaba evitando mencionar lo ocurrido en el muro de Monet, y que el hecho de evitarnos, que parecía estar alejándonos, en realidad correspondía a una situación íntima de sincronía perfecta que ninguno de los dos deseaba disipar. Esto está también en el libro de los cuadros, podía haber dicho, pero me mordí la lengua. Sin discursos.

Sin embargo, si en los siguientes viajes en bici juntos me preguntaba, lo soltaría todo.

Le diría que, aunque montábamos en bicicleta todos los días para ir a nuestro lugar favorito en la *piazzetta* donde tenía la intención de no decir nunca nada a destiempo, cada noche, cuando sabía que estaba en la cama, abría las puertaventanas y salía al balcón, con la esperanza de que él hubiese oído el temblor de los cristales, seguido del chirrido delator de las viejas bisagras. Le esperaba allí, vestido solo con la parte de abajo del pijama, listo para exclamar, si me preguntaba qué hacía allí, que la noche era demasiado calurosa y el olor de la citronella era insoportable y por lo tanto prefería estar allí de pie, sin dormir, sin leer, simplemente observando, pues no conseguía dormirme, y si me preguntaba por qué no lograba dormirme, tan solo le contestaría que no quería saberlo o, dando un rodeo, le diría que me había prometido no cruzar nunca a su lado del balcón, en parte porque tenía mucho miedo de ofenderle, pero también porque no quería poner a prueba la cuerda invisible que a modo de trampa se hallaba entre nosotros. *¿De qué cuerda hablas?* De la cuerda que de noche, si mi sueño era muy realista o había tomado más vino de lo habitual, podía cruzar fácilmente, luego empujar tu puerta para que se abriese y decir: Oliver, soy yo, no puedo dormir, deja que me quede contigo. ¡Esa cuerda!

La cuerda a modo de trampa surgía a cualquier hora de la noche. Un búho, el propio sonido de las puertaventanas de Oliver chirriando por el efecto del viento, la música de una discoteca distante que abre toda la noche en un pueblo vecino, una refriega entre gatos a las tantas o el crepitar del dintel de madera de mi habitación, cualquier cosa me despertaba. Pero esto lo sabía desde la infancia y, al igual que un cervato somnoliento que chasquea la cola ante la presencia de un insecto intruso, sabía cómo quitármelo de encima y volver a dormirme instantáneamente. Sin embargo, a veces, cualquier nadería, como una sensación de vergüenza o de temor, conseguía abrirse camino entre mi sueño y me rondaba, me vigilaba mientras dormía y acercándose a mi oído me susurraba: *No tengo intención de despertarte, de verdad, vuelve a dormirte, Elio, sigue durmiendo,* mientras yo me esforzaba por recuperar el sueño al que estaba a punto de reincorporarme en cualquier momento y del que podía incluso reescribir el argumento si lo intentase un poco más.

Pero no lograba conciliar el sueño y estaba seguro de que no uno, sino dos pensamientos tormentosos me vigilaban, como si fuesen una pareja de espectros que toman forma al salir de la niebla de la ilusión: deseo y vergüenza, el anhelo por poder abrir mi ventana de par en par y sin pensarlo entrar en su habitación en cueros, y, por otra parte, mi constante incapacidad para arriesgar lo más mínimo y lograr conseguir todo esto. Allí estaba vigilando el legado de mi juventud, las dos mascotas de mi vida, el hambre y el miedo, y me decían: *Ha habido muchos antes que tú que se arriesgaron y obtuvieron recompensa, ¿por qué vas a ser menos?* No hay respuesta. *Muchos tiraron la toalla, ¿por qué debes hacerlo tú también?* No hay respuesta. Y después apareció ridiculizándome como siempre: *Si no es luego, Elio, ¿entonces cuándo?*

Aquella noche, una vez más, hubo una contestación, aunque llegó en un sueño que en sí mismo era un sueño dentro de otro. Me desperté con una imagen que dio más información de la que quería saber, como si, a pesar de mi franca constatación de lo que quería de él y de cómo lo quería, hubiera aún algunos resquicios que hubiese evitado. En este sueño aprendí por fin lo que mi cuerpo debía de saber desde el principio. Estábamos en su habitación y, al contrario que en todas mis fantasías, no era yo quien tenía la espalda contra la cama sino Oliver; yo estaba encima de él, observando en su rostro una expresión muy acalorada, que se conforma con poco, que incluso en mis sueños me arrancaba profundas emociones y que me exponía algo que no hubiese sabido o adivinado nunca: que no darle lo que deseaba otorgarle a cualquier precio quizá fuese el peor crimen que jamás cometiese en mi vida. Anhelaba con desesperación entregarle algo. En contraste, obtener parecía tan anodino, tan vulgar, tan mecánico. Y luego lo escuché, como si para entonces ya lo supiese. «Me matarás si paras», dijo entre jadeos a sabiendas de que ya me había dicho esas mismísimas palabras unas cuantas noches antes en otro sueño, pero que, habiéndolas pronunciado ya una vez, era libre de repetirlas cuando le apeteciese siempre que me visitase en sueños, incluso aunque ninguno de los dos parecía saber si su voz procedía de mí o si mi recuerdo de esas palabras explotaba en su interior. Su cara, que parecía estar percibiendo mi pasión y al hacerlo me excitaba, me ofreció una imagen de bondad y de fuego que nunca había experimentado y jamás me hubiese imaginado en ningún semblante. Esta imagen suya iba a convertirse en una lamparilla de noche en mi vida, manteniéndome en vilo en esos días en que haría de todo menos darme por vencido, reavivando mis deseos hacia él cuando quería que desaparecieran, atizando las brasas del coraje cuando temía que un rechazo pudiese disipar cualquier atisbo de orgullo. Su mirada se volvía como la pequeña foto de un ser querido que los soldados se llevan al campo de batalla y no solo les hace recordar que hay cosas buenas en la vida y que la felicidad los aguarda, sino que también les hace pensar que esa cara nunca les perdonará si vuelven a casa en una bolsa para restos humanos.

Estas palabras hicieron que ansiase e intentase cosas que nunca me había creído capaz de hacer.

Sin considerar lo mucho que él deseaba no tener nada conmigo, sin pensar en esos con los que había entablado amistad y seguramente estuviese durmiendo cada noche, cualquiera que me hubiese revelado así su humanidad mientras yacía desnudo bajo mi cuerpo, aunque solo fuese en sueños, no podía ser muy distinto en la vida real. Así era él en realidad; todo lo demás era accidental.

No: también era el otro, el hombre del bañador rojo.

Era solo que no podía permitirme tener la esperanza de verle sin llevar ningún bañador.

Si durante la segunda mañana después de lo de la *piazzetta* encontré el valor para insistir en ir al pueblo con él, a pesar de que era obvio que él no quería ni hablar conmigo, fue solamente porque cuando le miré y le vi verbalizando lo que acababa de escribir en su libreta, me acordé de sus otras palabras de plegaria: «Me matarás si paras». Cuando le entregué el libro en la librería, y más tarde insistí en pagar los helados pues invitar a helado también significaba pasear en bici por las tortuosas y estrechas calles de B. y por lo tanto estar juntos un rato más, era también para darle las gracias por aquel «Me matarás si paras». Incluso cuando le tomé el pelo y le dije que no habría ningún discurso, fue porque estaba acunando de forma secreta el «Me matarás si paras», mucho más valioso ahora que cualquier reconocimiento por su parte. Aquella mañana lo escribí en mi diario, pero evité mencionar que había sido un sueño. Quería volver años después y creer, aunque solo fuese por un momento, que él había pronunciado de veras aquellas palabras de súplica. Lo que anhelaba preservar era el jadeo turbulento en su voz que permaneció conmigo durante varios días y que me afirmaba que si era capaz de conseguir que le gustase todo eso en mis sueños durante cada noche de mi vida, entonces construiría toda mi vida con sueños y terminaría con todo lo demás.

Mientras bajamos a toda velocidad pasamos por mi sitio, junto a los olivares y los campos de girasoles que tornan su cabeza hacia nosotros cuando nos deslizamos hacia los pinares, dejamos atrás los dos vagones de tren que perdieron sus ruedas hace ya unas cuantas generaciones pero que aún mantienen el escudo de la Casa de Saboya, pasamos por delante de la hilera de comerciantes gitanos que nos desean la muerte a gritos porque casi rozamos a sus hijas, me giro y le chillo: «Me matarás si me paro».

Lo dije para poner palabras suyas en mi boca, para saborearlas durante un rato antes de almacenarlas en mi escondrijo, de la misma forma que los pastores de ovejas sacan su ganado a la colina cuando hace calor pero lo meten en el aprisco a toda velocidad cuando el tiempo enfría. Al gritar sus palabras las estaba haciendo carne y dándoles mayor vida, como si tuviesen vida propia ahora, más prolongada y más llamativa, y que no podía gobernar nadie, como la duración de un eco que ha rebotado ya en los acantilados de B. y ha ido a zambullirse en el oleaje donde el barco de Shelley se topó con la tormenta. Le devolvía a Oliver lo que le pertenecía, entregándole sus palabras con el deseo implícito de que me las volviese a decir de nuevo, como en mi sueño, pues ahora era su turno para pronunciarlas.

Durante la comida, ni una palabra. Después de comer se sentó en el jardín a la sombra para hacer, como ya nos había anunciado, el trabajo de dos días. No, no iba a ir al pueblo aquella noche. Quizá al día siguiente. Tampoco iba a jugar al póquer. Posteriormente subió a su cuarto.

Unos pocos días antes tenía su pie sobre el mío. Ahora ni siquiera me miraba.

Más o menos a la hora de la cena, volvió a bajar a por algo de beber. «Echaré de menos todo esto, señora P.», dijo con el pelo reluciente después de la ducha vespertina, su faceta de «estrella» refulgiendo sobre todo lo demás. Mi madre sonrió, la *muvi star* sería bienvenida en cualquier momento. Luego realizó el usual paseo corto con Vimini para ayudarla en la búsqueda de su camaleón mascota. Nunca llegué a entender del todo qué veían el uno en el otro, pero daba la sensación de ser mucho más natural y espontáneo que cualquiera de las cosas que él y yo compartíamos. Media hora después estaban de vuelta. Vimini se había subido a una higuera y su madre le dijo que fuese a lavarse antes de cenar.

Durante la cena, ni una palabra. Después de cenar desapareció en el piso de arriba.

Hubiese jurado que a eso de las diez se escapó de forma silenciosa y se fue al pueblo. Sin embargo, podía ver la luz de su cuarto al otro lado del balcón. Proyectaba una tenue banda oblicua anaranjada hacia el descansillo junto a mi puerta. De vez en cuando le oía moverse.

Decidí llamar a un amigo para preguntarle si iba a ir al pueblo. Su madre me contestó que ya se había ido, y sí, era probable que hubiese ido al mismo sitio. Llamé a otro. También se había ido. Mi padre me preguntó que por qué no llamaba a Marzia, que si la estaba evitando. No es que la estuviese evitando, pero era una chica muy conflictiva, a lo que mi padre me replicó diciendo que si pensaba que yo no lo era. Cuando la llamé me dijo que no tenía pensado ir a ningún sitio aquella noche. Su voz poseía un frío tétrico. Llamaba a modo de disculpa.

—Había oído que estabas malo.

—No fue nada —contesté—. Puedo pasarme por allí, recogerte con la bicicleta y bajamos juntos a B.

Me dijo que me acompañaría.

Mis padres estaban viendo la televisión cuando me fui de casa. Podía escuchar mis pasos en la gravilla. No me molestaba el ruido. Me hacía compañía. Él lo oiría también, pensé.

Marzia se reunió conmigo en el jardín. Estaba sentada en una vieja silla de hierro forjado con las piernas estiradas hacia delante y tan solo sus tacones en contacto con el suelo. Llevaba puesto un jersey. Me dijo que la había hecho esperar demasiado. Dejamos su casa a través de un atajo que era mucho más escarpado, pero nos llevó al pueblo en nada. La luz y el bullicio de la animada vida nocturna de la *piazzetta* inundaban las callejuelas adyacentes. En uno de los restaurantes tenían la costumbre de sacar unas mesas de madera diminutas a la acera en cuanto la clientela desbordaba su capacidad. Cuando entramos en la plaza, el ajetreo y la conmoción se apoderaron de mí con una sensación de ansiedad y deficiencia. Marzia se encontraría con unos amigos, otros se inclinarían por las burlas. Incluso estar con ella me suponía un cierto reto. No quería ser desafiado.

En lugar de unirnos a algunas de las personas que conocíamos en las cafeterías, nos quedamos de pie en la cola para comprarnos dos helados. Me pidió también que le comprara cigarrillos.

Después, con nuestros conos de helado, comenzamos a caminar con despreocupación por la *piazzetta,* abriéndonos paso de una calle a otra. Me gustaba cuando los adoquines brillaban en la oscuridad. Me gustaba la manera en que ella y yo deambulábamos vagamente por la ciudad con nuestras bicicletas en la mano mientras escuchábamos las distantes tertulias televisivas que surgían de las ventanas. La librería aún estaba abierta y le pregunté si le importaba que entrase. No, no le importaba, entraría conmigo. Dejamos nuestras bicicletas apoyadas en la pared. La cortina de cuentas para las moscas daba paso a una habitación húmeda, llena de humo y de ceniceros que rebosaban. El dueño tenía pensado cerrar pronto, pero el cuarteto aún estaba tocando música de Schubert y una pareja de turistas veinteañeros manoseaba los libros de la sección de inglés, quizá en busca de una novela con color local. Qué diferente era de aquella mañana en la que no había ni un alma y la luz del sol cegadora y el olor a café recién hecho inundaban aquel espacio. Marzia echó un vistazo por encima de mi hombro cuando cogí un poemario de la mesa y comencé a leer alguno de los poemas. Estaba a punto de pasar la página cuando me dijo que no había terminado aún de leerla. Eso me gustaba. Al ver cómo la pareja que estaba junto a nosotros se decidió a comprar una novela italiana traducida, me inmiscuí en su conversación y les persuadí en contra de su elección.

—Esta es mucho mejor. Tiene lugar en Sicilia, no aquí, pero quizá sea la mejor novela italiana escrita en este siglo.

—Hemos visto la película —dijo la chica—. Aun así, ¿es tan bueno como Calvino?

Me encogí de hombros. Marzia seguía interesada en el mismo poema y estaba releyéndolo.

—Calvino no es nadie en comparación con este, es como comparar perlas con bisutería. Pero solo soy un niño, qué sabré yo.

Otros dos jóvenes adultos ataviados con chaquetas de vestir veraniegas, sin corbata, estaban discutiendo sobre literatura con el dueño, mientras los tres fumaban. En la mesa junto a la caja había un montón de vasos de vino medio vacíos y a su lado una botella enorme de vino de Oporto. Me percaté de que los turistas sostenían unos vasos vacíos. Era obvio que durante la presentación del libro se había obsequiado al público con un vino. El dueño nos vio y con una mirada silenciosa que pedía disculpas por interrumpir nos preguntó si queríamos un poco de Oporto también. Observé a Marzia y me encogí de hombros, dándole a entender que parecía que ella no quería. El dueño, aún en silencio, señaló la botella y negó con la cabeza burlonamente en señal de desaprobación, queriendo decir que era una pena tirar un vino tan bueno, por lo que podríais ayudarnos a terminarlo antes de cerrar la tienda. Finalmente acepté y Marzia también. Por educación le pregunté cuál era el libro que se había presentado. Otro hombre, al que yo no había visto porque estaba leyendo algo en una pequeña habitación contigua, mencionó el título: *Se l'amore. Si el amor.*

128

—¿Está bien? —pregunté.

—Una mierda —respondió—, y sé de lo que hablo, lo he escrito yo.

Le tenía envidia. Envidiaba la lectura de su libro, la presentación, los amigos, los aficionados que habían llegado de las zonas cercanas para darle la enhorabuena en aquella librería pequeña, en nuestra diminuta *piazzetta* de nuestro minúsculo pueblo. Había más de cincuenta vasos vacíos. Anhelaba su posición privilegiada para menospreciarse.

—¿Me dedica un ejemplar?

—*Con piacere* —me contestó, y antes de que el dueño le pudiese entregar un rotulador, él ya había sacado su Pelikan—. No estoy muy seguro de que este libro sea de tu estilo, pero... —y dejó que la frase se desvaneciese en el silencio con una mezcla de humildad total y un remoto tinte de fingida fanfarronería, que se traducía como *Me pediste que te firmase y yo simplemente me alegro de asumir el rol del poeta famoso que ambos sabemos que no soy.*

Decidí comprarle asimismo un ejemplar a Marzia y le solicité que también se lo dedicase, lo que hizo, terminando su nombre con un garabato interminable.

—No creo que tampoco sea para ti, *signorina,* pero...

Entonces, de nuevo volví a pedirle al librero que los apuntase en la cuenta de mi padre.

Mientras estábamos de pie junto a la caja, observamos lo que tardaba el librero en envolver cada ejemplar en papel de charol amarillo, a lo que añadió un lacito y sobre el lacito puso la pegatina con el sello plateado de la tienda. Me acerqué a ella y, quizá simplemente porque la tenía tan cerca, la besé detrás de la oreja.

Pareció estremecerse, pero ni se movió. Volví a besarla. Después, conteniéndome, le susurré al oído si le había molestado.

—Por supuesto que no —me contestó, también entre susurros.

Fuera no pudo evitarlo.

—¿Por qué me has comprado este libro?

Por un momento pensé que me iba a preguntar por qué la había besado.

—*Perché mi andava,* porque me apeteció.

—Sí, pero ¿por qué lo compraste para mí? ¿Por qué me compraste un libro a mí?

—No entiendo por qué lo preguntas.

—Cualquier idiota entendería el motivo de mi pregunta. Pero tú no. ¡Claro!

—No te sigo.

—¡Eres todo un caso!

Me quedé mirándola sorprendido por el tono de enfado y disgusto de su voz.

—Si no me lo dices me imaginaré cualquier cosa y entonces me sentiré fatal.

—Eres un gilipollas. Dame un cigarro.

No es que no intuyese lo que quería decir, pero no me podía creer que me hubiese pillado con tanta facilidad. Quizá no quería creer lo que ella quería decir por miedo a tener que responder por mi comportamiento. ¿Me había comportado de forma falsa a propósito? ¿Podía seguir malinterpretando lo que me decía sin sentirme completamente deshonesto?

Entonces se me ocurrió una brillante idea. Quizá había ignorado todas y cada una de sus señales aposta: para alejarla de mí. Es una estrategia triste e inútil.

Solo entonces, y mediante una táctica de rebote que me pilló por sorpresa, caí en la cuenta. ¿Había estado Oliver haciendo lo mismo conmigo? ¿Ignorándome de forma intencionada todo el tiempo para atraerme más?

¿No sería esto lo que quiso decir cuando me comentó que había adivinado mis intentos de ignorarle?

Dejamos la librería y nos encendimos dos cigarros. Un minuto después escuchamos un estruendo metálico. El dueño estaba bajando la persiana de la tienda.

—¿Tanto te gusta leer? —me preguntó mientras nos dirigíamos lentamente en la oscuridad hacia la *piazzetta*.

La miré como si me hubiese preguntado si me gustaba la música, o el pan con sal y mantequilla, o la fruta fresca en verano.

—No me malinterpretes —continuó—, a mí también me gusta leer. Pero no se lo digo a nadie.

Por fin alguien que dice la verdad, pensé. Le pregunté por qué no se lo decía a nadie.

—No lo sé... —esto parecía más una manera de solicitar tiempo para pensar o una forma de evadirse antes de contestar—. La gente que lee se oculta. Ocultan quiénes son. La gente que se esconde no siempre aprueba su propia forma de ser.

—¿Tú ocultas quién eres en realidad?

—A veces, ¿tú no?

—¿Yo? Supongo que sí —y entonces, contradiciendo mis propios impulsos, me encontré formulando dubitativamente una pregunta que de otra forma jamás me hubiese atrevido a hacer—. ¿Te escondes de mí?

—No, de ti no, bueno, quizá un poco sí.

—¿Qué me escondes?

—Sabes exactamente el qué.

—¿Por qué dices eso?

—¿Por qué? Pues porque creo que puedes hacerme daño y no quiero que me hagan daño —luego meditó durante un instante—. No creo que tengas intención de hacer daño a nadie, pero siempre estás cambiando de opinión, siempre escabulléndote para que nadie sepa dónde estás. Me das miedo.

Caminábamos tan despacio que cuando se detuvieron las bicicletas no nos dimos cuenta. Me incliné hacia delante y la besé suavemente en los labios. Cogió su bicicleta, la colocó en la puerta de una tienda cerrada y, tras apoyarse contra la pared, me dijo: «Bésame otra vez». Haciendo uso de la pata de cabra de mi bici, la dejé en medio del camino y, una vez que estábamos cerca, cogí su cara entre mis manos y me incliné hacia ella mientras comenzábamos a besarnos, puse mis manos bajo su falda, puso sus manos en mi pelo. Me encantaban su simplicidad, su inocencia. Podía encontrarlas en cada palabra que pronunciaba aquella noche —desinhibida, sincera, humana— y en la manera en que sus labios correspondían a los míos, sin tapujos, sin exageración, como si la conexión entre los labios y las caderas de su cuerpo fuese fluida e instantánea. Un beso en la boca no era el preludio de un contacto más exhaustivo, ya era un contacto total en sí. Lo único que separaba nuestros cuerpos era la ropa y no me pilló por sorpresa que ella pusiese una mano entre ambos, dentro de mis pantalones, y dijese: «*Sei duro, duro*». Esa franqueza sin trabas y tan relajada hizo que se me pusiese aún más dura.

Quería mirarla, perderme en sus ojos mientras me sostenía en su mano, decirle cuánto hacía que deseaba besarla, confesarle que la persona que la había llamado aquella noche y la había recogido en casa ya no era aquel chico frío y apagado, pero se me adelantó: «*Baciami ancora*, bésame de nuevo».

Volví a hacerlo, pero mi cabeza estaba ya en el muro. ¿Debía proponérselo? Con las bicis llegaríamos en cinco minutos, sobre todo si utilizábamos el atajo y nos abríamos camino a través del campo de olivos. Sabía que nos toparíamos con otros amantes por allí. Por otra parte, teníamos la playa. Ya la había utilizado antes. Todo el mundo lo hacía allí. Podía proponerle mi habitación, nadie en casa se enteraría, o no le importaría en absoluto.

Una imagen pasó por mi cabeza: ella y yo sentados todos los días en el jardín tras el desayuno, ella con un bikini solicitándome que bajase para acompañarla a nadar.

—¿*Ma tu mi vuoi veramente bene*, te importo de verdad? —me preguntó. ¿Procedía esa pregunta de la nada o se trataba de algo parecido a esa mirada herida, necesitada de una cura que me había estado persiguiendo desde que salimos de la librería?

No llegaba a entender cómo aquella audacia y aquel pesar, el *Sei duro* y el *Ma tu mi vuoi veramente bene,* podían coexistir tan cercanos. Tampoco lograba descifrar cómo alguien aparentemente tan vulnerable, indeciso y ansioso por hacer confidencias a alguien sobre sus incertidumbres podía, con tan solo un gesto de una imprudencia desvergonzada, meterse en mis pantalones, agarrarme la polla y estrujarla.

Mientras la besaba apasionadamente, con nuestras manos sobando el cuerpo del otro, me descubrí redactando la nota que pasaría por debajo de la puerta de Oliver aquella noche: *No soporto el silencio. Necesito hablar contigo.*

Cuando me decidí a colar la nota por debajo de su puerta ya estaba amaneciendo. Marzia y yo habíamos hecho el amor en un lugar apartado de la playa, un lugar apodado *El Acuario,* en el que se aglutinaban de forma irremediable todos los condones de la noche que flotaban entre las rocas como los salmones que remontan el río y quedan atrapados en el agua estancada. Quedamos en vernos más tarde aquel día.

Ahora, cuando me dirigía de vuelta a casa, adoraba su olor en mi cuerpo, en mis manos, no haría nada para eliminarlo. Lo mantendría conmigo hasta que nos volviésemos a ver por la tarde. Una parte de mí aún se deleitaba con esta ola de indiferencia hacia Oliver recién adquirida y benéfica que rayaba con la aversión, lo que me agradaba y me informaba de lo inconstante que era últimamente. Quizá presintiese que todo lo que quería era acostarme con él para terminar con él y que decidiese instintivamente que no deseaba tener nada que ver conmigo. Y pensar que hacía unas noches había sentido una gran urgencia por dar la bienvenida a su cuerpo en el mío que casi me hace saltar de mi cama para ir a buscarlo a su habitación. Ahora la idea no podía ni ocurrírseme. Quizá todo este lío con Oliver había sido un calentón canicular y ya me había librado de él. Por el contrario, simplemente oler a Marzia en mi mano me hacía amar a todas las mujeres que hay en cada mujer.

Sabía que esa sensación no iba a durar demasiado y que, como les ocurre a todos los adictos, era fácil renegar de una adicción justo después de una dosis.

Apenas una hora después, Oliver volvería a mí *au galop*. Tras sentarme en la cama junto a él y ofrecerle la palma de la mano y decirle «Toma, huele esto» y luego observar cómo husmea mi mano mientras la sujeta con suavidad entre las suyas, colocaré al fin mi dedo corazón sobre sus labios y súbitamente dentro de su boca.

Arranqué un trozo de papel de mi cuaderno escolar.

Por favor, no me evites.

Luego lo reescribí:

Por favor, no me evites. Me moriría.

Una vez más:

Tu silencio me está matando.

Demasiado exagerado.

No puedo dejar de pensar en que me odias.

Muy llorica. No, lo haré menos lagrimoso, pero manteniendo el manido discurso sobre la muerte.

Antes me moriría que saber que me odias.

En el último momento volví al original.

No soporto el silencio. Necesito hablar contigo.

Doblé el trozo de papel cuadriculado y lo metí por debajo de su puerta con el mismo temor y resignación con que César cruzó el Rubicón. Ya no había escapatoria. *Alea iacta est*, como dijo aquel, la suerte está echada. Me divirtió pensar que el verbo *echar, iacere* en latín, dio lugar también a un verbo como *eyacular*. Aún no había terminado de pensar esto cuando me di cuenta de que lo que quería no era tan solo hacerle llegar el aroma de mis dedos, sino los restos de mi semen reseco en la mano.

Quince minutos después era presa de dos sentimientos compensatorios: lamentaba haber enviado el papel y no haber añadido un poco de ironía en lo escrito.

Durante el desayuno, cuando se presentó finalmente después de haber salido a correr, todo lo que me preguntó, sin tan siquiera levantar la cabeza, fue si me había divertido la noche antes, implicando también que me había acostado muy tarde.

—*Insomma*, más o menos —respondí, con la intención de responderle de la forma más imprecisa posible, lo que era también mi modo de sugerir que estaba resumiendo una crónica que de otra forma se habría extendido demasiado.

—Debes de estar cansado entonces —era la manera irónica que tenía mi padre de entrar en la conversación—, ¿o tú también estuviste jugando al póquer?

—Yo no juego al póquer.

Mi padre y Oliver se dirigieron unas miradas muy significativas y comenzaron a planear el trabajo del día. Y yo le perdí de vista. Otro día más de tortura.

Cuando volví a subir en busca de mis libros, encima de mi mesa se encontraba el trozo de papel doblado. Debía de haber entrado en mi habitación a través del balcón y lo había dejado en un lugar donde yo lo pudiese ver. Si lo estudiaba ahora me arruinaría el día. Sin embargo, si posponía su lectura, todo el día sería un sinsentido y no conseguiría pensar en otra cosa. Era muy probable que me lo hubiese devuelto sin añadir nada, como queriendo decir: *Me he encontrado esto en el suelo. Creo que es tuyo. ¡Luego!* O podría significar algo más definitivo: *No hay respuesta.*

Madura. Te veré a medianoche.

Era eso lo que había anotado bajo mis palabras.

Me lo había devuelto antes de desayunar.

Esto lo entendí con unos pocos minutos de retraso pero me llenó instantáneamente de ansia y consternación.

¿Deseaba ahora esto que se me ofrecía? Y lo quisiese o no lo quisiese, ¿cómo iba a soportarlo hasta medianoche? Aún no eran ni las diez de la mañana: quedaban catorce horas... La última vez que había tenido que esperar tanto tiempo por algo fue para recibir mis notas. O un sábado de hace dos años cuando una chica me había prometido que nos veríamos en el cine y no estaba seguro de si se le olvidaría. La mitad del día viendo cómo mi vida se mantiene suspendida en el aire. Odiaba esperar y tener que depender del antojo de los demás.

¿Debía contestar la nota?

¡No se puede responder a una respuesta!

En lo que respecta a la glosa: ¿el tono tan ligero era intencionado, o quería dar la sensación de que era una idea vaga que se le había ocurrido después de salir a correr y antes del desayuno? No echaba de menos el pinchacito en mis formas sentimentales, seguido de un *te veré a medianoche* lleno de confianza y al grano. Me preguntaba si ambos sonaban bien y cuál vencería al final del día, el matiz irónico o un desenfadado *quedemos esta noche y ya veremos lo que ocurre*. ¿Íbamos solamente a hablar? ¿Se trataba de una orden o de un consentimiento para vernos a la hora típica de cada novela y de cada obra de teatro? ¿Y dónde nos íbamos a localizar a medianoche? ¿Encontraría algún momento durante el día para decirme el lugar? O quizá, al ser consciente de que me había estado preocupando toda la noche anterior y que la cuerda a modo de trampa que dividía nuestras respectivas partes del balcón era totalmente artificial, ¿asumiría que uno de los dos cruzaría tarde o temprano la línea Maginot que nunca había detenido a nadie?

¿Cómo afectaría esto a nuestros paseos rituales en bicicleta por las mañanas? ¿La medianoche desbancaría a los paseos matutinos? ¿O seguiríamos como antes, como si nada hubiese cambiado, salvo que ahora teníamos una medianoche a la que esperar con impaciencia? Cuando me lo encuentre ahora, ¿le regalaré una sonrisa exultante o debo seguir actuando como antes y ofrecerle, en cambio, una mirada americana, fría, vidriosa y discreta?

Y aun así, de todas las cosas que deseaba revelarle la próxima vez que nos cruzásemos, la más importante era gratitud. Uno podía mostrar agradecimiento y aun así no ser considerado un intruso o un patoso. O tal vez la gratitud, por muy comedida que sea, siempre lleva consigo un pegote extra de melaza que aporta a la pasión mediterránea ese inevitable carácter afectado y empalagoso. No puedo dejar que las cosas salgan solas, no puedo restarle importancia, debo gritarlo, anunciarlo, declamarlo...

Si no dices nada puede que él piense que te arrepientes de haberle escrito.

Si dices cualquier cosa, estará fuera de lugar.

Entonces ¿qué hago?

Esperar.

Esto lo sabía desde el principio. Simplemente esperar. Trabajar toda la mañana. Nadar. Quizá jugar al tenis por la tarde. Quedar con Marzia. Volver a medianoche. No, a las once y media. ¿Lavarme? ¿No lavarme? Ay, pasar de un cuerpo a otro.

Él estaba haciendo lo mismo, pasar de uno a otro, ¿o no?

Y entonces se apoderó de mí un pánico terrible: lo de medianoche iba a ser solo una charla para aclarar las cosas entre ambos, como si dijese: ¡anímate, alégrate, madura!

Entonces ¿para qué iba a esperar hasta tal hora? ¿Quién elegiría ese momento para mantener una conversación así?

¿O quizá la medianoche iba a ser de verdad medianoche?

¿Y qué me iba a poner?

El día pasó como había temido. Oliver encontró la forma de irse justo después de desayunar sin decírmelo y no volvió hasta la hora de comer. Se sentó, como era habitual, a mi lado. Intenté entablar una conversación con él varias veces, pero me percaté de que iba a ser otro de aquellos días de no hablarnos, en los que ambos intentábamos dejar muy claro que ya no simplemente fingíamos estar callados.

Después de comer, fui a echarme una siesta. Le oí subir las escaleras tras de mí y cerrar la puerta.

Más tarde llamé a Marzia. Quedamos en la pista de tenis. Afortunadamente no había nadie allí, así que estaba tranquilo y jugamos durante horas bajo el sol abrasador, lo que nos encantaba a ambos. A veces, nos sentábamos a la sombra en el viejo banquillo y escuchábamos a los grillos. Mafalda nos trajo unos refrescos y luego nos advirtió de que ella ya estaba mayor para eso, que la próxima vez fuésemos nosotros mismos a coger lo que nos apeteciese.

—Pero si nunca te hemos pedido nada —protesté yo.

—Entonces no deberías habértelo bebido —y se marchó a paso lento consciente de habernos marcado un tanto.

Vimini, a quien le gustaba ver jugar a la gente, no vino aquel día. Debía de estar con Oliver en su lugar favorito.

Me encantaba el clima de agosto. El pueblo estaba más tranquilo durante las últimas semanas del verano. Para entonces, todo el mundo se había marchado de *le vacanze* y los turistas ocasionales normalmente se iban antes de las siete de la tarde. Yo prefería el comienzo de la tarde: el olor del romero, el calor, los pájaros, las cigarras, el vaivén de los palmerales, el silencio que actuaba como un chal de lino ligero en un día de sol implacable, todos y cada uno de ellos acompañados por los paseos hasta la orilla del mar y luego las vueltas a la habitación para ducharnos. Me encantaba mirar nuestra casa desde la pista de tenis y observar los balcones vacíos tomando el sol, a sabiendas de que desde cualquiera de ellos podías ver el interminable mar. Aquel era mi balcón, mi mundo. Desde donde me sentaba ahora podía mirar alrededor y decir: Aquí está nuestra pista de tenis, allí nuestro jardín, nuestro huerto, nuestro cobertizo, nuestra casa, y allí debajo de aquello nuestro embarcadero. Todo y todos los que me importan están aquí. Mi familia, mis instrumentos, mis libros, Mafalda, Marzia, Oliver.

Aquella tarde, mientras estaba sentado junto a Marzia con mi mano puesta sobre su muslo y su rodilla, se me ocurrió pensar que era, en palabras de Oliver, una de las personas más afortunadas del mundo. No se podía estimar cuánto tiempo duraría esto, al igual que no tenía sentido preguntarse qué me depararía el final del día, o la noche. Cada minuto me daba la sensación de estar en vilo total. Todo podía ocurrir en un abrir y cerrar de ojos.

Pero allí sentado sabía que estaba experimentando la dicha atenuada de aquellos supersticiosos que dicen que van a conseguir todo lo que siempre han soñado pero están tan agradecidos que no se dan cuenta de que todo puede desaparecer rápidamente.

Después de jugar al tenis y justo antes de dirigirnos a la playa, subí con ella a mi habitación por el balcón. No pasaba nadie por allí durante la tarde. Cerré las puertaventanas pero dejé las ventanas abiertas para que la suave luz vespertina dibujase rectángulos en la cama, en las paredes, en Marzia. Hicimos el amor en completo silencio, ninguno de los dos cerramos los ojos.

Una parte de mí esperaba que lo hiciésemos contra la pared o que ella no fuese capaz de contener un grito y que con ello Oliver se preguntase qué estaría pasando al otro lado del tabique. Me lo imaginaba echando una siesta mientras oía los muelles de mi cama, lo que le molestaría.

De camino a la cala me volvió a agradar darme cuenta de que no me importaba si se enteraba de lo nuestro, así como de que me daba igual si no hacía acto de presencia por la noche. Ni siquiera me preocupaba él, ni sus hombros ni el blanco de sus brazos. Las suelas de sus pies, las palmas de sus manos, la parte inferior de su cuerpo. Me daba igual. Prefería pasar la noche con ella que esperarle a él para luego escucharle declamar beaterías insulsas al dar las doce. ¿En qué estaría pensando esta mañana cuando le metí la nota por debajo de la puerta?

Y, sin embargo, otra parte de mí sabía que si se presentaba esta noche y no me gustaba el comienzo de lo que me tenía reservado, aun así seguiría adelante con ello, hasta el final, pues era mejor averiguarlo de una vez por todas que pasarme el resto del verano, o quizá de la vida, discutiendo con mi cuerpo.

Tomé una decisión a sangre fría. Si me preguntaba, se lo diría. No estoy seguro de querer seguir con esto, pero necesito saberlo y mejor contigo que con otra persona. Quiero conocer tu cuerpo, quiero saber cómo te sientes, quiero conocerte y, a través de ti, conocerme a mí.

Marzia se marchó justo antes de la hora de cenar. Había quedado para ir al cine con unos amigos, me dijo. ¿Por qué no iba? Puse una cara rara cuando me dijo los nombres. Me quedaré en casa a ensayar, le dije. Pensé que lo hacías por las mañanas. Hoy empecé un poco tarde, ¿recuerdas? Entendió lo que quería decir y sonrió.

Faltaban tres horas.

Hubo un silencio luctuoso entre nosotros durante toda la tarde. Si no me hubiese dado la palabra de que hablaríamos más tarde, no sé cómo habría soportado otro día así.

A la hora de cenar, nuestros invitados eran un profesor adjunto de música con contrato parcial y una pareja gay de Chicago que insistía en hablar en un italiano pésimo. Ambos se sentaron juntos, enfrente de mi madre y de mí. Uno de ellos decidió que quería recitar unos versos de Pascoli, a lo que Mafalda, pillando mi mirada, respondió con su usual *smorfia* con la intención de hacerme reír. Mi padre me había avisado de que no debía comportarme mal ante los profesores de Chicago. Le dije que llevaría puesta la camisa púrpura que me había regalado un primo lejano de Uruguay. Mi padre se partió de risa, diciéndome que ya era muy mayor como para no aceptar a la gente como es. Pero hubo un destello en sus ojos cuando ambos se presentaron con una camisa morada. Se bajaron a la vez cada uno de un lado del taxi con dos ramos de flores blancas en la mano. Parecían, como se habría dado cuenta mi padre, una versión floreada y amanerada de Hernández y Fernández, los gemelos de los libros de Tintín.

Me preguntaba cómo sería su vida juntos.

Se me hacía extraño contar los segundos durante la cena, perseguido por la idea de que aquella noche tenía más en común con los gemelos de Tintín que con mis padres o con cualquier otra persona del mundo.

Les miré, preguntándome quién se pondría encima y quién debajo, como Patachunta y Patachún.

Eran casi las once cuando dije que me iba a dormir y me despedí de mis padres y de los invitados.

—¿Qué pasa con Marzia? —me preguntó mi padre, con una mirada de corderito inconfundible.

—Mañana —le respondí.

Quería estar solo. Una ducha. Un libro. Tal vez un apunte en el diario. Centrarme en la medianoche pero mantener mi mente ocupada y lejos de todo lo que le concierne.

Mientras subía las escaleras, intenté imaginarme bajando esas mismas escaleras el día siguiente por la mañana. Para entonces puede que me hubiese convertido en otra persona. ¿Me gustaría ser esa persona que aún no conocía y a quien podría no gustarme darle los buenos días o que no querría tener nada que ver conmigo? ¿O quizá me quedaría siendo exactamente la misma persona que subía las escaleras, sin modificar y sin haber resuelto ninguna de las dudas?

O puede que nada hubiese cambiado. Podía negarse e, incluso aunque nadie averiguase lo que le había preguntado, aún me sentiría humillado y por nada. Él lo sabría; yo lo sabría.

Pero ya había superado la ignominia. Tras varias semanas de esperar y esperar y, admitámoslo, suplicar y estar forzado a tener esperanza y luchar por cada arrebato de esperanza, quedaría devastado. ¿Cómo te vuelves a dormir después de eso? ¿Te escabulles hasta la habitación y finges que abres un libro y lo lees hasta que te quedas dormido?

O ¿cómo te vuelves a quedar dormido ya sin ser virgen? ¡Para eso no hay vuelta atrás! Lo que llevaba tanto tiempo en mi cabeza pasaría a formar parte del mundo real, no flotaría nunca más en el país de nunca jamás de las ambigüedades. Me sentía como alguien que entra en una tienda de tatuajes y le echa un último vistazo pausado a su impoluto hombro izquierdo.

¿Debería ser puntual?

Debería serlo y decir: ¡Uuuuuuuuh, la hora de las brujas!

Muy pronto pude escuchar las voces de los dos invitados que provenían del jardín. Estaban de pie fuera, probablemente a la espera de que saliese el profesor adjunto para que los llevase hasta su pensión. Este tardaba demasiado y la pareja se dedicaba a charlar fuera, uno de ellos se reía.

A medianoche no se escuchaba ni un ruido proveniente de su habitación. ¿Podía haberme dejado plantado de nuevo? Eso sería demasiado. No le había oído volver. Supongo que tan solo tendría que esperar a que viniese a mi habitación. ¿O debería acercarme a la suya? Esperar sería una tortura.

Iré donde está él.

Salí al balcón un momento y miré en dirección a su cuarto. No había luz. Llamaría de todas formas.

O podía esperar. O ni siquiera acercarme.

Esta última se erigió como la opción que más deseaba en mi vida. Tiraba mucho de mí, me presionaba de forma suave, como alguien que te susurra una o dos veces mientras duermes pero que al ver que no estás despierto te da un golpecito en el hombro, y ahora me pedía que buscase cualquier excusa para evitar llamar a su ventana. Ese pensamiento me empapaba como el agua que resbala por el escaparate de la floristería, como una loción relajante y fresca después de una ducha tras un día entero bajo el sol, te encanta el sol, pero te gusta más el bálsamo. Como una crema anestésica, el pensamiento funciona primero en las extremidades y luego penetra en el resto del cuerpo, aportando todo tipo de argumentos, primero los estúpidos —es demasiado tarde para que ocurra nada hoy— hasta llegar a los más importantes —¿cómo te enfrentarás a los otros, cómo te enfrentarás a ti mismo?

¿Por qué no se me había ocurrido esto antes? ¿Querría saborearlo y guardarlo para el final? ¿Querría que los argumentos en su contra surgiesen solos, sin yo tener que haberlos emplazado allí previamente, para no poder echarme la culpa? *No lo intentes, no intentes esto, Elio.* Era la voz de mi abuelo. Yo era su tocayo y se dirigía a mí desde la misma cama, en la que había cruzado una línea divisoria mucho más definitiva que la que hay entre mi habitación y la de Oliver. *Vuelve. Quién sabe lo que te encontrarás una vez que estés en esa habitación. No será un descubrimiento reconfortante, sino un manto de desesperación lo que te cubra cuando la desilusión haya deshonrado todos y cada uno de los nervios dados de sí de tu cuerpo. Los años te observan ahora, cada estrella que ves esta noche ya conoce tu tormento, tus antepasados están reunidos aquí y no tienen nada que hacer o decir,* non c'andà, *no vayas allí.*

Pero me gustaba el miedo, si es que lo era de verdad, y esto mis ancestros no lo sabían. Era su parte oculta lo que me atraía, como la lana más suave que se encuentra en la parte baja del estómago de las ovejas. Me encantaba el atrevimiento que me empujaba a seguir; me excitaba porque nacía de la propia excitación. «Me matarás si paras», o era «Me muero si paras». Siempre que oía esas palabras no me podía resistir.

Di unos golpecitos suaves en el cristal. Mi corazón latía con locura. No tenía nada que temer; entonces ¿por qué estaba tan asustado? ¿Por qué? Porque todo me aterra, porque tanto el miedo como el deseo están ocupados engañándose el uno al otro y a mí. No era capaz de diferenciar entre querer que abriese la ventana y desear que me hubiese dado plantón.

En lugar de eso, en cuanto llamé al cristal de la ventana escuché cómo algo se movía dentro, como si alguien buscase las zapatillas con los pies. Luego pude adivinar cómo se encendía una luz débil. Recordaba haber comprado aquella lamparita en Oxford con mi padre una tarde a comienzos de la primavera anterior, cuando la habitación del hotel era muy oscura y mi padre bajó al vestíbulo y volvió diciendo que le habían informado de que existía una tienda abierta veinticuatro horas a la vuelta de la esquina que vendía ese tipo de lámparas. *Espera aquí, vuelvo enseguida.* Pero yo le dije que iba con él. Me puse el impermeable encima del mismo pijama que llevaba puesto hoy.

—Me alegro de que hayas venido —dijo—. Te oía moverte en la habitación y durante un rato pensé que te estabas preparando para meterte en la cama y que habías cambiado de idea.

—¿Yo cambiar de idea? Por supuesto que iba a venir.

Me resultaba raro ver cómo divagaba torpemente. Esperaba una tormenta de pequeñas ironías, de ahí el motivo de mi nerviosismo. En lugar de eso, me dio la bienvenida con excusas, como alguien que se disculpa por no haber podido comprar unas galletas mejores para tomar el té.

Entré en mi antigua habitación y me sorprendió un olor que no lograba identificar puesto que podía ser una combinación de muchas cosas, hasta que me percaté de que había una toalla enrollada puesta debajo de la puerta del cuarto. Había estado sentado en la cama y había un cenicero medio lleno encima de la almohada.

—Entra —dijo, y después de que entrase cerró las puertaventanas. Debía de haberme quedado allí de pie congelado y exánime.

Ambos susurrábamos. Eso era buena señal.

—No sabía que fumases.

—A veces —fue hacia la cama y se sentó justamente en el centro.

—Estoy nervioso —comenté al no saber qué otra cosa hacer o decir.

—Yo también.

—Yo más que tú.

Intentó aliviar la extrañeza entre ambos con una sonrisa y me pasó el porro.

Así estaría entretenido.

Recuerdo cómo estuve a punto de abrazarle en el balcón, pero me contuve a tiempo pensando que si le abrazaba después de haber estado tan fríos el uno con el otro durante todo el día parecería inadecuado. Simplemente porque alguien te diga que os vais a ver a medianoche no significa que le puedas dar de forma automática un abrazo cuando casi no os habéis dado la mano durante toda la semana. Recuerdo haber estado pensando antes de llamar: le abrazo, no le abrazo, le abrazo.

Ahora ya estaba dentro de la habitación.

Estaba sentado en la cama, con las piernas cruzadas. Parecía más pequeño, más joven. Yo estaba torpemente de pie al lado de la cama, sin saber qué hacer con las manos. Debió de ver cómo luchaba por mantenerlas junto a las caderas y cómo después las metí en los bolsillos para más tarde volver a ponerlas en las caderas.

Tenía un aspecto ridículo, pensé. Albergaba la esperanza de que no se diese cuenta de esto ni de la supresión del dilema de abrazarle.

Me sentía como un niño al que dejan por primera vez solo junto a su profesora particular.

—Venga, siéntate.

¿Quiere decir en una silla o junto a él?

Vacilante, me acerqué a la cama y me senté mirándole, con las piernas cruzadas como él, como si este fuese el protocolo adecuado entre dos hombres que se citan a medianoche. Me aseguré de que nuestras rodillas no se tocasen. Pues quizá le molestara que se tocasen, al igual que le molestaba que nos abrazásemos, o como le molestó cuando, al no saber otra forma mejor de demostrarle que quería permanecer con él en el muro más tiempo, le coloqué mi mano en la polla.

Pero antes de poder exagerar las distancias entre ambos, me sentí inundado por el agua deslizante del escaparate de la floristería, que se llevó toda mi timidez y mis inhibiciones. Nervioso o tranquilo, ya no me importaba examinar todos mis impulsos. Si soy estúpido, déjame ser estúpido. Si le toco la rodilla, pues le toco la rodilla. Si quiero abrazarle, le abrazo. Necesitaba apoyarme en algún sitio, así que me acerqué hacia la parte de arriba de la cama y puse mi espalda contra el cabecero.

Miré a la cama. Todo estaba claro ahora. Este era el lugar donde había pasado tantas noches soñando con un momento como aquel. Allí me encontraba ahora. En tan solo unas pocas semanas, estaría de nuevo en esa misma cama. Encendería la lamparita de Oxford y recordaría haber permanecido de pie en el balcón, escuchando el roce de sus pies en busca de las zapatillas. Me preguntaba si iba a rememorar todo esto con pena. O vergüenza. O con indiferencia, eso esperaba.

—¿Estás bien? —me preguntó.

—Sí, yo bien.

No teníamos absolutamente nada que decirnos. Acerqué los dedos de mis pies a sus dedos y los toqué. Después, sin pensarlo, metí mi dedo gordo entre el suyo y el segundo dedo de su pie. No lo quitó, tampoco respondió. Quería rozárselos todos con los míos. Como estaba sentado a su izquierda, es probable que no fuesen los dedos con los que me había tocado unos días antes mientras comíamos. El derecho fue el culpable. Intenté llegar hasta él con mi pie derecho, mientras que seguía intentando no tocarle las rodillas, como si algo me indicase que esas estaban fuera del juego.

—¿Qué estás haciendo? —preguntó finalmente.

—Nada.

No lo sabía ni yo, pero su cuerpo comenzó a devolverme el movimiento, de una manera despistada, con convicción, igual de extrañado que yo, como si dijera: *¿Qué otra cosa se puede hacer sino responder con calidez cuando alguien te toca los dedos de los pies con los suyos?* Después de eso, me acerqué a él y le abracé. Un abrazo infantil con el que esperaba que sintiese cierta aceptación. No respondió.

—Eso es un comienzo —dijo al final, quizá con un poco más de humor en la voz del que yo hubiese deseado.

En vez de decir algo, me encogí de hombros, con la esperanza de que se percatase de mi encogimiento y no me preguntase nada más. Yo no quería que hablásemos. Cuanto menos dijésemos, más desenfrenados serían nuestros movimientos. Me gustaba abrazarle.

—¿Esto te hace feliz? —me preguntó.

Asentí, con la esperanza de nuevo de que notase la respuesta de mi cabeza sin la necesidad de palabras.

Finalmente, como si mi posición le instase a hacer lo mismo, me rodeó con el brazo. No me golpeó, ni apretó. Lo último que deseaba en aquel momento era camaradería. Por lo que, sin dejar de abrazarle, relajé un poco la sujeción, el tiempo suficiente para poner los dos brazos bajo su camisa abierta y retomar el abrazo. Quería su piel.

—¿Estás seguro de que es esto lo que quieres? —preguntó, como si esta incertidumbre fuese el motivo de sus titubeos.

Asentí de nuevo. Mentía. No estaba nada seguro. Me preguntaba cuánto tiempo duraría mi abrazo, cuándo me cansaría o se cansaría él. ¿Pronto? ¿Tarde? ¿Ya?

—No hemos hablado —dijo.

Me encogí de hombros indicando que no había necesidad de ello.

Me levantó la cara con ambas manos y se me quedó mirando como aquel día en el muro, en esta ocasión aún con más intensidad pues ambos sabíamos que habíamos cruzado el umbral.

—¿Puedo besarte?

Menuda pregunta, sobre todo después del beso en el muro. O quizá habíamos hecho borrón y cuenta nueva y estábamos comenzando otra vez.

No le respondí. Sin asentir, acerqué mi boca a la suya, de la misma manera que había besado a Marzia la noche antes. Algo inesperado pareció ocurrir entre ambos y, por un segundo, parecía no haber diferencia de edad sino solo dos hombres besándose, e incluso esto parecía disolverse, al comenzar a pensar que ya no éramos ni tan siquiera dos personas sino dos seres. Me encantaba la igualdad de aquel momento. Me encantaba sentirme más joven y más viejo, de humano a humano, de hombre a hombre, de judío a judío. Me embargaba la luz de la lámpara. Me hacía sentir a gusto y seguro, como me sentí aquella noche en el hotel de Oxford. Incluso me gustaba la sensación rancia y viciada de mi antigua habitación, desordenada con todas sus cosas, pero que en cierta forma se había vuelto más habitable bajo su cuidado que bajo el mío: una fotografía por aquí, una silla convertida en mesita auxiliar, libros, tarjetas, música.

Decidí meterme debajo de las mantas. Adoraba el olor. Quería adorar el olor. Me gustaba incluso el hecho de que no hubiera quitado todas las cosas de la cama, por lo que les daba rodillazos continuamente, y tampoco me importaba encontrármelas al meter un pie debajo, puesto que formaban parte de su cama, de su vida, de su mundo.

Él se hundió bajo las mantas también y antes de que me diese cuenta comenzó a desnudarme. Me había estado preocupando cómo lo haría si él no me ayudaba, haría lo que muchas chicas hacen en las películas, me quitaría la camisa, dejaría caer los pantalones y me quedaría allí de pie, completamente desnudo, con los brazos lacios y queriendo decir: Esto es lo que soy, y así estoy hecho, toma, cógeme, soy tuyo. Sin embargo, su acción había resuelto el problema. Me estaba diciendo al oído «Fuera y esto fuera también y esto y esto fuera», lo que hizo que me riese y de repente estaba totalmente desnudo y notaba el peso de la sábana sobre mi miembro, no quedaba ni un secreto en el mundo, pues mi pretensión de estar en la cama con él era el único que guardaba y lo estaba compartiendo con él. Era precioso sentir sus manos por todo mi cuerpo bajo las sábanas, como parte de nosotros, como una avanzadilla de reconocimiento que había conseguido llegar a la intimidad, mientras que lo demás, al descubierto fuera de las sábanas, estaba aún en lucha con las intimidades, como alguien que llega tarde y camina entre el frío, cuando el resto se está calentando las manos en el interior de un club nocturno abarrotado. Él aún estaba vestido y yo no. Me chiflaba estar sin ropa ante él. Entonces me besó y me volvió a besar, esta segunda vez más intensamente, como si por fin se dejase llevar. En cierto momento me di cuenta de que él llevaba en pelotas ya un rato, aunque no me había enterado de cuándo se desnudó, pero ahí estaba, rozándome con cada parte de su cuerpo. ¿Dónde había estado? Llevaba tiempo queriendo hacerle una pregunta discreta sobre su estado de salud pero parecía que esta había sido respondida hacía un rato, pues cuando por fin encontré el valor para preguntarle él me respondió: «Ya te lo dije, estoy bien». «¿Te dije ya que yo también estoy muy bien?» «Sí.» Sonrió. Aparté la vista porque me estaba mirando fijamente y sabía que me sonrojaría y pondría caras raras, y aun así deseaba que me mirase fijamente a pesar de que me avergonzase y quería también mirarle yo a él mientras nos asentábamos en nuestra postura de fingida lucha libre en la que sus hombros rozaban mis rodillas. Cuánto habíamos avanzado desde aquella tarde en la que me quité la ropa y me puse su bañador pensando en que aquello sería lo más cerca que su cuerpo estaría del mío. Y ahora esto. Me hallaba en la cúspide de algo, y quería que durase para siempre pues sabía que no había forma de volver. Cuando ocurrió, no fue como yo había soñado, sino con un aire de incomodidad que me instó a revelar más cosas sobre mí de las que quería. Sentí el impulso de detenerle, y cuando se dio cuenta, me preguntó y no respondí, o no supe qué responder y pareció pasar toda una eternidad entre la reticencia a decidirme y su instinto para hacer que no lo consiguiese. Desde ese instante, pensé, desde ese instante tuve, como nunca antes, la sensación clara de que llegaba a un lugar querido, de que quería esto para siempre, de que era yo, yo, yo, yo y nadie más, solo yo, había encontrado en cada estremecimiento que recorría mis brazos algo totalmente ajeno y a pesar de ello muy familiar, como si todo esto hubiese sido parte de mí durante toda mi vida y lo hubiese perdido y él me hubiese ayudado a encontrarlo. El sueño era correcto, esto era como volver a casa, como preguntar: ¿Dónde he estado toda mi vida?, que era otra forma de averiguar: ¿Dónde estuviste durante mi infancia, Oliver?, que a su vez era otra manera de inquirir: ¿Qué es la vida sin esto?, que era por lo que, al final, fui yo y no él quien dijo no una, sino muchas, muchas veces: Me matarás si paras, me matarás si paras, y era también mi forma de cerrar el círculo completo de mi sueño y mi fantasía, él y yo, el ansia de palabras de su boca a mi boca y de vuelta a la suya, intercambiando palabras entre ambas, que fue cuando debí de empezar a soltar obscenidades que él repetía después de mí, con suavidad al principio, hasta que dijo: «Llámame por tu nombre y yo te llamaré a ti por el mío», algo que no había hecho jamás en mi vida y que, en cuanto pronuncié mi propio nombre como si fuese el suyo, me llevó a un lugar que no había compartido jamás con nadie antes, ni desde entonces he vuelto a hacerlo.

¿Habíamos hecho ruido?
Sonrió. No había por qué preocuparse.

Puede que incluso hubiese sollozado, pero no estaba seguro. Cogió su camisa y me limpió con ella. Mafalda siempre busca pistas. No encontrará ninguna, dijo. Llamo a esta camisa «la ondulante», la llevabas puesta en tu primer día aquí, tiene más de ti que yo. Lo dudo, dijo. No me dejaba irme aún, pero mientras se separaban nuestros cuerpos creí recordar, aunque de manera muy distante, que hacía un rato había apartado sin darme cuenta un libro que acabó clavado en mi espalda mientras él aún estaba en mi interior. Ahora se encontraba en el suelo. ¿Cuándo me percaté de que era un ejemplar de *Se l'amore*? ¿Dónde encontré tiempo durante el calor de la pasión para preguntarme si había estado en la presentación la misma noche en la que estuve yo allí con Marzia? Eran unos pensamientos raros que parecían amontonarse desde hacía mucho, mucho tiempo, más de media hora.

Debió de ocurrírseme un rato después cuando aún estaba entre sus brazos. Me despertó antes incluso de que me diese cuenta de que me había dormido, llenándome de una sensación de espanto y ansiedad que no era capaz de descifrar. Me notaba intranquilo, como si hubiese estado malo y necesitase, no solo muchas duchas para limpiarlo todo, sino una zambullida en elixir bucal. Necesitaba alejarme de él, de la habitación, de lo que habíamos hecho juntos. Era como si lentamente estuviese aterrizando de una pesadilla pero aún no estaba tocando suelo y no estaba seguro de querer hacerlo, pues lo que me esperaba no iba a ser mucho mejor a pesar de saber que no iba a poder quedarme colgado de la amorfa y enorme pesadilla que parecía la mayor nube de autorrechazo y remordimiento que jamás hubiese flotado sobre mi vida. No volvería a ser el mismo. Cómo había permitido que me hiciese esas cosas y con qué entusiasmo había yo participado de ellas e incitado a ellas, esperándole, rogándole que no parase. Ahora su semen se acumulaba en mi pecho como recordatorio de haber cruzado una frontera terrible, sin tener en cuenta a los que más quiero, ni siquiera a mí mismo o a algo sagrado, o al camino que nos había traído hasta este punto, ni siquiera había contado con Marzia, que ahora representaba la sirena de una aventura amorosa lejana que se ahogaba en un acantilado, distante e irrelevante, purificada por los envites de las olas veraniegas, mientras que yo luchaba por alejarme nadando de allí, clamando desde un remolino de ansiedad y con la esperanza de que se convirtiera en parte de la colección de imágenes que me ayudarían a reconstruirme al amanecer. No eran esos a los que más había ofendido, sino más bien a aquellos que aún no habían nacido o estaban aún insatisfechos y a los que nunca podría amar sin rememorar esta gran vergüenza y repulsión que crece entre mi vida y las suyas. Todo esto me obsesionará y mancillará mi amor por ellos y entre nosotros siempre estará este secreto que empañará todo lo bueno que hay en mí.

¿O quizá había ofendido a algo incluso más profundo? ¿Qué era eso?

¿Había estado siempre allí el odio que sentía, aunque camuflado, y todo lo que necesitaba era una noche como esta para que surgiese?

Algo que rozaba las náuseas, algo parecido al arrepentimiento —quizá fuese eso— comenzó a atenazarme y parecía definirse con mayor claridad cuanto más consciente era de la incipiente luz del amanecer que entraba por las ventanas.

Al igual que la luz, el remordimiento, si es que era eso, parecía desvanecerse por un instante. Pero cuando me tumbé en la cama y me sentí tan incómodo, retornó a toda velocidad, como si me anotara un tanto cada vez que yo pensaba que era la última vez que lo sentía. Ya sabía que iba a doler. Lo que no me esperaba es que el dolor se viese finalmente arrollado y deformado por las punzadas de la culpa. Nadie me había advertido de esto.

Fuera ya había amanecido.

¿Por qué me estaba mirando? ¿Habría adivinado lo que pensaba?

—No eres feliz —me dijo.

Me encogí de hombros.

No era a él a quien odiaba, sino lo que habíamos hecho. No quería que indagase en mi corazón aún. En lugar de eso, quería sacarme a mí mismo de esa ciénaga de odio autoinfligido y no sabía cómo.

—Te sientes mal por ello, ¿a que sí?

Una vez más, evité contestar a su comentario.

—Sabía que no debíamos hacerlo. Lo sabía —repitió. Por primera vez en mi vida le vi reluctante y presa de la duda—. Teníamos que haberlo hablado.

—Tal vez —dije yo.

De todas las cosas que podía haber murmurado aquella mañana, este insignificante «tal vez» era la más cruel.

—¿Lo odiaste?

No, no lo odié en absoluto. Sin embargo, lo que sentía era peor que el odio. No quería recordarlo, no quería pensar en ello. Solo quería guardarlo a buen recaudo. Nunca me había pasado. Lo había probado pero no me iba bien, ahora quería que me devolviesen mi dinero, rebobinar la película, volver al momento en que estoy casi saliendo al balcón descalzo, y no avanzaré más, me sentaré, dejaré que repose y nunca lo sabré. Prefería discutir con mi cuerpo que sentir lo que estaba sintiendo en esos momentos. *Elio, Elio, ¿te lo habíamos advertido o no?*

Allí estaba en su cama, demostrando unas formas de cortesía exageradas.

—Si quieres te puedes ir a dormir —dijo, quizá las palabras más amables que me ha dicho jamás, con una mano en mi hombro, mientras que yo, como Judas, seguía repitiéndome: Si él supiera. Si tan solo supiera que deseaba estar a leguas, a miles de años de él. Le abracé. Cerré los ojos.

—Te me quedas mirando fijamente —le dije con los ojos aún cerrados. Me gustaba que me observasen cuando tenía los ojos cerrados.

Necesitaba que estuviese lo más lejos posible de mí si quería sentirme mejor y olvidar, pero le necesitaba cerca por si las cosas se ponían peor y no tenía a quién acudir.

Mientras tanto, otra parte de mí estaba muy contenta por que todo hubiese pasado. Estaba fuera de mis entrañas. Pagaría las consecuencias. Las preguntas eran: ¿lo entendería? y ¿me perdonaría?

¿O esto era otro truco para evitar un nuevo arrebato de odio y vergüenza?

Por la mañana temprano, fuimos juntos a nadar. Me daba la sensación de que era la última vez que estaríamos unidos de esa manera. Volvería a mi habitación, me quedaría dormido, me despertaría, desayunaría, sacaría mis partituras y pasaría las horas de las mañanas transcribiendo a Haydn, con algún sentimiento de ansiedad de vez en cuando al anticipar un renovado rechazo por su parte durante el desayuno, para recordar después que ya habíamos superado esa etapa, que ya le había tenido en mi interior apenas unas horas antes y que después se había corrido sobre mi pecho, porque me dijo que así lo deseaba y yo se lo permití, tal vez porque yo no me había corrido aún y me excitaba observar cómo hacía muecas y llegaba al orgasmo delante de mí.

Ahora se metía casi hasta las rodillas en el agua con la camisa puesta. Sabía qué hacía. Si Mafalda preguntaba le diría que se había mojado por accidente.

Nadamos juntos hasta el gran peñasco. Hablamos. Quería que pensase que me alegraba estar con él. Me hubiese gustado que el mar limpiase la mugre de mi pecho, pero aún seguía allí su semen, aferrado a mi cuerpo. Poco después, tras enjabonarme en la ducha, todas las dudas personales que tenía y que habían surgido tres años antes cuando un chico desconocido montado en bicicleta se detuvo delante de mí, se apeó y puso un brazo sobre mi hombro con un gesto muy poco excitante pero que aceleró algo que, de otra manera, hubiese llevado muchísimo más tiempo rescatarlo del subconsciente; entonces, todas esas dudas podían también ser eliminadas, disipadas como un rumor malo acerca de mí, o una creencia falsa, liberadas como el genio de una lámpara que ha cumplido su sentencia y es purificado con el aroma suave y radiante del jabón de camomila presente en todos nuestros baños.

Nos sentamos en una de las piedras y charlamos. ¿Por qué no habíamos hablado así antes? Yo habría estado mucho menos desesperado de haber sido capaz de entablar este tipo de amistad semanas antes. Quizá habríamos evitado dormir juntos. Quería contarle que había hecho el amor con Marzia el otro día a menos de doscientos metros de donde nos encontrábamos. Pero guardé silencio. En lugar de eso hablamos sobre el «Todo está cumplido» de Haydn, que acababa de terminar de transcribir. Podía hablar sobre esto sin pensar que estaba intentando impresionarle, o llamar su atención o construir un puente enclenque entre ambos. Podía divagar sobre Haydn durante horas, qué amistad más preciosa podía haber surgido.

Nunca se me ocurrió pensar, mientras experimentaba aquellas sensaciones excitantes por haber terminado con él o incluso una pequeña decepción de la que me recuperaría con facilidad después de unas semanas, que esta avidez por sentarme y discutir de Haydn de una forma tan inusitadamente relajada como lo estábamos haciendo entonces era mi punto más vulnerable y que si el deseo tenía que resurgir podía colarse con facilidad a través de esta puerta que siempre creí que era la más segura, como a través de la visión de su cuerpo casi desnudo junto a la piscina.

En aquel momento me interrumpió.

—¿Estás bien?

—Sí, sí, muy bien —contesté.

Luego, con una sonrisa extraña, como si estuviese corrigiendo su pregunta inicial:

—¿Estás bien en todos los sitios?

Le devolví la sonrisa levemente a sabiendas de que ya no quería hablar, cerraba todas las puertas y ventanas entre ambos y soplaba las velas pues el sol ya estaba en lo alto y la sombra de la culpa es alargada.

—Lo que yo quería decir...

—Ya sé lo que querías decir. Dolorido.

—Pero ¿te molestó cuando...?

Aparté la cara como si una corriente de aire helado hubiese rozado mi oreja y quisiera evitar que me golpease en la cara.

—¿Es necesario que hablemos sobre ello? —pregunté.

Utilicé las mismas palabras que había pronunciado Marzia cuando quise saber si le había gustado lo que le había hecho.

—No si no quieres.

Sabía perfectamente sobre qué quería hablar él. Quería recordar el momento en el que casi le pido que pare.

Ahora, mientras hablábamos, todo en lo que podía pensar era que hoy iría de paseo con Marzia y cada vez que nos sentásemos a mí me iba a doler. Menuda indignidad. Sentado en las murallas del pueblo —lugar en el que la gente de nuestra edad se congregaba por las noches cuando no estaba en las cafeterías— y verme forzado a retorcerme y recordar a cada instante lo que había hecho aquella noche. Seré el hazmerreír de los estudiantes. Oliver vería cómo me retuerzo y pensaría: *Eso te lo he provocado yo, ¿no?*

Deseaba que no hubiésemos dormido juntos. Incluso su cuerpo me dejaba indiferente. En la roca en la que estábamos sentados ahora observé su cuerpo como alguien mira una camisa vieja y unos pantalones que has puesto en unas cajas para que se los lleve la beneficencia.

Hombros: comprobados.

La zona entre la parte interior del codo y la parte exterior que hace tiempo veneraba: comprobada.

La entrepierna: comprobada.

156

El cuello: comprobado.

Las curvas del albaricoque: comprobadas.

El pie, y menudo pie: pero sí, comprobado.

La sonrisa al decir *¿Estás bien en todos los sitios?:* sí, comprobada también. No queda ningún cabo suelto.

Hubo un tiempo en que adoraba todas esas cosas. Las había tocado de la misma forma que una civeta se frota contra aquello que ansía. Me habían pertenecido durante una noche. Ahora no las quería. Lo que no lograba recordar, y mucho menos entender, era cómo había llegado a desearlas, a hacer todo lo que hice para estar cerca de ellas, tocarlas, dormir con ellas. Después de nuestro chapuzón me daría la tan ansiada ducha. Olvidar, olvidar.

Cuando volvíamos nadando me preguntó, como si se le acabase de pasar por la cabeza, si iba a tenerle en cuenta lo de la noche anterior.

—No —le respondí. Pero había respondido con demasiada rapidez como para saber lo que estaba diciendo. Para suavizar la posible ambigüedad de ese «no» le dije que probablemente querría dormir durante todo el día—. No creo que sea capaz de montar en bicicleta hoy.

—Por... —no me estaba haciendo una pregunta, me estaba dando la respuesta.

—Sí, por eso.

Se me ocurrió pensar que una de las razones por las que había decidido no distanciarme de él tan rápido no era simplemente para evitar herir sus sentimientos, o desconcertarle, o fomentar una situación incómoda y difícil de manejar en casa, sino porque no estaba seguro de que en unas pocas horas no fuese a estar de nuevo desesperado por verle.

Cuando llegamos a nuestro balcón, estuvo dudando un rato en el umbral y luego se adentró en mi habitación. Me pilló desprevenido.

—Quítate el bañador.

Esto era muy extraño, pero ni se me pasó por la cabeza desobedecer. Así que me lo bajé y me deshice de él. Era la primera vez que estaba completamente desnudo y a plena luz delante de él. Me sentía raro y comenzaba a ponerme nervioso.

—Siéntate.

No había casi ni terminado de hacer lo que me ordenaba cuando acercó su boca a mi polla y se la metió entera. Me empalmé rápidamente.

—Lo dejaremos para luego —dijo con una sonrisa irónica y se fue de inmediato.

¿Se trataba de una venganza por haber supuesto que habíamos terminado?

Pero se acababa de desvanecer con ello mi confianza, mi lista de partes comprobadas y mis ansias por terminar con aquello. Buen trabajo. Me sequé, me puse la parte de abajo del pijama que llevaba puesto la noche antes, me eché en la cama y no me desperté hasta que Mafalda llamó a la puerta para preguntarme si quería huevos en el desayuno.

La misma boca con la que iba a comer huevos había estado en muchos lugares distintos la noche antes.

Como si tuviese resaca, me preguntaba una y otra vez cuándo se me pasaría esa sensación de malestar.

De vez en cuando, una molestia repentina me provocaba un dolor agudo tintado de incomodidad y vergüenza. Quien dijo que el alma y el cuerpo se juntaban en la glándula pineal era un estúpido. Es en el culo, idiota.

Cuando bajó a desayunar llevaba puesto mi traje de baño. A nadie le hubiese llamado la atención puesto que allí todo el mundo se intercambiaba la ropa, pero esa fue la primera vez que él lo hizo y fue con el mismo bañador con el que había ido a nadar aquel amanecer. Verle con mi ropa puesta hizo que me excitase inevitablemente. Y él lo sabía. Nos calentaba a los dos. La idea de su polla rozando la zona del bañador en la que había estado la mía tantas veces me recordaba a cómo, delante de mis propios ojos, y tras tanto esfuerzo, había aliviado su carga sobre mi pecho. Pero lo que me excitaba no era eso, sino la porosidad de nuestros cuerpos, su permutabilidad. Lo que me pertenecía de repente pasaba a ser suyo, de la misma manera que lo que le correspondía a él podía ser mío. ¿Estaba siendo atraído de nuevo? En la mesa decidió sentarse a mi lado y cuando no miraba nadie situó el pie, no sobre el mío, sino debajo. Sabía que mi extremidad estaba áspera por caminar descalzo todo el día; la suya estaba suave; la noche antes la había besado y había chupado los dedos; ahora se hallaban acurrucados bajo mis plantas callosas y necesitaba proteger a mi protector.

No me permitía olvidarle. Me recordaba a una cortesana casada que, tras haberse acostado con un joven vasallo, hizo que lo apresasen los guardias del palacio a la mañana siguiente y lo ejecutasen sumariamente en una mazmorra por unos delitos inventados, no solo para eliminar cualquier posible rastro de evidencias de la noche de adulterio que habían compartido o para evitar que el joven amante se volviese un estorbo ahora que sabía que podía recibir algún tipo de favor, sino para evitar la tentación de ir a buscarle a la mañana siguiente. ¿Se estaba convirtiendo en un estorbo al perseguirme? ¿Y qué debía hacer, decírselo a mi madre?

Aquella mañana bajó solo al pueblo. A la oficina de correos, a ver a la señora Milani, lo típico. Le observé pedaleando por el camino de cipreses, aún con mi bañador puesto. Nadie había llevado mi ropa. Quizá esas sensaciones físicas y metafóricas son maneras patosas de entender lo que ocurre cuando dos seres quieren, no solo estar cerca, sino convertirse en algo tan maleable que el uno se convierta en el otro. Ser quien soy gracias a ti. Ser quien era gracias a mí. Estar dentro de su boca mientras él estaba dentro de la mía sin saber a quién pertenece la polla, si era la suya o era la mía la que estaba en mi orificio. Él era mi pasadizo secreto hasta mí mismo, como un catalizador que nos permite convertirnos en lo que somos, un cuerpo ajeno, un marcapasos, un injerto, un remiendo que envía todos los impulsos correctos, una aguja de metal que mantiene juntos los huesos de los soldados, el corazón de otro que nos hace más nosotros de lo que éramos antes del trasplante.

Esa sola idea me hizo desear dejar todo lo que tenía que hacer ese día e ir corriendo hacia él. Esperé unos diez minutos, luego saqué mi bicicleta, a pesar de la promesa de no montar en bicicleta durante aquel día, salí en dirección a casa de Marzia y ascendí la carretera empinada de la colina tan rápido como pude. Cuando llegué a la *piazzetta* me di cuenta de que había llegado solo unos minutos después que él. Estaba aparcando la bici, había comprado ya el *Herald Tribune* y se dirigía a la oficina de correos, su primer recado.

—Tenía que verte —le dije mientras me acercaba a él.

—¿Por qué? ¿Ha ocurrido algo?

—Simplemente tenía que verte.

—¿No estás asqueado de mí?

Eso pensaba y eso deseo, estuve a punto de decirle.

—Solo quería estar junto a ti —dije, y luego se me ocurrió añadir—: Si quieres me vuelvo a casa.

Se quedó quieto, dejó caer la mano en la que llevaba un montón de cartas sin enviar y simplemente se mantuvo allí mirándome y negando con la cabeza.

—¿Te imaginas lo contento que estoy de que nos hayamos acostado?

Me encogí de hombros como para rechazar cualquier otro halago. No me merecía esos piropos, sobre todo viniendo de él.

—No lo sé.

—Casi mejor que no lo sepas. No quiero arrepentirme de nada, incluido eso de lo que no me permitías hablar esta mañana. Solo me espanta la idea de haberte descolocado un poco. No quiero que ninguno de los dos tenga que pagarlo de ninguna manera.

—No se lo diré a nadie. No habrá ningún problema —sabía perfectamente a lo que se refería, pero prefería fingir lo contrario.

—No me refería a eso. Yo estoy seguro de que tendré que pagar por esto tarde o temprano —por primera vez a la luz del día me percaté de que había un Oliver distinto—. Para ti, lo mires como lo mires, todo esto aún es diversión y juegos, como debe ser. Para mí es algo más que aún no he averiguado y eso hace que me dé todavía más miedo.

—¿Te arrepientes de que haya venido? —estaba siendo un poco tonto a propósito.

—Te agarraría y te comería a besos si pudiese.

—Yo también.

Me acerqué a su oreja justo cuando se proponía entrar en la oficina postal y le dije: «Fóllame, Elio».

Se acordó y rápidamente pronunció su propio nombre tres veces entre gemidos, como habíamos hecho durante la noche. Podía notar cómo se me ponía dura. Entonces, para tomarle el pelo con las mismas palabras que había pronunciado él por la mañana, le dije: «Lo dejaremos para luego».

Después le comenté cómo *¡Luego!* siempre me recordaba a él. Se rio y dijo *¡Luego!* por primera vez con el significado que yo quería que tuviese: no solo para decir adiós, o para alejarse de ti, sino para hacer el amor por la tarde. Me di la vuelta y estaba ya encima de la bici, acelerando colina abajo, sonriendo ampliamente, habría cantado si supiese.

Nunca había sido tan feliz en toda mi vida. No podía salir nada mal, todo ocurría como lo deseaba, se iban abriendo todas las puertas, una a una, y la vida no podía ser más radiante: irradiaba justo encima de mí y cuando giraba la bicicleta a derecha o izquierda para apartarme de la luz, me seguía al igual que los focos persiguen a los actores sobre el escenario. Tenía antojo de él, pero podía perfectamente vivir sin él y ambas cosas estaban bien.

De camino decidí hacer una parada en casa de Marzia. Estaba a punto de ir a la playa. Me uní a ella y bajamos hasta las rocas juntos y nos tumbamos en la arena. Me encantaba su olor, adoraba su boca. Se quitó la parte de arriba y me pidió que le echase crema en la espalda, a sabiendas de que mis manos iban a sujetar sus pechos de forma inevitable. Su familia poseía una cabañita con techo de paja en la playa y me invitó a ir. No vendría nadie. Cerré la puerta con llave desde dentro, la senté encima de la mesa, le quité el bañador y coloqué mi boca donde olía a mar. Ella se echó hacia atrás y subió ambas piernas sobre mis hombros. Qué raro, pensé, cómo se hacían sombra y se tapaban el uno al otro, pero no se imposibilitaban. Apenas media hora antes le estaba pidiendo a Oliver que me follara y ahora me encontraba aquí a punto de hacer el amor con Marzia, y aun así ninguno de los dos tenía nada que ver con el otro excepto Elio, que daba la casualidad de que era única y exclusivamente una persona.

Después de comer Oliver dijo que debía volver a B. para entregar a la señora Milani sus últimas correcciones. Echó un breve vistazo en mi dirección, pero, al ver que yo no correspondía, comenzó a irse. Después de dos vasos de vino, estaba deseando echarme una siesta. Cogí dos melocotones enormes de la mesa y me los llevé, mientras subía besé a mi madre. Me los comería más tarde, le dije. Una vez en la habitación oscura, deposité la fruta en la mesa de mármol y me desnudé del todo. Unas sábanas limpias, frescas, almidonadas y bañadas por el sol cubrían perfectamente mi cama: Dios te bendiga, Mafalda. ¿Deseaba estar solo? Sí. Una persona la noche antes; luego de nuevo al amanecer. Luego por la mañana otra. Ahora me tumbaba sobre las sábanas como un girasol maduro que acaba de florecer repleto del vigor de la tarde de verano más soleada. ¿Estaba contento de estar solo ahora que me atrapaba el sueño? Sí, bueno, no. Sí, pero quizá no. Sí, sí, sí. Estaba feliz y eso era lo único que importaba; con otros, sin otros, yo estaba feliz.

Media hora después, o quizá antes, me despertó el enclaustrado aroma marrón oscuro del café que flotaba en la casa. Podía olerlo incluso con la puerta cerrada y sabía que ese no era el café de mis padres. Había sido hecho y servido hacía tiempo. Esta era la segunda tanda de la tarde, hecha en la máquina de *espressos* napolitanos que Mafalda, su marido y Anchise usan para hacer café después de comer. Pronto se echarían también a descansar. Un fuerte sopor flotaba en el ambiente, el mundo se estaba quedando dormido. Todo lo que deseaba era que él o Marzia pasasen por delante de la puerta de mi balcón y, a través de las puertaventanas a medio abrir, vislumbrasen mi cuerpo desnudo tumbado en la cama. Cualquiera de los dos, pero quería que alguien pasase por allí y se percatase de mi situación y ellos decidieran qué hacer. Yo podía continuar durmiendo o, si se acercaban furtivamente a mí, les haría un hueco a mi lado y dormiríamos juntos. Vería a uno de los dos entrar en la habitación, alcanzar la fruta y, con ella en la mano, acercarse a mi cama y colocar las piezas junto a mi miembro duro. *Sé que no estás dormido,* dirían, y con delicadeza empujarían el melocotón blando y demasiado maduro contra mi polla hasta que lo perforase justo a la altura del pliegue que me recordaba tanto al culo de Oliver. Esa idea se apoderó de mí y no me la podía quitar de la cabeza.

Me levanté y agarré uno de los melocotones, le hice un hueco en el centro con ayuda de los pulgares, dejé el hueso sobre la mesita y con delicadeza acerqué el melocotón velloso y colorado a mi ingle para después comenzar a oprimirlo contra ella hasta que la fruta partida se deslizó por mi verga. Si Anchise supiese lo que estaba haciendo con lo que él cultivaba todos los días con una devoción casi esclava, con

163

su enorme sombrero de paja y sus dedos nudosos y callosos que continuamente arrancaban malas hierbas de la tierra reseca. Sus melocotones tenían mucho de albaricoque pero eran más jugosos y grandes. Ya había probado con el reino animal. Ahora me estaba acercando al mundo vegetal. Lo siguiente podrían ser los minerales. Al pensarlo casi suelto una carcajada. La fruta estaba goteando sobre mi miembro. Si ahora entrase Oliver, le dejaría que me chupase como había hecho esa mañana. Si llegaba Marzia, le dejaría que terminase el trabajo. El melocotón estaba suave y firme y, cuando por fin conseguí partirlo con la polla, me percaté de que su centro enrojecido me recordaba tanto a un ano como a una vagina, así que sujeté ambas partes con las manos contra mi pene y comencé a frotarlas pensando en nada y en todo, incluido el pobre melocotón que no tenía ni la más remota idea de lo que le estaba haciendo, pero tenía que acatar las reglas y puede que incluso al final sintiera también algo de placer pues en cierto momento me pareció oír que decía *Fóllame, Elio, fóllame más fuerte* y, tras un segundo, *¡He dicho que más fuerte!,* mientras que buscaba en mi cabeza algún fragmento de Ovidio en el que creía recordar que alguien se había convertido en melocotón, y si no había nada parecido, entonces podía yo inventarme algo allí mismo, como por ejemplo un hombre desafortunado y una joven que, por disfrutar de una belleza lozana, habían desdeñado a una deidad envidiosa que los convirtió en un melocotonero y solo ahora, después de tres mil años, estaban recibiendo lo que les fuera arrebatado de forma tan injusta mientras musitaban *¿Me moriré cuando acabes, y no debes terminar, no debes correrte jamás?* La historia me excitó tanto que sin darme cuenta ya casi había llegado al orgasmo. Tuve la sensación de que podía detenerme y dejarlo allí mismo o que con una caricia más podía correrme; fue lo que finalmente hice, teniendo cuidado de acertar en el centro coloreado del melocotón abierto como si se tratase de un ritual de inseminación.

Esto era una locura. Me incliné hacia atrás, sujetando la fruta con ambas manos, agradecido por no haber manchado las sábanas ni de jugo ni de semen. El melocotón magullado y estropeado, como la víctima de una violación, estaba junto a mí en la mesita, avergonzado, leal, dolorido y desconcertado, intentando no derramar lo que le había dejado dentro. Me hizo pensar que probablemente yo había dado una imagen parecida en su cama la noche antes después de que se hubiese corrido dentro de mí por primera vez.

Me puse una camiseta de tirantes, pero decidí dejar el resto desnudo y meterme bajo las sábanas.

Me desperté con el ruido de alguien desatrancando el cerrojo de las puertaventanas y volviéndolo a poner después de pasar. Al igual que ocurrió en uno de mis sueños, se me acercaba de puntillas, no con la intención de sorprenderme, sino para no despertarme. Sabía que se trataba de Oliver y, con los ojos aún cerrados, elevé el brazo hacia él. Lo cogió y lo besó, luego levantó las sábanas y pareció sorprenderse de encontrarme desnudo. Rápidamente acercó los labios al lugar al que había prometido llevarlos esta mañana. Le encantó el sabor pegajoso. ¿Qué había hecho?

Se lo dije y le señalé la evidencia magullada sobre la mesa.

—Déjame ver.

Se puso de pie y me preguntó si la había dejado allí para él.

Quizá. O simplemente no había dado con la solución de cómo deshacerme de él.

—¿Es esto lo que creo que es?

Asentí con picardía y fingiendo estar avergonzado.

—¿Tienes idea del esfuerzo que pone Anchise en cada uno de estos?

Estaba bromeando pero daba la sensación de que él, o alguien a través suyo, me estaban aleccionando sobre el esfuerzo que habían puesto mis padres en mí.

Trajo medio melocotón a la cama, asegurándose de no derramar nada de su contenido mientras se desprendía de su ropa.

—Estoy enfermo, ¿no? —le pregunté.

—No, no estás enfermo. Ojalá todo el mundo estuviese tan enfermo como tú. ¿Quieres ver enfermos?

¿Qué pretendía? Dudé en decir que sí.

—Solamente piensa en el número de personas que ha habido antes que tú: tú, tu abuelo, tu tatarabuelo y todas las generaciones de Elios anteriores y los de lugares lejanos, todos apretujados en este goteo de personas que te hacen ser lo que eres. Ahora, ¿puedo probarlo?

Negué con la cabeza, en silencio.

Metió un dedo en el corazón del melocotón y se lo llevó a la boca.

—No, por favor —esto era más de lo que podía aguantar.

—Nunca pude soportar el mío. Pero este es tuyo. Por favor, explícate.

—Me hace sentirme fatal.

Se limitó a hacer caso omiso a mi comentario.

—Mira, no tienes por qué hacerlo. Yo fui el que se empeñó en ti, yo fui el que te siguió, todo lo que ha ocurrido ha sido por mi culpa. No tienes por qué hacer esto.

—Tonterías. Yo te deseaba desde el primer día, pero lo oculté mejor.

—¡Claro!

Me abalancé para arrebatarle el melocotón, pero con la mano que tenía libre me agarró la muñeca y me la apretó muy fuerte, como ocurre en las películas cuando un hombre fuerza a otro a soltar una navaja.

—Me haces daño.

—Entonces apártate.

Observé cómo se metía el melocotón en la boca y comenzaba a comerlo lentamente, mirándome con tal intensidad que llegué a pensar que ni cuando hicimos el amor había sido tan penetrante.

—Si quieres escupirlo, hazlo, no me importa, de verdad. Te prometo que no me sentiré ofendido —lo dije más para romper el silencio que como una súplica final.

Negó con la cabeza. Podía notar cómo lo estaba degustando en ese preciso momento. No entendía qué me ocurría en aquel instante, mientras le observaba, pero me sobrevinieron unas ganas enormes de llorar. Y en lugar de luchar contra ello, como si fuese un orgasmo, simplemente me dejé llevar, aunque solo fuese para mostrarle algo igual de privado sobre mí. Me acerqué a él y amortigüé mis sollozos contra su hombro. Lloraba porque ningún extraño había sido tan amable conmigo o había llegado tan lejos por mí, ni siquiera Anchise, que un día me hizo un tajazo en el pie para chuparme y escupir, chuparme y escupir, varias veces el veneno de un escorpión. Lloraba porque no me había sentido nunca tan agradecido y no tenía otra manera de demostrarlo. Y lloraba por los pensamientos malignos que había albergado contra él aquella misma mañana. Y también por lo que había ocurrido la noche anterior, pues, para bien o para mal, ya no había forma de arreglarlo y aquel era tan buen momento como otro cualquiera para demostrarle que tenía razón, que no era fácil, que la diversión y los juegos también podían salirse del camino marcado y que si habíamos propiciado que las cosas se acelerasen ahora era ya muy tarde para echarse atrás. Lloraba porque estaba ocurriendo algo y no tenía ni idea de qué se trataba.

—Sea lo que sea lo que ocurra entre nosotros, Elio, quiero que lo sepas. No digas nunca que no sabías lo que hacías —seguía masticando. En el calor de la pasión hubiese sido otra cosa, pero esto era muy distinto. Me estaba llevando con él.

Sus palabras no tenían sentido. Pero yo sabía exactamente lo que significaban.

Acaricié su cara con la mano. Después, sin saber por qué, comencé a chupar sus párpados.

—Bésame ahora, antes de que haya desaparecido —dije. Su boca tendría el sabor de los melocotones y de mí.

Me quedé en mi habitación mucho tiempo después de que se fuese Oliver. Cuando por fin me desperté, era ya casi de noche, lo que hizo que me pusiese gruñón. El dolor había desaparecido, pero estaba renaciendo el mismo malestar que había experimentado al amanecer. No sabía si era el mismo sentimiento que resurgía tras una larga interrupción o si el anterior se había curado ya y este era uno totalmente nuevo, resultado de haber hecho el amor por la tarde. ¿Experimentaría siempre ese sentimiento de culpa tan solitario cuando despertase al rato de haber pasado unos momentos embriagadores juntos? ¿Por qué no me pasaba lo mismo después de hacerlo con Marzia? ¿Por qué la naturaleza se empeñaba en recordarme que era mejor que estuviese con ella?

Me duché y me puse ropa limpia. Abajo todo el mundo estaba tomando cócteles. Los dos invitados de la noche anterior estaban allí de nuevo, entretenidos con mi madre, mientras que un recién llegado, reportero también, escuchaba atentamente la descripción que estaba haciendo Oliver de su libro de Heráclito. Había perfeccionado tanto la técnica para hacer un resumen en tan solo cinco frases a los extraños que parecía haber sido inventado en aquel preciso instante para el beneficio de aquel escuchante en particular.

—¿Te quedas? —me preguntó mi madre.

—No, voy a ver a Marzia.

Mi madre me echó una mirada inquieta y de forma discreta comenzó a mover la cabeza en señal de desaprobación, queriendo decir: *No estoy de acuerdo, es una buena chica, deberías salir por ahí en grupo.*

—Déjale en paz, tú y tus grupitos —impugnó mi padre, lo que me dio alas—. En realidad está encerrado en casa todo el día. Déjale que haga lo que quiera. ¡Lo que quiera!

Si supiese.

Bueno, ¿y qué si supiese algo?

Mi padre nunca se opondría. Puede que al principio hiciese un gesto raro, pero luego lo borraría de su cara.

Nunca se me pasó por la cabeza ocultarle a Oliver lo que hacía con Marzia. Los pasteleros y los carniceros no compiten entre ellos, pensé. Y con toda probabilidad, él tampoco le habría dado demasiada importancia.

Aquella noche Marzia y yo fuimos al cine. Tomamos un helado en la *piazzetta*. Y después a casa de sus padres de nuevo.

—Quiero volver a la librería —dijo mientras caminábamos hacia la puerta de su jardín—, pero no me gusta ir al cine contigo.

—¿Quieres ir mañana justo antes de que cierren?

—Sí, ¿por qué no? —quería volver a repetir lo de la otra noche.

Me besó. Lo que en realidad quería era ir a la librería por la mañana nada más abrir, con la opción de poder volver allí por la noche.

Cuando regresé a casa, los invitados estaban a punto de marcharse. Oliver no estaba.

Me viene bien, pensé.

Fui a mi habitación y, al no tener nada mejor que hacer, abrí el diario.

La anotación del día anterior: *«Te veré a medianoche». Ya verás. Ni siquiera se presentará. «Piérdete», eso es lo que «madura» significa en realidad. Ojalá nunca le hubiese dicho nada.*

En los dibujitos nerviosos que había realizado alrededor de estas palabras antes de ir a su habitación, intentaba recuperar la sensación de nerviosismo de la noche de antes. Quizá quisiese liberarme de la ansiedad de la noche, tanto para enmascarar la de hoy como para recordarme que si mis peores miedos fueron disipados una vez que entré en su cuarto, quizá no terminarían de forma muy distinta hoy y serían fácilmente dominados en cuanto escuchase sus pasos.

Pero ni siquiera podía recordar la ansiedad de la noche anterior. Fue completamente eclipsada por lo que ocurrió a continuación y que parecía pertenecer a un segmento temporal al que no tenía ningún tipo de acceso. Todo lo relacionado con la noche anterior se había esfumado. No recordaba nada. Intenté susurrarme «piérdete» a mí mismo como forma de encender la mecha de mi memoria. Esa palabra parecía tan real anoche. Ahora solamente luchaba por tener sentido.

Y entonces me di cuenta. Lo que estaba experimentando hoy no se parecía a nada de lo que hubiera vivido en toda mi vida.

Esto era mucho peor. Ni siquiera sabía cómo denominarlo.

Al volverlo a pensar, me di cuenta de que tampoco sabía cómo definir los nervios de la noche anterior.

En aquella ocasión había dado un paso de gigante. Aun así, allí me encontraba. No era más sabio y no estaba más seguro de las cosas que antes de haberle sentido encima de mí. Podíamos también no habernos acostado juntos, ¿no?

Al menos tuve la sensación de miedo que da la posibilidad de caer, el temor a ser rechazado y a que te llamen lo que yo he usado para llamar a otros. Ahora que lo había superado, ¿había estado esta ansiedad siempre presente, pero de forma latente, como un presagio y una advertencia de que hay arrecifes afilados detrás de la tempestad?

¿Y por qué me importaba dónde estuviese? ¿No era esto lo que quería de ambos, pasteleros, carniceros y todas esas cosas? ¿Por qué me molestaba tanto que él no estuviese allí? ¿Y por qué, al haberme dado esquinazo, tenía la sensación de que todo lo que hacía era esperar y esperar y esperar y esperar?

¿Por qué esperar se estaba empezando a transformar en una tortura?

Si estás con alguien, Oliver, es hora de que vuelvas a casa. No te haré ninguna pregunta, lo juro, pero no me hagas aguardar más.

Si no aparece en diez minutos, haré algo.

Transcurrido ese tiempo, con una sensación de impotencia y un odio total hacia mí mismo por sentirme indefenso, decidí esperar, esta vez de verdad, otros diez minutos.

Veinte minutos después, no podía soportarlo más. Me puse un jersey, salí al balcón y bajé las escaleras. Iré a B., si hace falta, y lo comprobaré por mí mismo. De camino al cobertizo de las bicicletas, iba decidiendo si iría antes hasta N., donde la gente solía quedarse hasta más tarde de fiesta que en B., y maldiciéndome por no haber hinchado las ruedas por la mañana, cuando de repente algo me dijo que debía pararme en seco y no molestar a Anchise, que dormía en la cabaña adjunta. Anchise el siniestro, todo el mundo decía que era un poco siniestro. ¿Había tenido la sospecha todo el tiempo? Supongo que sí. La caída de la bicicleta, la pomada casera de Anchise, la delicadeza con la que le curó las heridas y le limpió los rasguños.

Pero más abajo, junto a la costa rocosa, bajo la luz de la luna, le vi. Estaba sentado sobre una de las rocas más altas, vestido con el suéter de marinero de rayas azules y blancas con los botones del hombro siempre desabrochados que se había comprado en Sicilia el verano anterior. No hacía nada, simplemente se abrazaba las rodillas mientras escuchaba las olas golpear las rocas debajo de él. Al mirarle desde la barandilla, sentí algo tan tierno por él que me recordaba el entusiasmo con el que me había precipitado a B. en su busca, y había llegado antes incluso de que hubiese alcanzado la oficina de correos. Era la mejor persona que había conocido en mi vida. Le había elegido bien. Abrí la puerta y bajé a saltitos varias rocas hasta que llegué al lugar en el que se encontraba.

—Te estaba esperando —dije.

—Pensé que te habías ido a dormir. Pensé incluso que no querías.

—No. Esperaba. Simplemente apagué la luz.

Eché un vistazo a la casa. Todas las puertaventanas estaban cerradas. Me incliné y le besé el cuello. Era la primera vez que le besaba con sentimiento, no con deseo. Me rodeó con sus brazos. Si alguien lo viese resultaría totalmente inofensivo.

—¿Qué haces? —le pregunté.

—Pensar.

—¿En qué?

—En cosas. En la vuelta a Estados Unidos. En las clases que tengo que impartir en otoño. En el libro. En ti.

—¿En mí?

—¿En mí? —se burlaba de mi modestia.

—¿En nadie más?

—En nadie más —se quedó en silencio un rato—. Vengo aquí cada noche a sentarme. A veces me paso horas.

—¿Tú solo?

Asintió.

—No lo sabía. Pensaba que...

—Ya sé lo que pensabas.

Esas noticias me hicieron muy feliz. Había estado ensombreciendo toda nuestra relación. Decidí no insistir sobre eso.

—Este lugar será probablemente lo que más eche en falta —y tras una pequeña reflexión—: He sido muy feliz en B.

Sonaba como un preámbulo de despedida.

—Estaba observando aquello —continuó mientras señalaba el horizonte— y pensando que en dos semanas estaré de vuelta en la Universidad de Columbia.

Tenía razón. Yo me había convencido para no contar los días. Al principio porque no quería pensar en cuánto tiempo se quedaría con nosotros; después porque no quería afrontar los pocos días que le quedaban a mi lado.

—Todo esto significa que dentro de diez días, cuando mire hacia este lugar, ya no estarás aquí. No sé qué voy a hacer entonces. Por lo menos tú estarás en otro sitio, donde no hay recuerdos.

—Qué cosas piensas a veces —apretó su hombro contra el mío—. Te irá bien.

—Puede que sí. Pero puede que no. Hemos desperdiciado tantos días, tantas semanas.

—¿Desperdiciado? No sé. Quizá simplemente necesitásemos tiempo para averiguar si esto era lo que queríamos.

—Alguno de nosotros hace las cosas difíciles a propósito.

—¿Yo?

Asentí con la cabeza.

—Ya sabes lo que estábamos haciendo hace exactamente una noche.

Sonrió.

—No sé qué pensar sobre eso.

—Yo tampoco estoy seguro. Pero me alegro mucho de que lo hiciésemos.

—¿Vas a estar bien?

—Sí, estaré bien —metí una mano en sus pantalones—. Me encanta estar aquí contigo.

Era mi forma de decir que también estaba siendo feliz allí con él. Intenté imaginarme lo que *estar feliz allí* significaba para él: feliz al llegar aquí después de imaginarse cómo sería esto, feliz trabajando en *el cielo* durante las calurosas mañanas, feliz yendo en bicicleta a casa de la traductora, feliz perdiéndose en el pueblo cada noche y volviendo tan tarde, feliz con mis padres y sus *labores del almuerzo,* feliz con sus compañeros de póquer y todos los demás amigos que había hecho en el pueblo y en los alrededores y que yo no conocía. Quizá me lo dijese algún día. Me preguntaba cuál sería mi lugar en aquella amalgama general.

Mientras tanto, mañana, si íbamos a darnos un baño matutino pronto, puede que me volviese a atrapar el hartazgo y el autorrechazo. Me pregunto si uno se acostumbra a eso, o se le acumula un malestar tan grande que se encuentran maneras de consolidarlo en un bulto de sensaciones con sus propios periodos de amnistía y cortesía. O quizá la presencia del otro, que ayer por la mañana parecía casi un intruso, se convierte en indispensable pues nos protege de nuestro propio infierno. Así, la misma persona que nos causa un tormento por el día nos alivia por la noche.

A la mañana siguiente fuimos a nadar juntos. Eran poco más de las seis de la mañana y el hecho de que fuese tan pronto aportaba a nuestro ejercicio una calidad energizante. Más tarde, mientras él realizaba una versión muy personal de hacerse el muerto, quise agarrarle, como hacen los monitores de natación cuando te sujetan el cuerpo de forma tan suave que parecen mantenerte a flote con tan solo un dedo. ¿Por qué me sentía más viejo que él en aquel instante? Quería protegerlo de todo, de las rocas, de las medusas ahora que era temporada, de Anchise y su mirada lasciva cuando iba al jardín a poner los aspersores mientras arrancaba constantemente malas hierbas, incluso cuando llovía, incluso cuando estaba hablando contigo, incluso cuando amenazaba con abandonarnos, parecía sonsacar cada secreto que creías haber escondido agudamente lejos de su vista.

—¿Cómo estás? —le pregunté, imitando la pregunta que me había hecho él a mí el día anterior por la mañana.

—Deberías saberlo.

Durante el desayuno, no me podía creer lo que estaba haciendo, pero comencé a partirle la parte de arriba del huevo pasado por agua antes de que Mafalda interviniese o de que lo hubiese destrozado con su cuchara. No había hecho eso por nadie en mi vida y, aun así, allí estaba, asegurándome de que ni un trocito de cáscara cayese dentro del huevo. Él estaba tan feliz con su huevo. Cuando Mafalda le trajo su *polpo* diario, yo estaba muy contento por él. Dicha doméstica. Simplemente porque me dejó ser su cumbre la noche de antes.

Pillé a mi padre mirándome mientras terminaba de abrir la parte de arriba de su segundo huevo pasado por agua.

—Los norteamericanos nunca saben cómo hacerlo —dije.

—Seguro que tiene alguna manera... —comentó.

El pie que llegó para quedarse encima del mío por debajo de la mesa me indicó que quizá debía dejarlo, pues mi padre parecía que se olía algo. «No es tonto», me dijo más tarde mientras nos preparábamos para ir a B.

—¿Quieres que vaya contigo?

—No, será mejor pasar desapercibidos. Deberías trabajar en Haydn hoy. ¡Luego!

—¡Luego!

Marzia me llamó aquella mañana mientras él se preparaba para irse. Casi me hace un guiño al pasarme el teléfono. No había ningún rastro de ironía, nada que me recordase, a no ser que me equivocase, y creo que no era el caso, que lo que había entre nosotros era igual de transparente que una simple amistad.

Quizá primero éramos amigos y luego amantes.

Pero entonces quizá sea eso lo que son los amantes en realidad.

Cuando recuerdo nuestros últimos diez días juntos, veo un baño por la mañana temprano, unos desayunos lentos, un paseo en bicicleta hasta el pueblo, un poco de trabajo en el jardín, comidas, siestas a media tarde, más trabajo por la tarde, quizá algo de tenis, estar después de la cena en la *piazzetta* y por las noches hacer el amor de tal manera que parecía que pudiésemos desplazarnos en el tiempo. Al rememorar esos días, creo que no hubo ni un minuto, aparte de la media hora más o menos que pasaba con la traductora, o cuando me las arreglé para escaparme unas horas con Marzia, en el que no estuviéramos juntos.

—¿Cuándo te enteraste de lo mío? —le pregunté cierto día. Tenía la esperanza de que dijese *Cuando te apreté el hombro y casi te desmayas en mis brazos*. O, *Cuando humedeciste el bañador aquel día que estuvimos charlando en tu cuarto*. Algo por ese estilo.

—Cuando te sonrojaste.

—¿Yo?

Habíamos estado hablando sobre la traducción de poesía; era temprano, durante su primera semana con nosotros. Aquel día comenzamos a trabajar más pronto de lo habitual, probablemente porque ya habríamos disfrutado de nuestra animada conversación mientras ponían la mesa del desayuno bajo el tilo y estábamos ansiosos por seguir juntos algún tiempo más. Me preguntó si alguna vez había traducido poesía. Yo le dije que sí y le pregunté si él también. Me respondió afirmativamente. Estaba leyendo a Leopardi y se había topado con algunos versos imposibles de traducir. Habíamos estado departiendo sin darnos cuenta de hasta dónde podía llegar la conversación que había empezado por casualidad, pues mientras ahondábamos en el mundo de Leopardi encontrábamos ocasionalmente maneras de sacar a relucir nuestro natural sentido del humor y nuestro amor por las payasadas. Tradujimos el fragmento al inglés, después del inglés al griego antiguo y después de nuevo a galimatiasinglés y galimatiasitaliano. Los últimos versos del poema «A la luna» de Leopardi eran tan pervertidos que nos causaban unos ataques de risa enormes cada vez que repetíamos las palabras sin sentido en italiano, cuando de repente hubo un momento de silencio y al alzar la vista para mirarle me estaba observando directamente con aquella mirada glacial y vidriosa que tanto me desconcertaba. Hacía esfuerzos para decir algo

176

y cuando me preguntó por qué sabía tantas cosas, tuve la presencia de ánimo suficiente como para decir algo sobre haber sido el hijo de un catedrático. No siempre deseaba chulearme de todo lo que sabía, sobre todo con alguien que me intimidaba tanto. No tenía nada que aportar, nada con lo que defenderme, nada con lo que embarrar el terreno entre ambos, ningún lugar donde esconderme o donde guarecerme. Me sentía como una oveja desamparada en medio de la planicie seca y árida del Serengueti.

Aquella mirada ya no formaba parte de la conversación, ni siquiera de las bromas sobre la traducción; las había suplantado y se había convertido en un tema en sí mismo, a pesar de que ninguno quería ni se atrevía a sacarla a colación. Y sí, sus ojos tenían tal brillo que debía apartar la vista, y cuando volvía a dirigirla hacia él la suya no se había movido y seguía aún clavada en mi cara como si dijese: *Así que habías mirado hacia otro lado y ahora vuelves a mirar, ¿eh? ¿Vas a volver a apartar la mirada pronto?*, motivo por el que me veía forzado a quitarla de nuevo y fingir que pensaba en algo, y siempre estaba buscando alguna cosa que decir, de la misma forma que un pez que se está muriendo a marchas forzadas por el calor en un charco cenagoso lucha por salir. Debía de saber a la perfección cómo me sentía. Lo que finalmente me hizo sonrojar no fue la vergüenza intrínseca del momento en que me di cuenta de que me había sorprendido intentando aguantarle la mirada, para después escabullirme con los ojos a un lugar seguro; lo que lo provocó fueron las excitantes posibilidades, con todo lo increíbles que me resultaban, de que quizá le gustase de la misma forma que él me gustaba a mí.

Durante semanas confundí su mirada fija con una hostilidad descarada. Estaba muy equivocado. Era simplemente la manera en la que un hombre tímido le aguanta la mirada a otro.

Al final caí en la cuenta de que éramos las dos personas más tímidas del mundo.

Mi padre fue el único que le caló desde el principio.

—¿Te gusta Leopardi? —le pregunté para romper el silencio, pero también para sugerir que había sido ese tema lo que me había hecho estar en cierta forma distraído durante el alto en la conversación.

—Sí, mucho.

—A mí también me gusta mucho.

Siempre supe que yo no hablaba de Leopardi. La cuestión es: ¿lo sabía él?

—Sabía que te incomodaba, pero quería asegurarme.

—O sea, que lo supiste todo el tiempo.

—Digamos que estaba bastante seguro.

En otras palabras, había comenzado unos pocos días después de su llegada. ¿Así que había sido todo fingido desde entonces? Y aquellas oscilaciones entre la amistad y la indiferencia, ¿qué significaban? ¿Era nuestra forma de seguirnos de cerca con sigilo mientras negábamos hacerlo? ¿O era simplemente una forma tan astuta como cualquier otra de mantenernos alejados, con la esperanza de que lo que sentíamos no fuese más que genuina indiferencia?

—¿Por qué no me diste alguna pista? —dije.

—Lo hice. O al menos lo intenté.

—¿Cuándo?

—Una vez, después de jugar al tenis. Te toqué. Era mi forma de mostrarte que me gustabas. De la manera en que reaccionaste me hiciste sentir que te había molestado. Decidí mantener las distancias.

Nuestros mejores momentos tenían lugar por las tardes. Después de comer subía las escaleras para echarme una siesta justo cuando estaban a punto de servir el café. Luego, cuando los invitados a comer se habían marchado ya, o se habían retirado a descansar a la habitación de huéspedes, mi padre o bien se aislaba en su despacho o se iba a dormir un rato con mi madre. Para cuando daban las dos,

178

un intenso silencio se había apoderado de la casa (parecía que también de todo el universo), y era interrumpido de vez en cuando por el arrullo de las palomas o por los martillazos de Anchise trabajando, pero con cuidado de no hacer demasiado ruido. Me gustaba escuchar cómo se afanaba por las tardes, e incluso cuando ocasionalmente me despertaba con algún golpe o con la sierra o cuando encendía la piedra de afilar cuchillos todos los miércoles, me quedaba con una sensación de paz y tranquilidad en el mundo, igual que la que sentiría años después al escuchar en mitad de la noche la sirena para la niebla en Cape Cod. A Oliver le gustaba mantener las ventanas y las puertaventanas abiertas por la tarde, con solo las finas cortinas de separación entre nosotros y la vida, pues consideraba un crimen obstruir tanta luz natural y ocultar un paisaje así, sobre todo cuando no lo tenías para toda la vida. Luego, los ondulados campos del valle parecían asentarse sobre un creciente manto color aceituna: girasoles, viñedos, algo de lavanda y esos modestos olivos achaparrados y encorvados, los viejos espantapájaros que miraban boquiabiertos a través de la ventana mientras nos tumbábamos desnudos sobre mi cama, el olor de su sudor que era el olor de mi sudor, a mi lado mi hombre-mujer para quien yo era su hombre-mujer y rodeándonos por todos lados la colada de Mafalda y el detergente con aroma a camomila, que era el aroma de las tórridas tardes de verano en nuestra casa.

Recuerdo aquellos días y no me arrepiento de nada, ni de los riesgos, ni de la vergüenza, ni de la falta total de perspectiva. Las formas líricas del sol, los enormes campos de plantas altísimas que se tambaleaban bajo el intenso calor del mediodía, los crujidos del suelo de madera o el chirrido de los ceniceros de barro arrastrados suavemente sobre la losa de mármol que hacía las veces de mi mesita. Sabía que teníamos el tiempo contado, pero no me atrevía a contarlo, ya que sabía hacia dónde se dirigía todo aquello, no me preocupaba por leer los mojones. Aquella fue la época en la que de forma intencionada dejé de arrojar miguitas de pan para la vuelta; en lugar de eso, me las comí. Podía resultar que fuera un completo bicho raro; podía cambiarme o arruinarme para siempre mientras el tiempo y los cotilleos desvelarían todo lo que ocurrió entre nosotros, que sería rumiado hasta que no quedasen más que espinas. Puede que echase en falta ese día, o puede que me fuese mucho mejor, pero siempre sabré que durante aquellas tardes en mi habitación viví mi momento.

En cambio, cierta mañana me desperté y contemplé todo B. cubierto de nubes oscuras y bajas que se movían muy rápido por el cielo. Sabía perfectamente qué presagiaba. El otoño estaba a la vuelta de la esquina.

Unas pocas horas después, las nubes se habían disipado del todo y el tiempo, como si intentase resarcirse de su pequeña broma, parecía haber eliminado cualquier posibilidad de otoño de nuestras vidas y nos otorgó uno de los mejores días de la temporada. Sin embargo, yo había tomado buena cuenta de la advertencia y, al igual que se dice de los jurados que oyen una evidencia inadmisible justo antes de ser puesta en el archivo, me di cuenta de que vivíamos con el tiempo prestado, que el tiempo es siempre prestado y que la empresa de préstamos nos cobra prima justo en el momento en el que estamos en la peor situación para pagar y necesitamos pedir más prestado. De repente, comencé a hacer fotos mentales de él, a recoger las migas de pan que habían caído de la mesa; las guardé en mi escondrijo y, para mi vergüenza, hice una lista: la roca, el muro, la cama, el sonido del cenicero. La roca, el muro, la cama... Ojalá fuese como esos soldados de las películas que, cuando se quedan sin balas, arrojan lejos sus armas, como si ya no las pudiesen volver a usar para nada, o como los fugitivos en un desierto que, en lugar de racionar el agua de la calabaza, ceden ante la sed y se la beben a tragos y luego tiran la calabaza en cualquier sitio. En lugar de eso, yo almacenaba cosas pequeñas para que, en los días de vacas flacas que vendrían, esos brillos del pasado me devolvieran el calor. Comencé, de mala gana, a robar dinero al presente para pagar las deudas que sabía que iban a llegar en el futuro. Esto, sabía, era un crimen tan malo como cerrar las puertaventanas durante las tardes soleadas. Pero también sabía que, en el mundo supersticioso de Mafalda, anticiparse a lo peor era una forma segura de prevenir que ocurriese.

Cuando fuimos a pasear una noche y me dijo que pronto se iría a casa, me di cuenta de lo inútil que había sido mi supuesta previsión. Dos bombas nunca caen en el mismo lugar; esta, a pesar de todas mis premoniciones, cayó justo sobre mi escondite.

Oliver se iría a Estados Unidos la segunda semana de agosto. Pocos días después de que empezase el mes, dijo que quería pasar tres días en Roma y utilizar ese tiempo para trabajar en el borrador final de su manuscrito junto al editor italiano. Después, volaría a casa. ¿Quería acompañarle?

Dije que sí. ¿Debía preguntar a mis padres antes? No hacía falta, nunca dirían que no. Ya, pero ¿no deberían...? No deberían. Al enterarse de que Oliver se iba a marchar antes de lo previsto e iba a pasar unos días en Roma, mi madre preguntó —con el permiso del *cauboi,* por supuesto— si yo le quería acompañar. Mi padre no se opuso.

Mi madre me ayudó a hacer la maleta. ¿Iba a necesitar una chaqueta por si acaso el editor nos llevaba a cenar? No habría cenas. Además, ¿por qué le iba a pedir que los acompañara? Aun así, pensó ella, debía llevar una. Quería cargar solo con una mochila, viajar como lo hacen los de mi edad. Haz lo que quieras. De todas formas, me ayudó a vaciar la mochila y a volver a hacerla cuando quedó claro que no entraba todo lo que quería meter. Solamente vas dos o tres días. Ni Oliver ni yo habíamos precisado acerca de los últimos días juntos. Mi madre nunca sabrá lo mucho que me dolió aquello de «dos o tres días». ¿Sabíamos en qué hotel nos íbamos a quedar? La pensión no sé qué o algo así. No había oído nunca hablar de ella, pero qué iba a saber ella, dijo. Mi padre sí lo sabía. Hizo las reservas él mismo. Es un regalo, dijo.

Oliver no solo hizo él mismo su macuto, sino que el día que íbamos a coger el *direttissimo* hasta Roma se las arregló para que su maleta quedase situada en el lugar exacto de la habitación en el que la había colocado yo el día que llegó. En aquella ocasión había visualizado el momento en que me devolvería la habitación y ahora me preguntaba cuánto estaría dispuesto a dar con tal de volver atrás en el tiempo hasta aquella tarde a finales de junio, cuando le escolté en la presentación de rigor por nuestras propiedades y cuando —una cosa llevó a la otra— nos acercamos al solar calcinado junto a las vías abandonadas donde me dio mi primera dosis de los numerosos *¡Luego!* Cualquiera de mi edad aquel día hubiese ido a echarse una siesta antes que caminar hasta los límites más alejados de nuestra propiedad. Obviamente, yo ya sabía lo que estaba haciendo.

Toda la simetría, o debía decir vacío, de aquella habitación aparentemente saqueada hizo que se me formase un nudo en la garganta. Me recordaba menos a una habitación de hotel en la que esperas a que el botones te ayude a bajar las maletas después de una estancia maravillosa que ha tenido que terminar antes de tiempo, que a una habitación de hospital que ha sido vaciada de tus pertenencias, mientras el siguiente paciente, al que aún no han ingresado, aguarda en la sala de emergencias de la misma forma que esperaste tú una semana antes.

Esto era una prueba para nuestra despedida definitiva. Como observar a alguien con un respirador antes de que lo apaguen días después.

Estaba feliz porque me iban a devolver la habitación. En mi/su alcoba, sería más fácil recordar nuestras noches.

No, prefería mantener mi cuarto actual. Así, por lo menos, podía fingir que él aún estaba en el suyo y si no estaba allí es que todavía estaba fuera como ocurría frecuentemente durante aquellas noches en las que yo contaba los minutos, las horas, los sonidos.

Cuando abrí su armario me percaté de que había dejado un bañador, unos calzoncillos, sus pantalones chinos y una camisa limpia colgada de una percha. Reconocí la camisa. Ondulante. Y reconocí el bañador. Rojo. Lo reservaba para cuando fuese a darse el último baño aquella mañana.

—Tengo que decirte algo acerca de este bañador —dije después de cerrar la puerta del armario.

—¿Decirme qué?

—Te lo diré en el tren —pero se lo dije de todas maneras—. Prométeme que me dejarás quedármelo cuando te vayas.

—¿Eso es todo?

—Bueno, póntelo mucho hoy y no nades con él.

—Enfermo y retorcido.

—Enfermo, retorcido y muy, muy triste.

—Nunca te había visto así.

—También quiero a Ondulante. Y las alpargatas. Y las gafas. Y a ti.

En el tren le hablé sobre el día en que pensamos que se había ahogado y cómo estaba dispuesto a pedirle a mi padre que reclutara a todos los marineros posibles para buscarle, y que cuando le encontrasen encenderíamos una pira en la orilla mientras que yo cogería un cuchillo de Mafalda para arrancarle el corazón, pues aquel corazón y aquella camisa eran todo lo que enseñaría durante toda mi vida. Un corazón y una camisa. Su corazón envuelto en una camisa húmeda, como el pez que trajo aquel día Anchise.

Tercera parte
EL SÍNDROME DE SAN CLEMENTE

Llegamos a la estación Termini hacia las siete de la tarde del miércoles. El ambiente estaba muy cargado. Daba la sensación de que acababa de pasar un temporal por Roma que no había sido capaz de llevarse consigo la sensación de bochorno que reinaba. El crepúsculo llegaría en apenas una hora y las farolas brillaban coronadas por unos halos densos, mientras que los escaparates parecían estar iluminados y tintados con colores resplandecientes de propia creación. La humedad se aferraba a todas y cada una de las frentes y las caras. Quería acariciar su rostro. No podía esperar a llegar al hotel para pegarme una ducha y tirarme en la cama, incluso sabiendo que, a no ser que tuviésemos un buen aire acondicionado, no iba a sentirme mucho mejor después de la ducha. También me gustaba el ambiente lánguido que se respiraba en la ciudad, como el brazo de un amante cansado y tembloroso apoyado sobre tu hombro.

Quizá tuviésemos balcón. Me iría bien uno. Sentarnos en los escalones de mármol frescos y ver cómo se pone el sol en Roma. Agua mineral. O cerveza. Y algunos aperitivos para picotear. Mi padre nos había reservado uno de los hoteles más lujosos de Roma.

Oliver quiso coger el primer taxi. Yo, en cambio, prefería el autobús. Anhelaba los autobuses atestados. Quería entrar en uno, abrirme paso entre la muchedumbre sudorosa mientras él se abría paso detrás de mí. Pero tras varios segundos dando saltitos en el interior, decidimos apearnos. Era demasiado auténtico, bromeamos. Di marcha atrás a través de la aglomeración furiosa de gente que iba camino de sus casas y que no entendía qué estábamos haciendo.

Me las arreglé para pisarle el pie a una señora. «*E non chiede manco scusa,* y ni siquiera me pide disculpas», musitó a los que se encontraban a su alrededor que acababan de entrar a empujones en el autobús y no nos dejaban salir.

Finalmente cogimos un taxi. Al observar el nombre del hotel y escucharnos hablar en inglés, el taxista comenzó a hacer unos extraños giros. «*Inutile prendere tante scorciatoie,* no hace falta que tomes tantos atajos. No tenemos prisa», le dije en el dialecto romano.

Para nuestro regocijo, la mayor de nuestras habitaciones tenía tanto un balcón como una ventana y, cuando abrimos las puertaventanas, observamos cómo las múltiples cúpulas de las numerosas iglesias reflejaban bajo nosotros la luz del sol al atardecer. Alguien nos había enviado un ramo de flores y un cuenco lleno de fruta. La nota era del editor italiano de Oliver: «Ven a la librería a eso de las ocho y media. Trae el manuscrito. Hay una celebración preparada para uno de nuestros autores. *Ti aspettiamo*».

No teníamos ningún plan aparte de ir a cenar y deambular por las calles después.

—¿Estoy invitado yo? —pregunté un poco incómodo.

—Ahora ya sí —contestó.

Cogimos el cuenco de fruta que estaba junto al televisor y comenzamos a pelarnos higos el uno al otro.

Dijo que se iba a duchar. Cuando le vi desnudo, me desnudé de inmediato también.

—Solo un segundo —dije mientras nuestros cuerpos se tocaban. Me encantaba el sudor que emanaba su cuerpo—. Ojalá no te tuvieses que lavar.

Su olor me recordaba al de Marzia. Como el de ella, también parecía exudar ese aroma a piélago de la orilla durante los días en que no hay nada de viento en las playas y todo lo que puedes oler es el perfume crudo y seco de la arena quemándose. Me encantaba el salitre en sus brazos, en sus hombros, en su espina dorsal. Aún eran una novedad para mí.

—Si nos acostamos ahora, no iremos a la presentación del libro.

Aquellas palabras, dichas durante un éxtasis tal que parecía que nadie nos lo arrebataría jamás, me trajeron de nuevo a aquella habitación de hotel y a la tarde calurosa y húmeda, con los dos totalmente desnudos apoyando los brazos sobre el alféizar de la ventana, examinando aquella pausada e insoportable tarde romana, ambos con olor al compartimento mal ventilado de un tren con destino al sur que estaría probablemente acercándose a Nápoles y en el que habíamos dormido, mi cabeza apoyada en la suya sin ocultarnos de los demás pasajeros. Mientras nos inclinábamos sobre el aire vespertino, me percaté de que quizá no se nos volviese a presentar algo así jamás, y aun así no me lo podía creer. Él debió de pensar lo mismo, al tiempo que contemplábamos las vistas tan magníficas de la ciudad, fumando y comiendo higos, hombro con hombro, queriendo hacer algo que marcase un momento así, y es por eso por lo que, guiado de un impulso que en aquel momento no pudo resultar más natural, dejé que mi mano le agarrase el culo y comencé a introducirle el dedo corazón mientras me decía: «Si sigues haciendo eso, date por seguro que no va a haber fiesta». Le dije que me hiciese un favor y que mientras seguía mirando por la ventana se inclinase un poco hacia delante hasta que, una vez hube introducido mi dedo por completo, comencé a planear: puede que empecemos pero de ninguna manera vamos a terminar, luego iremos a ducharnos, saldremos y nos sentiremos como dos exhibicionistas, como unos cables que sueltan chispas cada vez que se rozan lo más mínimo. Miraremos las viejas casonas y querremos acercarnos a todas; pasaremos junto a una farola en la esquina y, como un perro, querremos marcarla; desfilaremos por delante de una galería de arte y buscaremos el agujero del desnudo; cruzaremos las miradas con alguien que no hizo más que sonreír en la dirección que nos encontrábamos y comenzaremos a urdir un plan para desnudar a esa persona y preguntarle a él, o a ella, o a ambos, si es que hay más de una, si le gustaría tomar la primera copa con nosotros, o ir a cenar, o lo que sea. Encontraremos a Cupido en todos los lugares de Roma, pues cortamos una de sus alas para forzarle a volar en círculos.

No nos habíamos duchado juntos nunca. Ni siquiera habíamos estado juntos en el mismo baño.

—No te pongas rojo —le dije—, pero quiero mirar.

Lo que vi me movió un poco a la compasión por él, por su cuerpo, por su vida, pues de repente parecía muy frágil y vulnerable.

—Nuestros cuerpos ya no guardarán ningún secreto para el otro —dije mientras llegó mi turno y me senté.

Él se metió en la bañera y estaba a punto de abrir la ducha.

—Quiero que me veas tú a mí —dije.

Hizo más que eso. Salió de la ducha, me besó en la boca y observó todo el proceso a la vez que me masajeaba y me apretaba el estómago con la palma tersa de la mano.

No quería que hubiese ningún secreto, ningún filtro, nada entre nosotros. No tenía ni idea de que si soltaba las sogas de franqueza, que nos ataban más fuerte cada vez que jurábamos *mi cuerpo es tu cuerpo,* era también porque me divertía reavivar el pequeño farol de la vergüenza olvidada. Proyectaba un sobrio resplandor precisamente en el lugar en que una parte de mí hubiese preferido algo de oscuridad. La vergüenza llegaba justo después de la inmediata confianza. ¿Podría perdurar una vez que se agotaba la indecencia y nuestros cuerpos se habían quedado sin nuevos trucos?

No sabía que hubiese realizado la pregunta, así como no estoy seguro de poder responderla hoy. ¿Estábamos pagando nuestra intimidad con una moneda errónea?

¿O es el producto deseado y da igual dónde lo encuentres, cómo lo consigas, cuánto pagues por ello en el mercado negro, o gris, o con impuestos, o libre de impuestos, o bajo mano, u honradamente?

Todo lo que sabía es que no tenía nada más que ocultarle y jamás me había sentido tan libre o seguro en mi vida.

Íbamos a estar juntos y solos durante tres días, no conocíamos a nadie en la ciudad, yo podía ser cualquiera, decir lo que quisiese, hacer lo que me apeteciese. Me sentía como un prisionero de guerra que acabara de ser liberado por un ejército invasor y al que hubieran comunicado que podía irse a casa, sin ningún papeleo, sin tener que informar sobre nada, sin preguntas, sin autobuses, sin pasar puertas, sin la necesidad de esperar cola para que le diesen ropa limpia, tan solo comenzar a caminar.

Nos duchamos. Nos vestimos con la indumentaria del otro. Nos pusimos la ropa interior del otro. Fue idea mía.

Quizá todo aquello le aportó una nueva bocanada de tontería, de juventud.

Quizá él ya había hecho algo así años antes y estaba haciendo los últimos pinitos previos a su viaje de vuelta a casa.

Quizá estuviese siguiéndome el juego.

Quizá no lo hubiese hecho jamás con nadie y yo había aparecido en el momento justo.

Cogió su manuscrito, sus gafas de sol y cerramos la puerta de la habitación. Como dos cables activos. Salimos del ascensor. Amplias sonrisas para todos. Para el personal del hotel. Para el vendedor de flores de la calle. Para la chica que trabajaba en el quiosco de prensa.

Sonríe y el mundo te sonreirá.

—Oliver, soy feliz.

Me miró con asombro.

—Simplemente estás cachondo.

—No, feliz.

De camino nos encontramos con una estatua humana de Dante cubierta con un manto rojo, con una nariz aguileña muy exagerada y un gesto despreciativo dibujado en todos sus rasgos. La toga y el gorro rojos, así como las gafas, con una montura de madera extremadamente gruesa, aportaban a su ya de por sí severo gesto el aspecto marchito de un confesor implacable. Una multitud se había aglutinado alrededor del gran bardo, que permanecía rígido en la acera, con los brazos cruzados de manera desafiante, todo el cuerpo muy tenso, como un hombre que espera a Virgilio o a un autobús atrasado. En cuanto algún turista arrojaba una moneda a un libro antiguo y ahuecado, él simulaba el aire atontado de un Dante que acababa de estar espiando a su Beatriz mientras esta paseaba por el Ponte Vecchio, y entonces estiraba su cuello viperino y vociferaba como si fuese un actor callejero escupiendo fuego:

> *Guido, vorrei che tu e Lapo ed io*
> *fossimo presi per incantamento,*
> *e messi ad un vascel ch'ad ogni vento*
> *per mare andasse a voler vostro e mio.*

> Guido, desearía que tú, Lapo y yo
> fuéramos de un encantamiento presos,
> en un suelto bajel depositados
> y dirigidos solo por nuestros pensamientos.

Cuánta verdad, pensé. Oliver, desearía que tú y yo y todos a los que hemos tenido cariño pudiésemos vivir para siempre en una casa...

Tras musitar esos versos en voz baja, volvía a adquirir lentamente su actitud resplandeciente y misantrópica hasta que otro turista le echaba una moneda.

> *E io, quando 'l suo braccio a me distese,*
> *ficcaï li occhi per lo cotto aspetto,*
> *sì che 'l viso abbrusciato non difese*
> *la conoscenza süa al mio 'ntelletto;*

e chinando la mano a la sua faccia,
rispuosi: «Siete voi qui, ser Brunetto?».

Y yo, viendo que tendíame su brazo,
observé el rostro abrasado por completo,
sin lograr sus heridas impedirme
reconocer al instante a aquel sujeto;
y extendiendo hasta su frente la mano,
pregunté: «¿Estáis aquí, señor Brunetto?».

La misma mirada despreciativa. El mismo semblante. La muchedumbre se dispersó. Nadie parecía reconocer el pasaje del «Canto XV» del «Inferno» donde Dante se encuentra con su antiguo maestro, Brunetto Latini. Dos estadounidenses que consiguieron finalmente rescatar un par de monedas de la mochila le echaron a Dante un puñado de moneditas. La misma mirada ceñuda y cabreada:

Ma che ciarifrega, che ciarimporta
si l'oste ar vino cia messo l'acqua,
e noi je dimo, e noi je famo:
«ciai messo l'acqua
e nun te pagamo».

Qué nos importa, por qué nos iba a preocupar
si el posadero aguó nuestro vino.
Simplemente le diremos, y le repetiremos:
«Tú le añades agua
y nosotros no pagamos».

Oliver no entendía por qué todo el mundo se había echado a reír ante los desventurados turistas. La razón era que estaba recitando una canción de borrachera romana y, a no ser que la conozcas, no es graciosa.

Le dije que le mostraría un atajo a la librería. No le importaba caminar mucho.

—Quizá deberíamos tomar el camino largo —dijo—, no tenemos prisa.

—El mío es mejor —comenté.

Oliver estaba nervioso e insistió.

—¿Hay algo que debería saber? —pregunté finalmente.

Pensé que era una manera discreta de darle la oportunidad de comentarme algo que le estaba molestando. ¿Era algo con lo que no estaba a gusto? ¿Tendría que ver con el editor? ¿Con otra persona? ¿Sería mi presencia? Yo me sé cuidar solo perfectamente si prefieres ir por tu cuenta. De repente se me ocurrió qué le podía estar molestando.

—Allí seré el hijo del catedrático que se te ha acoplado.

—No se trata de eso, tú, ganso.

—¿Entonces qué?

Mientras caminábamos me rodeó la cintura con el brazo.

—Esta noche no quiero que nada cambie o se interponga entre nosotros.

—¿Ahora quién es el ganso?

Me observó durante un rato.

Decidimos ir por donde había dicho yo, cruzando la *piazzetta* Montecitorio hacia el Corso. Luego subimos por Via Belsiana.

—Por aquí es por donde empezó.

—¿El qué?

—Eso.

—¿Y por eso querías venir por aquí?

—Contigo.

Ya le había contado la historia. Hace tres años, un joven, probablemente el ayudante del frutero o un chico de los recados, que bajaba en bicicleta por un camino muy estrecho con el delantal puesto, se me quedó mirando a la cara, yo le aguanté la mirada, sin sonreír, con un matiz de preocupación, hasta que pasó de largo. Y luego hice lo que esperaba que otros hiciesen en esos casos. Esperé unos segundos, y me giré. Él había hecho exactamente lo mismo. Yo no procedía de una familia en la que se hablase con extraños. Él, por lo visto, sí. Giró la bicicleta a toda velocidad y pedaleó hasta que llegó a mi altura. Pronunció unas pocas palabras para entablar una ágil conversación. Le resultaba muy fácil. Preguntas, preguntas y más preguntas con el fin de que fluyese el coloquio, mientras que yo aún no había podido decir ni «sí» ni «no». Me dio un apretón de manos, pero era claramente una excusa para tocarme. Después me rodeó con el brazo y me oprimió contra él, como si estuviésemos contándonos una broma que nos hacía reír y que nos acercaba más el uno al otro. ¿Quería que nos viésemos en un cine cercano, quizá? Negué con la cabeza. ¿Quería acompañarle a la tienda pues el jefe es probable que ya se hubiese ido? Asentí. Hizo todo esto sin soltarme la mano, estrujándomela, apretándome el hombro, cogiéndome la nuca con una sonrisa compasiva y condescendiente, como si ya se hubiese dado por vencido pero no estuviese dispuesto a rendirse aún. ¿Por qué no? Siguió preguntándome. Podría haberlo hecho, fácilmente, pero no lo hice.

—He rechazado a tantos. Nunca perseguí a ninguno.

—Me perseguiste a mí.

—Me dejaste.

Via Frattina, Via Borgogna, Via Condotti, Via delle Carrozze, Via della Croce, Via Vittoria. De repente me encantaban todas. Cuando nos acercábamos a la librería, Oliver me dijo que siguiese solo, que debía hacer una llamada. Podía haber llamado desde el hotel. O tal vez necesitaba privacidad. Así que seguí caminando, me paré en un bar a comprar cigarrillos. Cuando llegué a la librería, que tenía una enorme puerta de cristal y dos bustos romanos de barro apoyados en dos peanas de apariencia anticuada, sentí nervios. El sitio estaba lleno y a través de la gruesa puerta de cristal, con unos adornos austeros de bronce, se podía vislumbrar a un gentío de adultos comiendo lo que parecían ser unos pastelillos de mazapán. Alguien dentro de la tienda me vio husmeando por allí y me indicó que entrase. Agité la cabeza, indicándole con el dedo índice que estaba esperando a alguien que subía en esos momentos por la calle. Pero el dueño o el asistente, como si fuese el encargado de un club, sin pisar la acera, abrió la puerta de par en par con el brazo extendido y la mantuvo allí, casi ordenándome que entrase. «*Venga, su, venga»,* dijo con la camisa remangada hasta el hombro. La lectura aún no había comenzado pero la librería estaba hasta arriba, todos fumaban, hablaban en alto, hojeaban las novedades y sostenían una pequeña copa de plástico con lo que parecía whisky escocés. Incluso la galería del piso de arriba, cuya barandilla estaba cubierta por los codos desnudos y los antebrazos de varias mujeres, se encontraba abarrotada. Reconocí al autor inmediatamente. Era el mismo que nos había firmado a Marzia y a mí un ejemplar de su poemario *Se l'amore.* No paraba de dar la mano a la gente.

Cuando pasó junto a mí, no pude evitar extender el brazo para saludarle y decirle lo mucho que había disfrutado leyendo sus poemas. ¿Cómo es que había leído sus poemas si el libro aún no había salido? Alguien más oyó su pregunta. ¿Me echarían de la tienda por impostor?

—Lo compré en la tienda de B. hace unas semanas y fuiste muy amable y me lo firmaste.

Dijo recordar aquel día.

—*Un vero fan* —añadió sonoramente, para que los que estaban a mayor distancia pudiesen oírle.

—Tal vez no es un fan, a esta edad es más común llamarlos *groupies* —añadió una señora mayor con bocio y colores chillones que le hacían parecer un tucán.

—¿Qué poema te gustó más?

—Alfredo, pareces un profesor en un examen oral —bromeó una mujer de treinta y tantos.

—Solo quería saber qué poema le gustó más. No hago ningún daño al preguntar, ¿no? —se quejó en broma con una exasperación temblorosa en su voz.

Durante un instante pensé que la mujer que había salido en mi defensa me había sacado del apuro. Pero me equivoqué.

—Bueno, pues dime —continuó—, ¿cuál es?

—El que habla de la vida en San Clemente.

—El que habla del amor en San Clemente —me corrigió, pero meditando sobre la profundidad de ambas frases—. «El síndrome de San Clemente.» ¿Y por qué? —me preguntó, mirándome fijamente.

—Por Dios, deja al pobre chico en paz, ¿vale? Ven —interrumpió otra mujer que había escuchado a mi otra defensora y me agarró de la mano—, te llevaré hasta donde está la comida para que te alejes de este monstruo con un ego del tamaño de sus pies, y ¿te has fijado en el tamaño de sus zapatos? Alfredo, deberías hacer algo con ellos —dijo de un lado a otro de la tienda.

—¿Mis zapatos? ¿Qué les ocurre a mis zapatos? —preguntó el poeta.

—Son. Demasiado. Grandes. ¿No te parecen enormes? —me preguntó a mí—. Los poetas no pueden tener los pies tan gigantes.

—Deja en paz a mis pies.

—No te rías de sus pies, Lucia. No hay nada malo en ellos —alguien más se había compadecido del poeta.

—Son pies de indigente. Caminó descalzo toda su vida y aún se compra los zapatos de una talla más por si acaso da un estirón antes de Navidad cuando la familia se abastece para las fiestas —interpretaba a una arpía amargada y abandonada.

Pero no le solté la mano, ni ella me la soltó a mí. Compañerismo de ciudad. Qué dulce era sostener la mano de una mujer, sobre todo cuando no sabía nada de ella. *Se l'amore,* pensé. Y todos aquellos brazos y codos de mujer bronceados que asomaban por la galería. *Se l'amore.*

El dueño de la librería interrumpió lo que podía haber sido perfectamente la escenificación de una riña entre un marido y una mujer. «*Se l'amore!*», gritó. Todo el mundo se rio. No quedaba claro si la risa era un signo de alivio por haber terminado con la disputa marital o porque las palabras *Se l'amore* implicaban *Si esto no es amor entonces...*

Y la gente entendió que esto también era una señal de que la lectura iba a comenzar y fueron en busca de un rincón cómodo o de una pared en la que apoyarse. Nuestro rincón era el mejor, justo en la escalera de caracol, sentado cada uno en un escalón. Aún con las manos agarradas. El editor estaba a punto de presentar al poeta cuando la puerta rechinó al abrirse. Oliver intentaba avanzar acompañado de dos chicas despampanantes que eran o llamativas modelos o bien actrices de cine. Daba la sensación de que las había secuestrado de camino y traía una para él y otra para mí. *Se l'amore.*

—¡Oliver, por fin! —gritó el editor mientras sostenía en lo alto su vaso de whisky—. Bienvenido, bienvenido.

Todo el mundo se giró.

—Uno de los jóvenes filósofos estadounidenses de mayor talento —dijo—, acompañado por mis queridas hijas, sin las que *Se l'amore* no habría visto nunca la luz.

El poeta asintió. Su mujer se volvió hacia mí y me susurró: «¿A que son una monada?». El editor se bajó de la pequeña escalerita y abrazó a Oliver. Agarró el enorme sobre de radiografías que Oliver había usado para llevar su trabajo.

—¿El manuscrito?

—El manuscrito —respondió Oliver. El editor a cambio le entregó el libro que se presentaba.

—Ya me había dado uno.

—Es verdad.

Pero Oliver admiró la portada con educación, luego echó un vistazo alrededor y me descubrió sentado junto a Lucia. Caminó hacia donde me encontraba, puso un brazo sobre mis hombros y se inclinó para besarla. Ella volvió a mirarme, miró a Oliver, analizó la situación.

—Oliver, *sei un dissoluto,* eres un libertino.

—*Se l'amore* —contestó a la vez que mostraba la portada del libro con la intención de querer decir que todo lo que hiciese ya había sido escrito por su marido y por lo tanto era lícito.

—Tú sí que *Se l'amore.*

No tenía muy claro si le había llamado libertino por las dos chicas con las que había llegado o por mí. O por ambas cosas.

Oliver me presentó a las dos chicas. Era obvio que las conocía bien y que ellas le tenían afecto.

—*Sei l'amico di Oliver, vero?* —me preguntó una de ellas—. Nos ha hablado de ti.

—¿Y qué dijo?

—Cosas buenas.

Se apoyó en la pared al lado de donde estábamos la esposa del poeta y yo.

—No me va a soltar la mano nunca, ¿no? —dijo Lucia como si estuviese hablando con una tercera persona ausente. Quizá deseaba que se diesen cuenta de ello las dos chicas.

No quería soltarle la mano inmediatamente, pero sabía que debía hacerlo. Así que la agarré con ambas manos, me la acerqué a los labios, besé los bordes de la palma y la solté. Me dio la sensación de que la había sostenido durante toda la tarde y estaba entregándosela a su marido, de la misma forma que uno suelta a un pájaro después de tenerlo durante mucho tiempo curándolo.

—*Se l'amore* —dijo a la vez que agitaba la cabeza en señal de reprimenda—. No eres menos crápula que los demás, solamente eres más tierno. Aquí os lo dejo.

—Veremos qué podemos hacer con él —dijo una de las hijas con una risita forzada.

Estaba en el paraíso.

Sabía mi nombre. Ella se llamaba Amanda. Su hermana, Adele.

—Hay una tercera —dijo Amanda, quitando importancia a la cantidad—. Ya debería estar por aquí en alguna parte.

El poeta carraspeó. Las típicas palabras de agradecimiento para todo el mundo. En último lugar, pero no por ello menos importante, gracias a la luz de sus ojos, Lucia. ¿Cómo le soporta ella? ¿Por qué está siempre allí?, musitó la mujer con una sonrisa cariñosa dedicada al poeta.

—Por sus zapatos —dijo él.

—Eso es.

—Sigue con lo tuyo, Alfredo —dijo el tucán con bocio.

—*Se l'amore. Se l'amore* es una colección de poemas inspirada en una época que pasé en Tailandia dando clases sobre Dante. Como muchos ya sabréis, me encantaba Tailandia antes de ir y la odiaba al poco tiempo de llegar allí. Dejad que lo exprese de otro modo: la odié el tiempo que estuve allí, y la empecé a amar de nuevo en cuanto me fui.

Risas.

Estaban repartiendo más bebidas.

—Estando en Bangkok no podía dejar de pensar en Roma —por supuesto—, en esta tienda de medio pelo, en las calles de alrededor justo antes del atardecer, en el tañer de las campanas de las iglesias el Domingo de Pascua, y durante los días de lluvia, que en Bangkok eran eternos, casi llegaba a llorar. Lucia, Lucia, Lucia, ¿por qué nunca me dijiste que no cuando sabías lo mucho que te iba a echar de menos durante esos días, que me hicieron sentir más pesar que cuando enviaron a Ovidio en aquella misión descabellada en la que murió? Me fui siendo un idiota y no volví mucho más sabio. La gente en Tailandia es preciosa, así que la soledad puede ser muy cruel cuando has bebido un poco y estás a punto de tocar al primer extraño que se te cruce. Allí todos son bellos, pero pagas las sonrisas con vasos de chupito —se detuvo como para recapacitar sobre lo que había dicho—. Llamé a esta serie de poemas «Tristia».

«Tristia» ocupó casi veinte minutos. Luego hubo aplausos. Una de las chicas utilizó una palabra: *forte*. *Molto forte*. El tucán con bocio se giró hacia otra mujer que no había dejado de asentir con la cabeza a cada sílaba que pronunciaba el poeta y que ahora no paraba de repetir *straordinario-fantastico*. El poeta descendió del peldaño, bebió un poco de agua y aguantó la respiración durante un rato como para prevenir un ataque de hipo. Yo había confundido los hipos con llantos contenidos. El poeta, buscando entre todos los bolsillos de su americana sin éxito, juntó los dedos índice y corazón y los meneó cerca de la boca, dándole a entender al dueño de la librería que quería fumarse un cigarrillo y tal vez perderse un poco entre la gente. Straordinario-fantastico, que pilló la señal, sacó inmediatamente su cajetilla.

—*Stasera non dormo,* esta noche yo no voy a poder pegar ojo por los envites de la poesía —dijo, culpando a su poesía de lo que iba a ser una velada de insomnio palpitante.

Para entonces todo el mundo estaba sudando y el ambiente de invernadero tanto dentro como fuera de la librería se había vuelto de un pegajoso insoportable.

—Por el amor de Dios, abre las puertas —gritó el poeta al dueño de la tienda—. Nos estamos ahogando.

El señor Venga sacó una pequeña pieza de madera, abrió la puerta y la colocó entre la pared y el marco de bronce.

—¿Mejor así? —preguntó con deferencia.

—No, pero al menos sabemos que la puerta está abierta.

Oliver me miró preguntando *¿Te gustó?* Yo me encogí de hombros, como alguien que se guarda los juicios para más adelante. Pero no estaba siendo sincero; me gustó mucho.

Quizá lo que más me agradó fue la tarde. Todo lo que ocurrió me emocionó. Cada mirada que se cruzaba con la mía me parecía un cumplido, o una pregunta o una promesa suspendida en el aire que flotaba entre el mundo y yo. Estaba electrizado por las bromas, la ironía, las miradas, las sonrisas que parecían decirme que se alegraban de que existiese, por el ambiente optimista de la tienda que embellecía todo, desde la puerta de cristal a los mazapanes, desde el encanto ocre de los vasos de plástico llenos de whisky escocés hasta la camisa remangada del señor Venga, desde el propio poeta hasta la escalera de caracol donde nos habíamos congregado con las preciosas hermanas. Todo parecía relucir con un brillo hechizante y excitante.

Envidiaba sus vidas y pensé en la vida tan poco libidinosa de mis padres, repleta de comidas agobiantes y *labores del almuerzo,* en nuestra vida de casa de muñecas en nuestra casa de muñecas y en mi último año de instituto que se avecinaba. Comparado con esto, todo aquello parecía un juego de niños. ¿Por qué me iba a ir a Estados Unidos dentro de un año si podía pasar los cuatro años enteros asistiendo a lecturas como esta y sentándome y charlando como estaban haciendo ahora todos? Había mucho más que aprender en aquella pequeña librería atestada que en cualquiera de las grandiosas instituciones al otro lado del charco.

Un hombre mayor con la barba larga y descuidada y una barriga como la de Falstaff me trajo un vaso de whisky.

—*Ecco.*

—¿Es para mí?

—Por supuesto que es para ti. ¿Te gustaron los poemas?

—Mucho —dije con la intención de sonar irónico y poco sincero, aunque no sé por qué.

—Soy su padrino y respeto tu opinión —dijo, como si se hubiese percatado de mi primer farol y no quisiese indagar más—, pero aún respeto más tu lozanía.

—Te prometo que dentro de unos años ya no habrá nada de esta juventud —dije, queriendo asumir la ironía resignada de los hombres que han vivido mucho y se conocen bien a sí mismos.

—Sí, pero ya no estaré por aquí para dar buena cuenta.

¿Estaría intentando ligar conmigo?

—Así que toma —dijo, entregándome el vaso de plástico. Dudé antes de cogerlo. Era el mismo tipo de whisky que bebía mi padre en casa.

Lucia, que se había percatado de la conversación, dijo:

—*Tanto,* un whisky más o uno menos no te va a hacer menos crápula de lo que ya eres.

—Ojalá lo fuese —le dije, girándome hacia ella e ignorando a Falstaff.

—¿Por qué? ¿Qué echas de menos en tu vida?

—¿Qué echo de menos en mi vida? —estuve a punto de decir *Todo,* pero me controlé—. Amigos, aquí parece que sois todos amigos íntimos. Quisiera tener amigos como los tuyos, como tú.

—Habrá tiempo de sobra para este tipo de amistad. ¿Te salvarán tus amigos de ser un crápula? —esa palabra aparecía una y otra vez, como si fuese una acusación de falta grave y fea en mi personalidad.

—Ojalá tuviese un amigo que no estuviese predestinado a perder.

Me observó con una sonrisa meditabunda.

—Estás hablando largo y tendido, amigo mío, y esta noche solo nos dedicamos a los poemas breves —siguió mirándome—. Te compadezco.

Acercó las palmas de la mano a mi cara a modo de caricia triste y lenta, como si de repente me hubiese convertido en su hijo.

Aquello también me encantaba.

—Eres demasiado joven para saber a qué me refiero, pero algún día no muy lejano espero que volvamos a hablar, y entonces veremos si soy lo suficientemente mayor como para retirar lo que he dicho hoy. *Scherzavo,* era broma.

Y me besó en la mejilla.

Era un mundo de locos. Me doblaba la edad, pero podía haberle hecho el amor allí mismo y haber llorado juntos.

—¿Brindamos o no? —gritó alguien desde la otra punta de la tienda.

Hubo un tumulto de sonidos.

Y entonces ocurrió. Una mano en mi hombro. Era la de Amanda. Y otra en mi cintura. Oh, conocía esa otra mano de sobra. Puede que no me soltara esa noche. Adoraba cada dedo de esa mano, cada uña que muerdes en cada uno de los dedos, querido, querido Oliver, no me sueltes, porque necesito esa mano aquí. Un escalofrío me recorrió la columna.

—Y yo soy Ada —dijo alguien casi pidiendo disculpas, como si fuese consciente de que había tardado mucho en abrirse camino hasta el sitio de la tienda donde estábamos nosotros y estuviese ganándose nuestro favor diciendo a todo el mundo que ella era la Ada de la que debíamos de haber estado hablando. Había algo estridente y libertino en su voz o en la manera en que se entretenía en decir Ada o en la forma en que parecía quitarle importancia a todo, a las presentaciones de libros, a los protocolos e incluso a la amistad, algo que me indicó de repente que sin lugar a dudas aquella tarde me había adentrado en un mundo hechizado.

Nunca había viajado por un sitio así. Pero me encantaba. Y me gustaría aún más en cuanto aprendiese a hablar su idioma, pues era también mi idioma, una manera de discurso en la que los más profundos anhelos se cuelan en forma de broma, no porque sea más seguro poner una sonrisa en lo que más miedo nos causa, sino porque las formas de todos los deseos de este nuevo mundo en el que me había adentrado solo podían ser expresadas a modo de juego.

Todo el mundo estaba disponible, vivía disponible y asumía que todos los demás también lo estaban. Deseaba ser como ellos.

El dueño de la librería hizo sonar una campana junto a la caja registradora y la gente guardó silencio.

El poeta comenzó a hablar.

—No tenía planeado leer este poema hoy, pero ya que alguien —al decir esto modificó su voz—, alguien lo mencionó, no he podido resistirme. Se titula «El síndrome de San Clemente». Es, debo admitirlo, y siempre y cuando a un versificador se le permita decir esto, mi favorito —más tarde me enteré de que nunca se refería a sí mismo como poeta o a su obra como poesía—. Quizá porque ha sido el más difícil, porque hizo que echase terriblemente de menos mi casa, porque me salvó cuando estaba en Tailandia o porque me ha explicado mi vida por completo. Contaba los días y las noches siempre con San Clemente en la cabeza. La idea de volver a Roma sin haber logrado terminar este extenso poema me atemorizaba más que quedarme atrapado en el aeropuerto de Bangkok otra semana más. Y, aun así, fue en Roma, en la que vivíamos a menos de doscientos metros de la basílica de San Clemente, donde le di los últimos retoques a un poema que, irónicamente, había comenzado hacía una eternidad muy al este, precisamente porque la Ciudad Eterna parecía estar a años luz de distancia.

Mientras leía el largo poema, comencé a pensar que, a diferencia de él, yo había encontrado una manera para evitar contar los días. Nos íbamos a ir en tres días, y entonces todo lo que tenía con Oliver se iba a esfumar como el humo. Habíamos hablado sobre vernos en Estados Unidos, y quedamos en llamarnos y escribirnos, pero aun así lo mantuvimos todo en una esfera misteriosamente surrealista e intencionadamente opaca para ambos, no porque no quisiésemos que las cosas nos pillasen de improviso para así poder culpar a las circunstancias y no a nosotros mismos, sino porque al no planear salvaguardar las cosas vivas entre nosotros, evitábamos pensar en la posibilidad de que iban a terminarse. Habíamos llegado allí con el mismo espíritu evasivo: Roma era la última fiesta antes de que el colegio y el viaje nos separaran, solo una manera de procrastinar y alargar la marcha más allá de la hora del cierre. Tal vez, sin pensarlo, nos habíamos cogido más que unas simples minivacaciones; estábamos fugándonos juntos, pero con un billete de vuelta a dos destinos distintos.

Quizá fuese su regalo para mí.

Quizá fuese el regalo de mi padre para ambos.

¿Sería capaz de vivir sin su brazo sobre mi barriga o alrededor de mis caderas? ¿Sin besar ni lamer la herida en su costado que aún tardaría semanas en curarse aunque ahora lejos de mí? ¿A quién más iba a ser capaz de llamar por mi nombre?

Por supuesto que habría otros, y después de esos muchos más, pero llamarlos por mi nombre en un momento de pasión parecería siempre una excitación indirecta falta por completo de naturalidad.

Recordaba el armario vacío y la maleta hecha junto a su cama. Muy pronto dormiría en la habitación de Oliver. Dormiría con su camiseta, me tumbaría junto a ella a dormir, la llevaría puesta mientras soñase.

Después de la lectura hubo más aplausos, más alegría, más bebida. Ya casi era hora de cerrar la tienda. Me acordé de Marzia cuando la librería de B. iba a cerrar. Hace cuánto tiempo, qué diferencia. Se había vuelto totalmente irreal.

Alguien sugirió que fuésemos todos juntos a cenar. Éramos unos treinta. Alguien más sugirió un restaurante en el lago Albano. Me imaginé un restaurante con vistas a una noche estrellada, como algo sacado de un manuscrito iluminado de la Edad Media. No, está demasiado lejos, dijo otra persona. Las luces del lago por la noche van a tener que esperar hasta otra ocasión. ¿Y por qué no en algún sitio de Via Cassia? Vale, pero aún no habíamos resuelto el problema de los coches: no teníamos suficientes. Sí que había suficientes, y si nos teníamos que sentar unos encima de otros durante un rato, ¿le importaría a alguien? Seguro que no. Sobre todo si a mí me tocaba sentarme junto a estas dos preciosidades. Sí, pero ¿qué ocurriría si Falstaff se tuviera que sentar sobre ambas?

Solamente había cinco coches y todos estaban aparcados en diferentes callejones cercanos a la tienda. Debido a que no podíamos salir en masa, tuvimos que pactar otro sitio cerca del Ponte Milvio, y de allí a Via Cassia y a la *trattoria* cuya situación solo una persona conocía.

Llegamos casi cuarenta y cinco minutos después, menos tiempo del que hubiese hecho falta para llegar al lejano Albano, donde las luces del lago por la noche... El sitio era una *trattoria* enorme al aire libre, con manteles de cuadros y velas antimosquitos esparcidas por todo el comedor. Debían de ser ya casi las once. El aire era aún muy húmedo. Se notaba en nuestras caras y en nuestra ropa pues teníamos una apariencia lacia y revenida. Incluso los manteles parecían lacios y revenidos. Sin embargo, el restaurante estaba sobre una colina y de vez en cuando soplaba una brisilla entrecortada a través de los árboles que hacía pensar que llovería al día siguiente pero que el bochorno permanecería.

La camarera, una mujer de casi sesenta años, contó rápidamente cuántos éramos y nos pidió que la ayudásemos a juntar las mesas en forma de herradura. Lo hicimos ágilmente. Luego nos dijo lo que íbamos a comer y beber. Menos mal que no tenemos que decidir, pues si decide él lo que comemos —la que hablaba era la mujer del poeta— vamos a estar aquí esperando una hora más y para entonces ya se habrán quedado sin reservas en la despensa. Enumeró una gran cantidad de entrantes, que se materializaron antes de poder protestar, seguidos por pan, vino, agua mineral: *frizzante* y *naturale*. Todo a un precio módico, explicó. Eso es lo que queremos, replicó el editor. Este año volvemos a estar en números rojos.

Brindamos de nuevo por el poeta. Por el editor. Por el dueño de la tienda. Por la mujer y por las hijas. ¿Por quién más?

Muchas risas y camaradería. Ada pronunció un pequeño discurso improvisado, bueno, no tan improvisado, según admitió después. Falstaff y Tucán aceptaron también que le habían ayudado un poco.

Los *tortellini* a la crema llegaron más de media hora tarde. Para entonces ya había decidido no beber vino pues los dos vasos de whisky que me bebí de un trago estaban comenzando a hacerme efecto. Las tres hermanas estaban sentadas entre nosotros y todo el mundo en nuestro banco estaba muy apretujado. El cielo.

El segundo plato mucho después: carne asada a la cazuela con guisantes y ensalada.

Después, una variedad de quesos.

Una cosa llevó a la otra y comenzamos a hablar sobre Bangkok.

—Todo el mundo es precioso, pero precioso de una manera excepcional, híbrida y mestiza, que es el motivo por el que quería ir allí —dijo el poeta—. No son asiáticos, ni caucásicos, y el término euroasiáticos es demasiado simple. Son exóticos en el sentido más puro de la palabra, y aun así no son extraños. Los reconocíamos al instante, aunque no los hubiésemos visto nunca, y no había palabras para describir lo que nos provocaban o lo que parecían querer de nosotros.

»Al principio me di cuenta de que pensaban de otra manera. Más tarde me percaté de que también sentían distinto. Luego de que eran extremadamente agradables, tan agradables como no esperarías que fuese nadie aquí. Podemos ser amables, y podemos ser cariñosos y podemos ser muy, muy afables de esta forma mediterránea tan soleada y apasionada, pero ellos eran agradables, agradables de forma desinteresada, agradables de corazón, agradables en cuerpo y alma, agradables sin ningún matiz de pesar o malicia, agradables como niños, sin ironía ni vergüenza. Estaba asombrado de lo que me hacían sentir hacia ellos. Aquello podía ser un paraíso, tal y como yo había fantaseado. El recepcionista nocturno de veinticuatro años de mi cochambroso hotel, que llevaba una gorra sin visera y que había visto entrar y salir de todo, se me quedó mirando y yo a él. Sus facciones eran las de una niña. Pero una niña que pareciera un niño. La niña del mostrador de American Express se me quedó mirando y yo a ella. Parecía un chico que se asemejaba a una niña y que por lo tanto era un chico. Los más jóvenes, hombres o mujeres, siempre soltaban una sonrisilla nerviosa cuando los miraba. Incluso la chica del consulado que hablaba milanés con fluidez y los estudiantes universitarios que esperaban a la misma hora todos los días el mismo autobús que nos recogía se me quedaron mirando y yo a ellos. Se sumarían todas estas miradas a lo que yo creo que significaban, puesto que, me gustase o no, en lo que se refiere a los sentidos, todos los humanos hablan el mismo idioma animal.

Otra ronda de Grappa y de Sambuca.

—Quería acostarme con toda Tailandia. Y parece ser que toda Tailandia estaba tonteando conmigo. No podías ni dar un paso sin chocarte con alguien.

—Toma, dale un trago a este Grappa y dime si no parece un conjuro de brujas —interrumpió el dueño de la librería.

El poeta le permitió al camarero que le echase otro vaso. En esta ocasión lo sorbió lentamente. Falstaff lo engulló de un trago. Straordinario-fantastico lo embuchó en su gaznate. Oliver chasqueó los labios. El poeta dijo: Rejuvenece.

—Me gusta el Grappa toda la noche, me vigoriza. Pero tú —se me quedó mirando esta vez— no lo entenderías. A tu edad, Dios lo sabe, recuperar el vigor es quizá lo último que necesites —me observó mientras daba buena cuenta del vaso—. ¿Lo notas?

—¿Notar el qué? —pregunté.

—La vigorización.

—Pues no —dije tras echar otro trago.

—Pues no —repitió él con una mirada perpleja y decepcionada.

—Eso es porque a su edad el vigor ya está ahí —añadió Lucia.

—Eso es cierto —comentó alguien—. Tu vigorización solo afecta a aquellos que ya no la poseen.

El poeta:

—La vigorización es fácil de encontrar en Bangkok. Una calurosa noche en la habitación del hotel creí que me iba a volver loco. Debía elegir entre la soledad, el sonido de la gente en el exterior o el trabajo del demonio. Pero ahí fue cuando comencé a pensar en San Clemente. Se me apareció como una sensación indefinida y nebulosa, mitad excitación, mitad añoranza del hogar y una parte de metáfora. Viajas a un lugar porque tienes una imagen de él y quieres aunarte con todo el país. Luego encuentras que no tienes demasiadas cosas en común con los nativos. No entiendes los signos más simples, esos que habías asumido que toda la humanidad compartía. Decides que todo fue un error, que todo fue un producto de tu imaginación. Luego escarbas un poquito más y encuentras que, a pesar de tus sospechas razonables, aún los deseas a todos, pero no sabes muy bien qué quieres exactamente de ellos, o qué parecen querer ellos de ti, pues da la casualidad de que ellos también te están observando a ti con lo que parece una sola idea en la cabeza. Pero te dices a ti mismo que son todo imaginaciones tuyas. Y estás a punto de hacer el equipaje y volver a Roma ya que todas esas señales desconcertantes te están volviendo loco. Pero de repente surge algo, como un secreto pasillo subterráneo, y te das cuenta de que, al igual que te ocurre a ti, ellos están desesperados y ansiosos por ti también. Y lo peor es que, a pesar de tu experiencia, tu sentido de la ironía y tu habilidad para sobreponerte a la timidez cada vez que amenaza con aflorar, te sientes totalmente desamparado. No conocía su lengua, no conocía el idioma de sus corazones, ni siquiera conocía el mío. Veía misterio en todos los sitios: en lo que quería, en lo que no sabía que quería, en lo que no quería saber que quería, en lo que siempre supe que quería. Esto es o un milagro o el infierno.

»Al igual que todas las experiencias que nos marcan de por vida, me desbarató por completo, me reventó, me descuartizó. Esto era la suma de todo lo que había sido en mi vida y más: el que soy cuando canto y sofrío verduras para mi familia y mis amigos cada domingo por la tarde; el que soy cuando me despierto durante las noches heladoras y lo que más deseo es ponerme un jersey, correr hasta mi mesa y escribir sobre la persona que soy y nadie más conoce; el que soy cuando se me antoja desnudarme junto a otro cuerpo desnudo o cuando se me antoja estar solo en el mundo; el que soy cuando cada parte de mí parece estar a cientos de kilómetros y de años y cada una de ellas jura portar mi nombre.

»Lo llamé "El síndrome de San Clemente". La actual basílica de San Clemente está construida en un lugar que fue refugio para cristianos perseguidos. Fue el hogar del cónsul romano Tito Flavio Clemente y se quemó durante el mandato del emperador Nerón. Junto a los restos carbonizados, en lo que debió de ser una gran cripta cavernosa, los romanos construyeron un templo pagano subterráneo dedicado a Mitra, el dios de la mañana y de la luz solar, y sobre este templo los cristianos alzaron otra iglesia dedicada, coincidencia o no, es algo que debe aún ser investigado, a otro Clemente, el papa San Clemente, sobre la que colocaron aún otra iglesia que se quemó y que es hoy el lugar en el que se encuentra la basílica actual. Las excavaciones podrían seguir profundizando y profundizando. Como el subconsciente, como el amor o la memoria o el propio tiempo, como cada uno de nosotros, la basílica está creada a partir de las ruinas de las sucesivas restauraciones, no hay ninguna piedra base, no hay ni primero ni último, solo capas y pasadizos secretos y cámaras que se conectan, como en las catacumbas cristianas y en algún lugar también las catacumbas judías.

»Sin embargo, amigos, como diría Nietzsche, os he narrado la moraleja antes que el cuento.

—Alfredo, cariño, por favor, sé breve.

Para entonces el encargado del restaurante se había dado cuenta de que no nos íbamos a ir todavía, por lo que, una vez más, nos sirvió Grappa y Sambuca a todos.

—Así que durante aquella calurosa noche en que creí que me iba a volver loco, me senté en el cochambroso bar de mi cochambroso hotel y quién iba a estar sentado junto a mi mesa sino el recepcionista nocturno, con aquella gorra sin visera. ¿Has terminado?, le pregunté. He terminado, contestó. Entonces ¿por qué no te vas a casa? Vivo aquí. Estoy tomando algo antes de acostarme.

»Me quedé mirándole. Él se quedó mirándome a mí.

»Sin esperar ni un instante más, coge su bebida con una mano, la licorera con la otra. Pensé que le había incomodado y ofendido y que quería estar solo y se iba a una mesa lejos de la mía, cuando, mira por dónde, viene directo a la mía y se sienta justo enfrente de mí. ¿Quieres probar esto?, pregunta. Claro, ¿por qué no? Da igual en Roma o en Tailandia... Por supuesto que había oído todo tipo de historias, así que me imaginé que en todo aquello había algo sospechoso e indeseable, pero sigamos adelante.

»Chasqueó los dedos y ordenó de forma perentoria un vasito para mí. No había terminado de pedirlo y ya lo teníamos allí.

»Dale un trago.

»Puede que no me guste, le dije.

»Dale un trago de todas formas. Me echa un poco a mí y otro poco a él.

»El licor está bastante delicioso. El vaso es poco más grande que el dedal con el que mi abuela solía zurcir los calcetines.

»Dale otro trago, para asegurarnos.

»Apuré también este. No me preguntó nada. Se parece al Grappa, más fuerte, pero menos agrio.

»Mientras tanto, el recepcionista sigue observándome fijamente. No me gusta que se quede mirándome con tanta intensidad. Su mirada es casi insoportable. Me da la sensación de poder intuir el comienzo de unas risillas.

»Me estás mirando, le dije finalmente.

»Ya lo sé.

»¿Por qué me estás mirando?

»Se apoya en mi lado de la mesa. Porque me gustas.

»Mira..., comencé.

»Toma otro. Se echa uno y me echa a mí otro.

»A ver cómo te lo digo: yo no...

»Pero no dejó que terminase.

»Qué motivo hay mejor que ese para tomarse otro.

»Mi mente lanzaba señales rojas en todas direcciones. Te emborrachan, te llevan a cualquier lugar, te roban absolutamente todo y cuando vas a poner una denuncia a la policía, estos, que no son menos corruptos que los propios ladrones, te hacen todo tipo de alegaciones y tienen fotos para probarlo. Me inunda una nueva preocupación: la cuenta del bar podía resultar ser astronómica, pues el que pide puede estar bebiendo té y simular estar emborrachándose. Qué truco más viejo, ¿qué pasa, que he nacido ayer?

»Creo que no estoy interesado. Por favor, seamos...

»Toma otro trago.

»Sonrisas.

»Estoy a punto de repetir mis protestas, pero ya puedo oírle decir *Toma otro*. Casi estoy al borde de la carcajada.

»Observa cómo me río, no le importa de dónde sale, todo lo que le importa es que me estoy riendo.

»Ahora se está echando otro trago.

»Mira, amigo, espero que no pienses que voy a pagar esta bebida.

»Por fin habló el pequeñoburgués que hay en mí. Ya conozco yo estas remilgadas sutilezas que siempre, siempre usan para aprovecharse de los extranjeros.

»No te he pedido que pagues la bebida. O, ya que lo mencionas, que me pagues a mí.

»Irónicamente no se ha sentido ofendido. Debía de saber que esto iba a ocurrir. Debe de haberlo hecho un millón de veces, probablemente era parte del trabajo.

»Aquí tienes, toma otra, en nombre de la amistad.

»¿Amistad?

»No tienes por qué tenerme miedo.

»No me voy a acostar contigo.

»Quizá no lo hagas. O quizá sí. La noche es joven. Y no me he dado por vencida.

»En aquel instante se quita la gorra y deja caer una mata de pelo tal que yo no entendía cómo todo aquello podía haber sido enrollado y arropado con una gorra tan pequeña. Él era una mujer.

»¿Decepcionado?

»No, al contrario.

»Unas muñecas tan finas, un aire tan tímido, una piel finísima bajo el sol, una ternura que parecía saltar de sus ojos, no con la satisfacción descarada de aquellos que han visto muchas cosas, sino con unas promesas desgarradoras de pura dulzura y caridad en la cama. ¿Estaba decepcionado? Quizá, pero el aguijón de la situación había sido eliminado.

»Apareció una mano que me tocó el carrillo y se quedó allí como si tuviese la intención de calmar la sorpresa y la conmoción.

»Incliné la cabeza.

»Necesitas otro.

»Y tú también, dije, echándole un trago esta vez.

»Le pregunté por qué hacía creer de forma intencionada a la gente que era un hombre. Me esperaba alguna respuesta del tipo *Es mejor para el negocio,* o algo un poco más disoluto como *Para momentos como estos.*

»Entonces surgió la risita, en esta ocasión de verdad, como si hubiese hecho una travesura malvada y no se hu-

214

biese sentido nada desilusionada ni sorprendida con el resultado. Pero soy un hombre, dijo.

»Estaba asintiendo con la cabeza ante mi incredulidad, como si ese movimiento fuese también parte de la travesura.

»¿Eres un hombre?, pregunté, no menos decepcionado que cuando descubrí que era una mujer.

»Eso me temo.

»Se inclinó hacia delante con ambos codos puestos sobre la mesa hasta casi tocarme la nariz con la punta de la suya y dijo: Te gusto mucho, muchísimo, señor Alfredo. Y tú me gustas a mí mucho, muchísimo, y lo bueno es que ambos lo sabemos.

»Me quedé mirándole o mirándola, quién sabe. Tomemos otro, dije.

»Iba a sugerirlo ahora mismo, dijo mi traviesa amiga.

»¿Cómo me prefieres, hombre o mujer?, me preguntó, como si uno pudiese elegir su camino en el árbol filogenético.

»No sabía qué respuesta darle. Deseaba decir que le quería intermedio, así que dije que la quería como ambos, como algo entre los dos.

»Parecía desconcertado.

»Chico malo, me dijo, como si por primera vez aquella noche me las hubiese arreglado para conseguir asombrarle con algo depravado.

»Cuando se levantó para ir al baño me percaté de que era una mujer con vestido y tacones. No pude evitar quedarme mirando la preciosa piel de sus lindos tobillos.

»Sabía que me había vuelto a pillar y comenzó a reírse de forma juguetona.

»¿Me vigilas el bolso?, me preguntó. Debió de pensar que si no me pedía que le cuidase algo, era probable que pagase la cuenta y me fuese del bar.

»Esto, en pocas palabras, es lo que yo llamo "El síndrome de San Clemente".

Hubo un aplauso y fue un aplauso muy sentido y cariñoso. No solo nos gustó la historia, sino el hombre que la contaba.

—*Evviva il sindromo di San Clemente* —gritó Straordinario-fantastico.

—*Sindromo* no es masculino, es femenino: *la sindrome* —le corrigió alguien que estaba sentado a su lado.

—*Evviva la sindrome di San Clemente* —aclamó otra persona que estaba deseosa de gritar algo. Esta, junto con algunas más, había llegado muy tarde a la cena gritando con un buen acento romano *Lassatece passà,* déjanos pasar, al dueño del restaurante como forma de anunciar a sus amigos su llegada. Hacía mucho tiempo que todo el mundo había comenzado a comer. Había cogido un desvío erróneo con el coche cerca del Ponte Milvio. Después no pudo encontrar el restaurante. Como resultado se perdió los dos primeros platos. Ahora estaba sentado al final de la mesa y a él, al igual que a los demás que habían venido con él desde la librería, le sirvieron el último queso que quedaba. Compensó toda la comida que se había perdido con demasiado vino. Había escuchado la mayoría del discurso del poeta sobre San Clemente.

—Creo que toda esta *clementización* —dijo— es encantadora, aunque no llego a comprender cómo tu metáfora puede ayudarnos a entender quiénes somos, qué queremos, adónde nos dirigimos de distinta forma que el vino que estamos bebiendo. Sin embargo, si el trabajo de la poesía, al igual que el del vino, es ayudarnos a ver doble, entonces propongo hacer otro brindis hasta que hayamos bebido tanto que veamos el mundo con cuatro ojos y, si no tenemos cuidado, hasta con ocho.

—*Evviva!*—le interrumpió Amanda, brindando con el recién llegado, en un intento desesperado por hacerle callar.

—*Evviva!*—brindaron todos los demás.

—Más te vale que vuelvas a escribir otro libro de poemas, y pronto —dijo Straordinario-fantastico.

Alguien sugirió ir a una heladería cercana al restaurante. No, saltémonos el helado, vayamos a tomar un café. Nos apelotonamos en los coches y nos dirigimos hacia el Panteón a través del Lungotevere.

En el coche era feliz. Pero seguía pensando en la basílica y lo parecida que era a aquella tarde en la que una cosa llevó a otra y esa otra a algo totalmente imprevisto y justo cuando pensabas que había terminado el ciclo algo nuevo surgía y después algo más, hasta que te dabas cuenta de que era fácil que te encontrases en el punto de partida, justo en el centro de la vieja Roma. Un día antes habíamos ido a nadar bajo la luz de la luna. Ahora estábamos allí. En pocos días él se habría ido. Ojalá volviese después de un año. Puse mi brazo sobre Oliver y me apoyé sobre Ada. Me quedé dormido.

Eran ya más de la una de la mañana cuando llegamos al Caffè Sant'Eustachio. Pedimos café para todos. Pensé que entendía por qué todo el mundo sentía total admiración por el café de Sant'Eustachio; o quizá quería pensar que lo entendía, pero no estaba seguro. Ni siquiera estaba seguro de que me gustase. Quizá no le gustase a nadie más, pero se sentían obligados a seguir la opinión generalizada y a afirmar que ellos tampoco podían vivir sin él. Había una multitud de bebedores de café, de pie y sentados, por toda la afamada cafetería romana. Me encantaba observar a esa gente tan ligera de ropa tan cerca de mí y compartiendo las mismas cosas básicas: el amor por la noche, el amor por la ciudad, el amor a su gente y un deseo ardiente por copular con cualquiera. Amor por cualquier cosa que previniese la disolución de los grupitos que se habían formado allí. Después del café, cuando el grupo consideró que debían separarse, alguien dijo: «No, no nos podemos despedir aún». Otra persona sugirió un pub cercano. La mejor cerveza de Roma. ¿Por qué no? Así que nos dirigimos por una callejuela estrecha y larga en dirección a Campo de' Fiori. Lucia caminaba entre el poeta y yo. Oliver, que hablaba con dos de las hermanas, iba detrás de nosotros. El anciano había entablado amistad con Straordinario-fantastico y estaban ambos dialogando sobre San Clemente.

—¡Vaya metáfora de la vida! —dijo Straordinario-fantastico.

—¡Por favor!, no hace falta exagerar las cosas. Que si la *clementización* por aquí, que si la *clementización* por allá. Tan solo era una figura retórica —exclamó Falstaff, quien probablemente ya hubiese tenido bastante de su ahijado para toda la noche. Al percatarme de que Ada iba sola, me quedé rezagado y la cogí de la mano. Iba vestida de blanco y su piel morena poseía un brillo que me incitaba a tocar cada poro de su piel. No hablamos. Podía escuchar cómo sus tacones sonaban contra el pavimento. En la oscuridad parecía un espectro.

No quería que ese paseo terminase jamás. La calle desierta y silenciosa era a su vez tenebrosa y los adoquines antiguos y desgastados brillaban bajo el aire húmedo, como si un carro de la antigüedad hubiese vertido el contenido viscoso de una de las ánforas antes de desaparecer bajo la tierra de la antigua ciudad. Todo el mundo había abandonado Roma. Y ahora la ciudad vacía, que ha visto a tantos y los ha examinado a todos, nos pertenecía solamente a nosotros y al poeta que la había moldeado, aunque solo fuese por una noche, con una imagen personal. El bochorno no terminaría aquella noche. Podríamos, si lo hubiéramos deseado, haber marchado en círculos y nadie lo hubiese sabido, ni le hubiese importado.

Mientras caminábamos despacio a través de un laberinto de callejuelas poco iluminadas, comencé a plantearme qué tenía que ver con nosotros todo aquello de San Clemente. Cómo avanzamos en el tiempo, cómo el tiempo avanza sobre nosotros, cómo cambiamos y cambiamos y volvemos a lo mismo. Puede que incluso al envejecer uno solo aprendiese esto. Nada más. Supongo que esa era la enseñanza del poeta. De aquí a un mes, cuando vuelva de visita a Roma, haber estado hoy aquí con Oliver parecerá un sueño, como si le hubiese pasado a un yo completamente distinto. Y el deseo que surgió aquí mismo hace tres años, cuando un chico de los recados me invitó a asistir a un cine barato conocido por lo que allí ocurría, parecerá igual de incumplido dentro de tres meses de lo que era hace tres años. Llegó. Se fue. No ha cambiado nada. No se había alterado. El mundo no había mutado. Y, con todo, nada sería lo mismo. Todo lo que queda es soñar y recordar de forma extraña.

Cuando llegamos, el bar estaba cerrando.

—Cerramos a las dos.

—Bueno, aún tenemos tiempo para beber algo.

Oliver quería un martini, un martini americano.

—Qué magnífica idea —dijo el poeta.

—Yo también —agregó alguien.

En la enorme gramola se podía oír la canción que habíamos estado escuchando durante todo el mes de julio. Al percibir la palabra *martini,* el viejo y el editor pidieron lo mismo.

—*Ehi, taverniere!* —gritó Falstaff.

El camarero nos dijo que podíamos tomar vino o cerveza; el barman se había ido pronto aquel día debido a porque su madre había sido llevada grave al hospital donde la habían llevado. Todo el mundo contuvo la risa ante la forma de hablar tan incoherente del camarero. Oliver preguntó cuánto costaban los martinis. El camarero chilló la pregunta a la encargada de la caja. Ella le dijo el precio.

—Bueno, entonces ¿por qué no preparo yo las bebidas y tú nos cobras el precio que estimes debido a porque nos mezclamos nosotros mismos las bebidas que nos mezclamos?

Hubo cierta duda por parte del camarero y de la cajera. El dueño hacía tiempo que se había ido.

—¿Por qué no? —dijo la chica—. Si tú sabes cómo se preparan, *faccia pure,* adelante.

Un aplauso para Oliver, que se abrió camino hasta detrás de la barra y, en cuestión de segundos y tras añadirle hielo a la ginebra y un poco de vermú, comenzó a batir de forma vigorosa la coctelera. No tenían aceitunas en la nevera del bar. La cajera vino a asegurarse y sacó un cuenco.

—Aceitunas —dijo, mirando a Oliver fijamente a la cara como queriendo decirle: *Lo tenías delante de las narices, si hubieses mirado. ¿Algo más?*

—Quizá te puedo tentar a que aceptes tomarte un martini con nosotros —dijo Oliver.

—Esta tarde ha sido una locura. No creo que un trago la haga enloquecer más. Que sea pequeño.

—¿Quieres que te enseñe?

Y comenzó a mostrarle los entresijos que tiene preparar un auténtico martini seco. No le importaba hacer de barman para la ayudante del bar.

—¿Dónde has aprendido esto? —le pregunté.

—Curso de mezcolanzas: Nivel básico. Cortesía de Harvard. Durante mis años en la universidad me ganaba la vida como barman los fines de semana. Luego me convertí en cocinero, luego proveedor de catering. Eso sí, siempre un jugador de póquer.

Cada vez que hablaba de sus años universitarios, estos adquirían una magia intensa e incandescente, como si perteneciesen a otra vida, una vida a la que yo no tenía acceso pues era parte del pasado. Eran una prueba del discurrir de su vida, al igual que ahora demostraba su habilidad para preparar cócteles, o cuando distinguía los Grappas arcanos, o cuando sabía hablar con todas las mujeres, o cuando recibía en nuestra casa sobres cuadrados a su nombre desde todos los puntos del planeta.

Nunca había envidiado su pasado, ni me había sentido amenazado por él. Todas esas facetas de su vida poseían el mismo carácter misterioso de lo que ocurrió en la vida de mi padre antes de que yo naciera pero que sigue resonando en el presente. No envidiaba la vida anterior a mí, ni deseaba viajar atrás en el tiempo al momento en el que él tuvo mi edad.

Quedábamos por lo menos quince ahora y ocupábamos una de las mesas de madera rústica más grandes. El camarero dio el último aviso para pedir por segunda vez. En unos diez minutos, los otros clientes se habían marchado. El camarero había comenzado ya a bajar la persiana de metal debido a porque era ya la hora de cierre para la *chiusura*. La gramola había sido desenchufada. Si seguíamos hablando, podríamos quedarnos allí hasta el amanecer.

—¿Te he escandalizado? —preguntó el poeta.

—¿A mí? —pregunté, sin entender muy bien por qué de todos los de la mesa debía dirigirse a mí.

—Alfredo, me temo que sabe más sobre la juventud corrupta que tú —dijo Lucia—. *È un dissoluto assoluto* —entonó con una mano en mi cara, como ya hacía siempre.

—Este poema trata sobre una cosa y solo eso —dijo Straordinario-fantastico.

—«San Clemente» en realidad trata sobre cuatro. ¡Como mínimo! —replicó el poeta.

El tercer último aviso.

—Oiga —interrumpió el dueño de la librería dirigiéndose al camarero—, ¿por qué no deja que nos quedemos? Meteremos a la joven en un taxi cuando hayamos terminado. Y pagaremos. ¿Otra ronda de martinis?

—Haced lo que queráis —dijo el camarero quitándose el delantal. Se había dado por vencido—. Yo me voy a casa.

Oliver se me acercó y me pidió que tocara algo al piano.

—¿Qué te apetece? —le pregunté.

—Lo que sea.

Esta sería mi forma de dar las gracias por una de las noches más maravillosas de mi vida. Le di un trago a mi segundo martini, con la sensación de ser tan decadente como aquellos pianistas de jazz que fuman y beben mucho y que aparecen muertos en un callejón al final de cada película.

Quería tocar algo de Brahms. Pero el instinto me dictaba que debía interpretar algo suave y contemplativo. Así que me incliné por una de las variaciones de Goldberg que más me tranquilizaban y relajaban. Los quince que estábamos allí suspiramos, algo que me agradó, pues esta era la única manera que tenía de pagar por aquella noche mágica.

Cuando me pidieron que tocase algo más, propuse un capricho de Brahms. Todos estuvieron de acuerdo en que era una idea magnífica, hasta que algo se apoderó de mí y, tras tocar la primera parte del capricho, sin razón aparente, comencé un *stornello,* una pieza de canto popular italiana. El contraste cogió a todos por sorpresa y empezaron a cantar, aunque no al unísono, ya que cada uno cantaba el *stornello* que conocía. Cada vez que llegábamos al estribillo, nos poníamos de acuerdo para cantar lo mismo, que con anterioridad aquella tarde Oliver y yo habíamos oído recitar a la estatua de Dante. Todo el mundo estaba entusiasmado y me pidieron otra y otra más. Los *stornelli* romanos normalmente están un poco subidos de tono y son muy animados, no como las arias laceradas y descorazonadas de Nápoles. Después del tercero, miré a Oliver y le dije que quería salir a respirar un poco de aire fresco.

—¿Qué le ocurre? ¿No se encuentra bien? —le preguntó el poeta a Oliver.

—Sí, solo que necesita un poco de aire fresco. No os preocupéis.

La camarera se agachó del todo y con un brazo levantó la persiana. Pasé por debajo de la rejilla a medio abrir y de repente sentí un chorro de aire fresco en el callejón solitario.

—¿Puedo hablar contigo? —le pregunté a Oliver.

Deambulamos por el callejón, al igual que dos sombras en alguna obra de Dante, el joven y el viejo. Aún hacía mucho calor y capté la luz de una lámpara cercana sobre la frente de Oliver. Nos adentramos en lo profundo de una calleja extremadamente silenciosa, luego en otra, como si nos viésemos atraídos por estos pasadizos irreales, mágicos y pegajosos que parecían conducir a un mundo oculto y diferente, al que se entraba en un estado de estupor y asombro. Todo lo que podía escuchar eran los gatos y el chapoteo de un riachuelo cercano. O bien una fuente de mármol o una de aquellas *fontanelle* municipales tan numerosas que se encontraban en cualquier esquina de Roma.

—Agua —jadeé—. No estoy hecho para los martinis. Voy muy borracho.

—No deberías haber bebido tanto. Primero tomaste whisky, luego vino, Grappa y ahora ginebra.

—Ya vale de toda esta contención sexual de la tarde.

—Pareces pálido —dijo tras una risa disimulada.

—Creo que me voy a poner malo.

—El mejor remedio es dejar que ocurra.

—¿Cómo?

—Inclínate y métete los dedos enteros dentro de la boca.

Negué con la cabeza.

—De ninguna manera.

Encontramos un cubo de basura en la acera.

—Mira, hazlo aquí dentro.

Normalmente me resistía a vomitar. Pero estaba demasiado avergonzado como para comportarme como un crío. También me sentía incómodo al hacerlo delante de él. Ni siquiera estaba seguro de si Amanda nos había seguido.

—Venga, agáchate. Yo te aguanto la cabeza.

—Se me pasará. Seguro que se me pasa —intentaba resistirme.

—Abre la boca.

Abrí la boca. Antes de que me diese cuenta lo eché todo, en cuanto me tocó la campanilla.

Era un alivio que me sostuviese la cabeza, y era de un gran coraje desinteresado hacérselo a alguien que está vomitando. ¿Lo habría hecho yo si le hubiera llegado a pasar a él lo mismo?

—Creo que he terminado —dije.

—Asegurémonos de que no va a salir nada más.

Como era de esperar, otra arcada sacó más de la comida y de la bebida de la noche.

—¿No masticas los guisantes? —me preguntó sonriendo.

Me encantaba que me hiciese bromas estando yo como estaba.

—Solo espero no haberte manchado los zapatos.

—No son zapatos, son sandalias.

Casi nos morimos de la risa.

Cuando miré alrededor, me di cuenta de que había vomitado junto a la estatua de Pasquino. Cómo me gustaba vomitar justo al lado de uno de los sátiros más venerados de Roma.

—Te juro que había guisantes que ni siquiera habían sido roídos y que podían haber alimentado a los niños de la India.

Más carcajadas. Me lavé la cara y me enjuagué la boca con el agua de una fuente que nos encontramos de camino.

Justo ante nosotros se apareció la estatua humana de Dante. Se había quitado la capa y llevaba el pelo largo y negro despeinado. Debía de haber sudado muchísimo con ese disfraz. Estaba discutiendo con la estatua de Nefertiti, que también se había quitado la máscara y tenía el cabello apelmazado por el sudor.

—Voy a recoger todas mis pertenencias hoy. Buena suerte y que te zurzan.

—Que te zurzan a ti también. *Vaffanculo.*

—*Fanculo* tú, *e poi t'inculo.*

Y mientras decía esto, Nefertiti le lanzó un puñado de monedas a Dante, que intentó evitarlas, aunque una le golpeó en la cara. «Aaaaaaaay», chilló. Por un momento pensé que iban a llegar a las manos.

Giramos en un callejón igual de oscuro, solitario y reluciente y luego a Via Santa Maria dell'Anima. Sobre nosotros había una pequeña farola cuadrada incrustada en la esquinita de un edificio. Antiguamente, es probable que allí hubiese un candil de gas.

—El mejor día de mi vida y termino vomitando.

No me estaba escuchando. Me empujó contra la pared y comenzó a besarme, mientras rozaba sus caderas con las mías y con los brazos casi me levantaba del suelo. Tenía los ojos cerrados, pero supe que había dejado de besarme para echar un vistazo alrededor; podía haber gente caminando por allí. Yo no quería mirar. Que se preocupe él. Luego volvimos a besarnos. Y, con los ojos aún cerrados, me pareció oír dos voces, voces de ancianos, gruñendo algo parecido a un «mira estos dos», preguntándose si en los viejos tiempos se podía haber visto algo así. Pero no me apetecía preocuparme por ellos. No me importaba. Si a él no le importaba, a mí tampoco. Podía pasarme el resto de mi vida así: con él, de noche, en Roma, con los ojos completamente cerrados, con una pierna enrollada entre las suyas. Pensé en volver allí en las siguientes semanas o meses, pues aquel era nuestro espacio.

Volvimos al bar y todo el mundo se había marchado. Ya debían de ser las tres de la mañana, o incluso más. Aparte de por unos pocos coches, en la ciudad reinaba un silencio de muerte. Cuando, por error, llegamos a la habitualmente abarrotada Piazza Rotonda, alrededor del Panteón, esta se encontraba extrañamente vacía. Había algún que otro turista cargando con unas mochilas enormes, algún borracho y los camellos habituales. Oliver detuvo a un vendedor ambulante y me compró un refresco de limón. El sabor ácido de los limones era refrescante y me hizo sentir mejor. Él se compró una bebida de naranja amarga y una rodaja de sandía. Me ofreció un mordisco, pero lo rechacé. Era maravilloso caminar medio borracho con un refresco en la mano en una noche tan calurosa como aquella, a través de las calles de adoquines relucientes de Roma, con el brazo de alguien a mi alrededor. Giramos a la izquierda y, mientras nos dirigíamos en dirección a la Piazza Febo, de repente apareció alguien rasgueando una guitarra y cantando una canción que no era de rock, sino que al acercarnos nos dimos cuenta de que era una vieja melodía napolitana, *Fenesta ca lucive*. Me costó un segundo reconocerla, pero después la recordaba perfectamente.

Mafalda me había enseñado esa tonadilla unos años antes cuando era un niño. Era su canción de cuna. Casi no conocía Nápoles y, aparte de ella, su séquito de allegados y alguna pequeña visita allí con mis padres, apenas tenía contacto con ningún napolitano. Sin embargo, los compases de aquella canción tan triste habían conseguido despertarme un sentimiento de nostalgia muy fuerte por los amores perdidos, por las cosas que se han ido abandonando en el curso de la vida y por las vidas, como la de mi abuela, que habían pasado mucho antes que la mía propia. La copla había conseguido transportarme a un universo pobre y desconsolado de gente simple, como los ancestros de Mafalda, desgastándose y apurándose en los pequeños *vicoli* de un viejo Nápoles cuya memoria quería compartir con pelos y señales con Oliver, como si él también, al igual que Mafalda, Manfredi, Anchise y yo, fuese un compañero del sur que yo me había encontrado en una ciudad portuaria extranjera y que entendía perfectamente por qué el sonido de aquella vieja canción, como una antigua plegaria de difuntos en la más muerta de las lenguas, podía hacer brotar lágrimas incluso en aquellos que no entendían ni una palabra.

Dijo que la canción le recordaba al himno israelita. ¿O estaba inspirada por el poema sinfónico *Moldau* de Smetana? O, pensándolo mejor, quizá fuese un aria de *La sonnambula* de Bellini. Cálido, pero un poco apagado, dije yo, a pesar de que la canción le ha sido atribuida a menudo a Bellini. Estamos *clementizando,* dijo él.

Traduje las palabras del napolitano al italiano y luego al inglés para que lo entendiese bien. Trata de un joven que pasa junto a la ventana de su amada, donde la hermana de esta le dice que Nennélla ha muerto. *De la boca en la que las flores llegaron a su apogeo, solo surgen gusanos. Adiós, ventana, pues mi Nenna no va a poder asomarse jamás.*

Un turista, que parecía estar solo y un poquito borracho, me había oído traducir la canción y se nos acercó pidiéndome encarecidamente que la tradujese también al alemán. De camino a nuestro hotel, les enseñé a Oliver y al germano cómo cantar el estribillo y luego lo repetimos los tres una y otra vez, mientras nuestras voces reverberaban en los callejones estrechos y húmedos de Roma a la vez que cada uno destrozaba su propia versión del napolitano. Nos despedimos del teutón en Piazza Navona. Cuando seguimos hacia el hotel, Oliver y yo cantamos nuevamente el estribillo juntos y en bajo:

> *Chiagneva sempre ca durmeva sola,*
> *mo dorme co' li muorte accompagnata.*

> Lloraba siempre porque dormía sola,
> y ahora duerme entre los muertos.

Ahora, con la distancia de los años, puedo pensar que aún escucho la voz de dos jóvenes entonando esas palabras en napolitano mientras se dirigen al amanecer, sin darse cuenta, ninguno de ellos, mientras se agarraban y se besaban una y otra vez a través de las calles de Roma, que aquella iba a ser la última noche en que hiciesen el amor.

—Vayamos mañana a San Clemente —dije.

—Mañana es hoy —contestó.

Cuarta parte
LUGARES FANTASMAS

Anchise estaba esperándome en la estación. Le reconocí en cuanto el tren hizo la prolongada curva junto a la bahía, aminorando el paso y casi observando los altos cipreses que tanto me gustaban y a través de los cuales siempre había vislumbrado una visión acogedora del mar deslumbrante a media tarde. Bajé la ventanilla y dejé que el viento me refrescase la cara, atisbando muy, muy lejos la pesada máquina del tren. Alcanzar B. siempre me alegraba. Me recordaba a las llegadas a principios de junio después del curso académico. El viento, el calor, el andén gris y centelleante con la antigua caseta del jefe de estación permanentemente cerrada desde la Primera Guerra Mundial, el silencio profundo, todo esto conformaba mi estación favorita en esta época del año desierta y encantadora. Parecía que el verano estaba a punto de comenzar, las cosas no habían ocurrido aún, mi cabeza todavía estaba zumbando con las últimas empolladas previas a un examen, era la primera vez que veía el mar este año. ¿Quién es Oliver?

El tren se detuvo unos instantes para que se bajasen unos cinco pasajeros. Tuvo lugar el habitual estruendo que precedía al traqueteo hidráulico del motor. Después, tan fácil como se habían detenido, los vagones salieron chirriando de la estación, uno a uno, y se alejaron rodando. Silencio absoluto.

Me mantuve de pie por un instante bajo la voladiza de madera seca. Todo aquello, incluida la caseta hecha con tablas, desprendía un hedor fortísimo a gasolina, alquitrán, pintura rancia y pis.

Y como siempre: mirlos, pinos, cigarras.

Verano.

Casi nunca pensaba sobre el curso siguiente. Estaba agradecido de que, con tanto calor y tanto verano por delante, todavía pareciese estar a meses de distancia.

Unos pocos minutos después de mi llegada, el *direttissimo* que iba a Roma hizo su entrada en el andén de enfrente, siempre tan puntual. Tres días antes, habíamos cogido ese mismo. Recordaba estar observando a través de la ventana y pensando: «En pocos días estarás de vuelta y estarás solo y lo odiarás, así que no permitas que nada te pille desprevenido. Estate atento». Había ensayado perderle, no solo como forma de protegerme contra el sufrimiento administrándomelo en pequeñas dosis de antemano, sino para, al igual que hace toda la gente supersticiosa, comprobar si mi buena voluntad para aceptar la peor noche no podría persuadir al destino de que suavizase su golpe. Como los soldados entrenados para luchar de noche, vivía en la oscuridad con el fin de no quedarme ciego cuando anocheciese. Conoce el dolor para mitigarlo. Homeopáticamente.

Una vez más, entonces. Vistas de la bahía: comprobadas.

Aroma de los pinos: comprobado.

Caseta del jefe de estación: comprobada.

Vistas de las distantes colinas con las que recordar la mañana en que montamos de vuelta de B. y aceleramos colina abajo y casi atropellamos a una chica gitana: comprobadas.

El olor a pis, gasolina, alquitrán y pintura rancia: comprobado, comprobado, comprobado y comprobado.

Anchise cogió mi bolsa y se ofreció a llevarla. Le dije que no hacía falta; las mochilas están hechas para que solamente las lleve su dueño. No entendió muy bien por qué, pero me la devolvió.

Preguntó si ya se había ido el señor Ulliva.

—Sí, esta mañana.

—Qué triste —apuntó.

—Sí, un poco.

—*Anche a me duole.*

Evité su mirada. No quería darle pie a que dijese nada, ni tan siquiera a que sacara el tema de nuevo.

Cuando llegué, mi madre quiso saberlo todo sobre nuestro viaje. Le dije que no habíamos hecho nada en particular, solo vimos el Capitolio, Villa Borghese, San Clemente. Por lo demás, simplemente caminamos sin rumbo. Muchas fuentes. Muchos lugares nocturnos extraños. Dos cenas.

—¿Cenas? —preguntó mi madre con un comedido *vescomoteniarazón* triunfalista—. Y ¿con quién?

—Gente.

—¿Qué gente?

—Escritores, editores, amigos de Oliver. Estuvimos fuera toda la noche.

—Aún no ha cumplido los dieciocho y ya lidera la *dolce vita* —ahí estaba la ironía ácida de Mafalda. Mi madre estuvo de acuerdo.

—Hemos dejado la habitación tal y como la tenías tú. Pensamos que querrías recuperarla.

Al instante me puse muy triste y cabreado. ¿Con qué derecho? Quedaba claro que habían estado fisgoneando, juntas o por separado.

Siempre supe que tarde o temprano recuperaría mi habitación. Pero tenía la esperanza de que fuese una transición a la vida previa a Oliver más lenta y prolongada. Me había imaginado estar tumbado en mi cama juntando el valor para poder ir hasta su habitación. Lo que no presagié fue que Mafalda ya habría cambiado las sábanas, nuestras sábanas. Afortunadamente, aquella mañana había vuelto a pedirle a Ondulante, después de que la llevara puesta por Roma durante todo el día. La metí en una bolsa de la colada de plástico del hotel y es probable que tenga que ocultársela a todo el mundo durante el resto de mi vida. Algunas noches sacaré a Ondulante de la bolsa, me aseguraré de que no se haya contaminado con el olor a plástico o el olor de mi ropa, y la acercaré a mí, situaré las mangas a mi alrededor y a oscuras pronunciaré entre jadeos su nombre. Ulliva, Ulliva, Ulliva, era Oliver llamándome por su nombre cuando imitaba la extraña forma de hablar de Mafalda y Anchise; pero también era yo llamándole a él por su nombre, con la esperanza de que me respondiese usando el mío, el cual yo había usado desde él hacia mí y de vuelta a él: Elio, Elio, Elio.

Para evitar entrar a mi habitación a través del balcón y darme cuenta de su ausencia, usé las escaleras interiores. Abrí la puerta de mi habitación, dejé la mochila en el suelo y me lancé sobre la cama cálida y bañada por el sol. Daba gracias a Dios por esto. No habían lavado la colcha. De repente me alegraba de estar de vuelta. Podía haberme quedado dormido allí mismo en aquel preciso instante, olvidando todo lo concerniente a Ondulante, el olor e incluso el propio Oliver. ¿Quién puede resistirse a quedarse dormido a las dos o tres de la tarde bajo el sol del Mediterráneo?

Debido a mi cansancio, decidí sacar mi libreta más tarde y seguir con Haydn en el lugar exacto donde lo había dejado. Eso, o me iría a las pistas de tenis a sentarme al sol en uno de esos bancos cálidos que seguramente provocarían en mí una sensación de bienestar en todo el cuerpo y esperaría a quien estuviera preparado para echar un partido. Siempre había alguien.

Nunca me había quedado dormido tan serenamente en mi vida. Habrá tiempo de sobra para lamentarse, pensé. Llegarán, seguramente a escondidas, como había oído que ocurrían estas cosas, y tampoco habrá forma de librarse de ellos. Anticipar la pena para neutralizarla es algo miserable y cobarde, me dije a mí mismo, a sabiendas de que estaba a punto de practicarlo. ¿Y qué más da si me sobrevenían con dureza? ¿Y qué si venían y no me dejaban en paz y se quedaban conmigo para provocar en mí lo mismo que me provocó haberle deseado durante aquellas noches en las que parecía que faltaba algo tan esencial en mi vida que era casi como si me ultrajase algo de mi cuerpo, como si perderle fuese algo parecido a inutilizar una mano que pudieses ver en todas las fotos de la casa, pero que era imposible que volviese a ser útil jamás? Lo perdiste, como siempre supiste que iba a ocurrir, incluso estabas preparado para ello; pero no puedes soportar vivir con ese quebranto. Y mantener la esperanza de no pensar en ello, rezar por no soñar con ello, duele igualmente.

De repente, una idea extraña me atrapó: ¿qué ocurriría si mi cuerpo —solo mi cuerpo, mi corazón— le necesitaba urgentemente? ¿Qué debería hacer entonces?

¿Qué pasaría si por la noche no fuese capaz de vivir conmigo mismo a no ser que él estuviese a mi lado, dentro de mí? ¿Entonces qué?

Piensa en el dolor antes del dolor.

Sabía lo que hacía. Incluso cuando dormía sabía lo que estaba haciendo. Estás intentando inmunizarte, eso es lo que haces, chico astuto y soplón, y de esta forma terminarás destruyéndolo todo, porque eso es lo que eres, un chico astuto, chivato y despiadado. El sol me pegaba de pleno ahora y amaba al sol con un amor casi pagano por los elementos de la tierra. Un pagano, eso eres. Nunca me había dado cuenta de cuánto amaba a la tierra, al sol, al mar. La gente, los objetos e incluso el arte eran secundarios. ¿O me estaba engañando a mí mismo?

A mitad de la tarde me di cuenta de que estaba disfrutando del sueño y no simplemente estaba buscando un refugio en él. Una siesta dentro de otra siesta, como los sueños dentro de los sueños. ¿Podía haber algo mejor? Un arrebato de algo tan maravilloso como un auténtico éxtasis comenzó a apoderarse de mí. Debía de ser miércoles, pensé, y de hecho lo era, cuando el afilador situaba su pequeño negocio en nuestro huerto y comenzaba a afilar todos los cuchillos de la casa, Mafalda siempre dándole palique continuamente a su lado, sujetando un vaso de limonada mientras él se empleaba a fondo con la piedra de amolar. El sonido fricativo y áspero de la rueda crujiendo y chirriando bajo el calor de media tarde enviaba ondas de un sonido maravilloso hasta mi habitación. Nunca había sido capaz de admitirme a mí mismo lo feliz que me había hecho Oliver el día que se tragó aquel melocotón. Por supuesto que me había emocionado, pero también me había halagado, como si con aquel gesto hubiese dicho: *Creo, con cada célula de mi cuerpo, que cada célula del tuyo no debe morir jamás y, si es necesario que muera, deja que lo haga dentro de mi cuerpo.* Había abierto la puerta a medio cerrar del balcón, había entrado y, debido a que en aquella época no estábamos muy habladores el uno con el otro, no preguntó si podía entrar. ¿Qué iba a hacer yo? ¿Decirle que no podía entrar? Ahí fue cuando levanté la mano para darle la bienvenida y le dije que había terminado con los pucheros, que ya no lloraría más, nunca, y le dejé que levantase las sábanas y se metiese en la cama. Ahora, en cuanto oía el sonido de la piedra de afilar entre las cigarras, sabía que, o bien me había despertado ya, o aún seguía durmiendo, y ambas cosas estaban bien, soñar o dormir, son lo mismo, me quedo con cualquiera de ellas.

Cuando me desperté eran casi las cinco. Ya no quería jugar al tenis, al igual que no tenía ninguna gana de trabajar en Haydn. Hora de nadar, pensé. Me puse el bañador y bajé las escaleras. Vimini se encontraba sentada en el pequeño muro junto a la casa de sus padres.

—¿A qué se debe que vayas a darte un baño? —preguntó.

—No sé. Simplemente me apetece. ¿Quieres venir?

—No, hoy no. Me han obligado a llevar este ridículo sombrero si quiero estar fuera. Parezco un bandido mexicano.

—Pancho Vimini. ¿Qué vas a hacer si me voy a bañar?

—Te miraré. A menos que me ayudes a subirme a una de aquellas rocas, en cuyo caso me sentaré allí, me mojaré los pies y me dejaré el sombrero puesto.

—Entonces vamos.

Nunca tenías que pedirle a Vimini que te diese la mano. Te la daba de forma natural, de la misma manera que los ciegos te agarran del codo automáticamente.

—Solo te pido que no andes demasiado rápido —dijo.

Bajamos las escaleras y cuando llegamos a las rocas buscamos una que le gustase y la senté allí. Este era su lugar favorito para estar junto a Oliver. La roca estaba calentita y me encantaba la sensación del sol en la piel a esta hora de la tarde.

—Me alegro de estar de vuelta.

—¿Lo pasaste bien en Roma?

Asentí con la cabeza.

—Te echamos de menos.

—¿Quiénes?

—Yo. Marzia. El otro día vino a ver si estabas.

—Ah —dije.

—Le dije dónde habías ido.

—Ah.

Estaba claro que la niña observaba la reacción de mi cara.

—Creo que sabe que no te gusta demasiado.

No tenía sentido discutir sobre eso.

—¿Y? —le pregunté.

—Y nada. Simplemente me da lástima. Le dije que te habías ido a toda prisa.

Estaba claro que Vimini se sentía halagada por su propia astucia.

—¿Te creyó?

—Eso creo. En realidad no le estaba mintiendo.

—¿A qué te refieres?

—Ambos os marchasteis sin decir adiós.

—Tienes razón, eso hicimos. Pero no había mala intención.

—Bueno, contigo me da igual. Pero él sí me importa. Mucho.

—¿Por qué?

—¿Por qué, Elio? Debes perdonarme por decir esto, pero nunca has sido demasiado inteligente.

Me costó percatarme de hacia dónde se dirigía con aquello. Después caí en la cuenta.

—Yo tampoco le voy a volver a ver —dije.

—No, tú puede que sí. Pero yo no lo tengo tan claro.

Sentía cómo me crecía un nudo en la garganta, así que la dejé allí en la roca y comencé mi camino hacia el agua. Era exactamente eso, lo que había predicho que pasaría. Aquella tarde me quedé mirando al mar y por un instante se me olvidó que él ya no estaba allí, que no tenía sentido darse la vuelta y mirar al balcón, donde su imagen no se había desvanecido del todo. Y aun así, hace apenas unas pocas horas su cuerpo, mi cuerpo... Ahora probablemente él ya haya comido por segunda vez en el avión y estará preparándose para aterrizar en el JFK. Yo sabía que estaba completamente abatido cuando me besó por última vez en uno de los baños públicos del aeropuerto Fiumicino y que, incluso si en el vuelo las bebidas y la película le habían distraído, una vez que estuviese solo en su habitación de Nueva York volvería a sentirse triste y yo odiaba pensar que pudiera estar así, de la misma forma que sabía que él odiaría verme a mí apesadumbrado en nuestra habitación, que se había convertido en solo mía demasiado pronto.

Alguien se estaba acercando a las rocas. Intenté pensar en algo que disipase mi pena y me topé con el hecho irónico de que la distancia que separaba a Vimini de mí era la misma que la que me separaba a mí de Oliver. Siete años. Dentro de siete años, comencé a pensar, y de repente noté cómo algo me estallaba en la garganta. Me sumergí en el agua.

Fue después de la cena cuando sonó el teléfono. Oliver había llegado perfectamente. Sí, en Nueva York. Sí, el mismo apartamento, la misma gente, el mismo ruido —desafortunadamente teníamos la misma música entrando por la ventana—, puedes oírlo ahora mismo. Puso el auricular en la ventana y nos dejó disfrutar del sabor de los ritmos hispanos de la ciudad. La calle Ciento Catorce, dijo. A cenar con unos amigos. Mi madre y mi padre estaban hablando con él por otros teléfonos desde el salón. Yo estaba en el de la cocina. ¿Aquí? Ya sabes. Las típicas cenas con invitados. Se acaban de ir. Sí, aquí también hace mucho, mucho calor. Mi padre esperaba que esto hubiese sido productivo. ¿Esto? La estancia entre nosotros, le explicó. Lo mejor de mi vida. Si pudiese, me subiría al mismo avión e iría con la camiseta puesta, un bañador extra y el cepillo de dientes. Todo el mundo se rio. Con los brazos abiertos, *caro*. Estuvimos haciéndonos bromas mutuamente. Ya conoces nuestra tradición, le explicó mi madre, debes volver, aunque solo sea unos días. *Aunque solo sea unos días* en realidad significa solo unos días, no más, pero ella lo había dicho en serio y él lo sabía. *Allora ciao, Oliver, e a presto,* dijo mi madre. Mi padre más o menos repitió lo mismo y luego añadió: *dunque ti passo Elio, vi lascio.* Escuché cómo colgaban ambos para asegurarme de que no había nadie más en línea. Qué discreto mi padre. Sin embargo, la repentina libertad de estar solo ante lo que parecía una barrera temporal me paralizó. ¿Tuvo un buen viaje? Sí. ¿Odió la comida? Sí. ¿Pensó en mí? Me había quedado sin preguntas y debía habérmelo pensado mejor antes de seguir bombardeándole con más. «¿Tú qué crees?», fue su somera respuesta, como si tuviese miedo de que alguien fuese a coger accidentalmente el auricular. Vimini te manda recuerdos. Muy enfadada. Iré a comprarle algo mañana y se lo mandaré por correo urgente. Nunca olvidaré Roma mientras viva. Yo tampoco. ¿Te gusta tu habitación? Más o menos. La ventana da al jardín ruidoso, nunca le pega el sol, casi no hay espacio para nada, no sabía que tenía tantos libros, la cama es mucho más pequeña. Ojalá pudiésemos volver a empezar de nuevo en esa habitación, dije. Ambos apoyados en la ventana por la tarde, rozándonos los hombros como en Roma, todos los días de mi vida. Y los de la mía, dijo él. Camiseta, cepillo de dientes, libreta y me voy para allá volando, así que tampoco me tientes. Cogí algo de tu habitación, dijo. ¿Qué? Nunca lo adivinarías. ¿Qué? Averígualo tú solo. Y entonces lo solté, no porque fuese lo que quería decirle, sino porque el silencio entre ambos pesaba demasiado y esto era lo más fácil de deslizar en una pausa: «No quiero perderte». Nos escribiremos. Te llamaré desde la oficina de correos pues allí será más privado. Quizá en Navidad o en el puente de Acción de Gracias. Sí, en Navidad. Pero su mundo, que hasta entonces no parecía más distante del mío que el grosor del trozo de piel que en cierta ocasión le arrancó Chiara de los hombros, ahora se había trasladado a años luz de distancia. Para cuando llegue Navidad igual ya no importa. Déjame escuchar el sonido desde tu ventana una vez más. Escuché un crujido. Déjame escuchar el sonido que haces cuando... Un sonido débil y tímido, debido a que había otros en casa, dijo. Me entró la risa. Aparte de que me están esperando para salir, dijo. Deseaba que nunca hubiese llamado. Hubiese querido oírle pronunciar de nuevo mi nombre. Estuve a punto de preguntarle, ahora que estábamos tan alejados, qué había ocurrido entre él y Chiara. También me olvidé de preguntarle dónde había dejado su bañador rojo. Quizá se le había olvidado y se lo había llevado con él.

Lo primero que hice tras nuestra conversación telefónica fue ir a mi cuarto para averiguar qué podía haberse llevado para acordarse de mí. Allí pude ver la marca de la pared. Dios le bendiga. Se había llevado una postal antigua enmarcada del muro de Monet que databa del 1905 o por ahí. Uno de los residentes americanos anteriores la había rescatado de un mercadillo en París hacía dos años y me la había enviado como recuerdo. La postal descolorida fue enviada por primera vez en 1914. En la parte de atrás había amontonados unos garabatos color sepia en alemán, que iban dirigidos a un médico de Inglaterra, junto a los cuales el estudiante americano me había dedicado unas palabras en tinta negra: *Piensa en mí alguna vez*. La foto le recordaría a Oliver el primer día que dije lo que pensaba. O el día que pasamos en bici junto al muro fingiendo no darnos cuenta de su presencia. O aquel día en que decidimos hacer una merienda campestre allí y juramos no tocarnos, para así disfrutar más aún al acostarnos juntos esa misma tarde. Deseaba que tuviese la foto delante de sus ojos todo el tiempo y para siempre, toda su vida, delante de su mesa, de su cama, en todas partes. Ponla a la vista allá donde vayas, pensé.

El misterio había sido resuelto, como siempre sucede conmigo, mientras dormía aquella noche. No se me había ocurrido hasta entonces. Y, con todo, me había estado mirando fijamente a la cara durante dos años seguidos. Se llamaba Maynard. Cierta tarde, sabiendo que todo el mundo debía de estar descansando, había llamado a mi ventana para ver si tenía tinta negra.

—Me he quedado sin ella —dijo—, y solo escribo con tinta negra.

Parecía saber que yo la usaba. Entró. Solo llevaba puesto un bañador, me acerqué a la mesa y le entregué el frasco. Se me quedó mirando, allí de pie, fue un momento extraño; después lo cogió. Aquella misma tarde dejó el tarrito justo fuera de la puerta del balcón. Cualquier otra persona habría llamado de nuevo y me lo habría dado en mano. Por aquel entonces yo tenía quince años. Sin embargo, no habría dicho que no. En el transcurso de una de nuestras conversaciones le comenté algo sobre mi sitio favorito de las colinas.

Nunca había vuelto a pensar en él hasta que Oliver robó la postal.

Un rato después de la cena pude ver a mi padre sentado a la mesa en su sitio habitual. La silla estaba girada y mirando al mar y en su regazo estaban las pruebas de su último libro. Bebía la usual infusión de té de camomila y disfrutaba de la noche. Junto a él había tres grandes velas de citronela. Había gran cantidad de mosquitos aquella noche. Bajé para unirme a él. Este era un instante que teníamos normalmente para sentarnos juntos y yo le había dejado un poco abandonado durante el último mes.

—Venga, cuéntame cosas de Roma —dijo en cuanto me vio listo para colocarme a su lado.

Este era también el momento en que se permitía fumar por última vez cada día. Dejó a un lado el manuscrito con un lanzamiento cansado, como sugiriendo un entusiasmado *ahora viene lo bueno,* y procedió a encender un cigarrillo con gesto travieso, haciendo uso de una de las velas de citronela.

No tenía nada que decirle. Le repetí lo que le había dicho a mi madre: el hotel, el Capitolio, Villa Borghese, San Clemente, restaurantes.

—Así que comisteis bien.

Asentí.

—Y bebisteis bien.

Volví a ratificar.

—¿Hicisteis cosas que le hubiesen gustado a tu abuelo? Me reí.

—No, esta vez no.

Le hablé del incidente junto al Pasquino.

—Menuda idea lo de vomitar delante de la estatua que habla. ¿Alguna película? ¿Algún concierto?

Me empezó a dar miedo que pudiese, quizá, estar dirigiéndose hacia algo en particular, sin tan siquiera saberlo. Me percaté de esto porque mientras preguntaba cosas remotamente lejanas al tema, comencé a notar que yo ya estaba usando maniobras de evasión mucho antes incluso de que lo que nos esperaba a la vuelta de la esquina fuese tan siquiera visible. Hablé acerca de las perennes condiciones de suciedad y deterioro de las plazas de Roma. El calor, el tiempo, el tráfico, demasiadas monjas. Esta iglesia o aquella habían cerrado. Escombros por todos los sitios. Restauraciones cutres. Y me quejé de la gente, de los turistas y de los minibuses que dejan y recogen a innumerables hordas cargadas con cámaras y viseras.

—¿Visteis alguno de los jardines interiores privados de los que te hablé?

Supongo que se nos pasó visitar alguno de los jardines interiores privados de los que nos habló.

—¿Presentasteis mis respetos a la estatua de Giordano Bruno? —preguntó.

—Claro que lo hicimos. Casi vomito allí también aquella noche.

Rompimos a reír.

Un pequeño respiro. Otra calada a su cigarrillo.

Ahora.

—Compartís una bonita amistad.

Esto es mucho más atrevido que lo que yo había anticipado.

—Sí —contesté con la intención de dejar mi «sí» colgado en el aire como si estuviese a la espera de un calificativo negativo que fue finalmente suprimido. Tenía la esperanza de que no percibiese en mi voz un *Sí, ¿y qué?* hostil, evasivo y aparentemente fatigado.

También esperaba que no fuese a utilizar aquel *Sí, ¿y qué?* para reprenderme, como hacía tan a menudo, por ser duro o indiferente o demasiado crítico con la gente que tiene motivos más que aparentes para considerarse mis amigos. Entonces, añadiría su perogrullada habitual sobre lo raro que era encontrar la amistad verdadera y que, incluso si no puedes soportar más a alguien, aun así la mayoría tienen buenas intenciones y todos algo que aportar. Que si nadie es una isla en sí mismo, que no te puedes cerrar a los demás, que si la gente necesita a la gente y todas esas cosas.

Pero me había equivocado pensando eso.

—Eres demasiado listo como para no saber lo especial y lo extraño que era lo que compartíais.

—Oliver era Oliver —dije yo, como si resumiese así todo.

—*Parce que c'était lui, parce que c'était moi* —añadió mi padre citando a Montaigne y su recurrente explicación de la amistad que le unía con Étienne de La Boétie.

Yo en lugar de eso pensé en las palabras de Emily Brontë: «Porque él es más yo que yo mismo».

—Oliver podía ser muy inteligente... —comencé a decir. Una vez más, mi poco sincera subida en la entonación final anunció un *pero* irrefutable sostenido e invisible entre ambos. Cualquier cosa con tal de evitar que mi padre me llevase por ese camino.

—¿Inteligente? Era mucho más que inteligente. Lo que disfrutabais no tenía nada que ver con la inteligencia y a la vez todo se aguantaba gracias a ella. Él era bueno y ambos os sentíais muy afortunados por haberos encontrado, pues tú también eres bueno.

Mi padre nunca había hablado así de la bondad. Me descolocó.

—Yo creo que era mejor que yo, papá.

—Estoy seguro de que él diría lo mismo sobre ti, lo que os favorece a ambos.

Estaba a punto de golpear su cigarrillo con el dedo y, al inclinarse hasta el cenicero, me tocó la mano.

—Lo que viene ahora va a resultar muy difícil —dijo, alterando la voz. Su tono implicaba: *No tenemos por qué hablar de ello, pero no finjamos que no sabemos a lo que me refiero.*

La única forma que tenía de decir la verdad era hablando de manera abstracta.

—No temas. Todo llegará. Al menos eso espero. Y cuando menos te lo esperes. La naturaleza tiene maneras extrañas de encontrar nuestros puntos débiles. Tan solo recuerda: estoy aquí. Ahora mismo puede que no quieras sentir nada. Quizá nunca lo deseaste. Y tal vez no sea yo la persona con la que te apetezca hablar de esto. Pero aprecia lo que hiciste.

Me quedé mirándole. Era el momento en que debía haberle mentido y haberle dicho que estaba completamente fuera de onda. Estaba a punto de hacerlo.

—Mira —me interrumpió—. Tuvisteis una amistad preciosa. Quizá algo más que una simple amistad. Y te envidio. En mi situación, la mayoría de los padres tendrían la esperanza de que todo se disipase o rezarían para que su hijo pusiese los pies en la tierra cuanto antes. Pero yo no soy uno de esos padres. En tu situación, si hay sufrimiento, domínalo, y si queda alguna llama, no la apagues, no seas cruel. La ausencia puede ser algo terrible si nos mantiene despiertos toda la noche, y ver cómo alguien nos olvida antes de lo que hubiésemos deseado no ayuda. Nos desprendemos de tantas cosas propias para poder curarnos lo más rápido posible que a la edad de treinta ya estamos en bancarrota y cada vez tenemos menos que ofrecer cuando empezamos una nueva relación con alguien. Sin embargo, no sentir nada por miedo a sentir algo es un desperdicio.

No podía asimilar todo aquello. Estaba mudo, asombrado.

—¿Me equivoco? —preguntó.

Negué con la cabeza.

—Entonces déjame que te diga una cosa más. Despejará la realidad. Yo puede que me hubiese quedado muy cerca, pero nunca tuve lo que tú has tenido. Siempre hubo algo que me sujetó o que se interpuso en mi camino. La forma de vivir tu vida es cosa tuya. Pero recuerda, nuestros corazones y nuestros cuerpos solo nos los entregan una vez. La mayoría no podemos evitar vivir como si tuviésemos dos vidas, una es la maqueta a escala y la otra es la versión final, y luego están todas las adaptaciones intermedias. Pero solo hay una, y antes de que te des cuenta tienes el corazón gastado, y en lo que respecta a tu cuerpo hay un punto en el que nadie se fija, y mucho menos quiere acercarse a él. Ahora sientes pena. No envidio ese dolor. Pero sí envidio que puedas sentirlo ahora.

Respiró hondo.

—Puede que nunca volvamos a hablar de esto. Y espero que no me tengas en cuenta que lo hayamos hecho. Habría sido un padre horrible si algún día tú hubieses querido hablar conmigo y yo hubiese dejado la puerta cerrada o no lo suficientemente abierta.

Quería preguntarle por qué lo sabía. Pero luego pensé que cómo no lo iba a saber. Cómo no iba a estar al corriente todo el mundo.

—¿Lo sabe mamá? —pregunté. Iba a haber usado el verbo *sospechar,* pero me corregí.

—Creo que no —su voz decía: *Pero si lo supiese, estoy seguro de que su actitud no sería muy diferente a la mía.*

Nos dimos las buenas noches. Mientras subía las escaleras, me prometí que le preguntaría sobre su vida. Todos habíamos oído hablar sobre las mujeres de su juventud, pero nunca había insinuado nada sobre el resto.

¿Era mi padre otra persona? Y si lo era, ¿quién?

Oliver mantuvo su promesa. Volvió justo antes de Navidad y se quedó hasta Año Nuevo. Al principio estaba totalmente descolocado por la diferencia horaria. Pensé que necesitaba tiempo. Así que se lo concedí. Pasaba la mayoría de las horas con mis padres, luego con Vimini, que estaba excitadísima por ver que nada había cambiado entre ellos. Comencé a temer que hubiésemos regresado a los primeros días, cuando, aparte de algún placer en el patio, la indiferencia y la evitación eran la norma. ¿Por qué sus llamadas telefónicas no me prepararon para esto? ¿Era yo el responsable de la nueva situación de nuestra amistad? ¿Habrían comentado algo mis padres? ¿Había reaparecido por mí? ¿O por ellos, por la casa, para huir? Había regresado por sus obras, que ya habían sido publicadas en Inglaterra, en Francia, en Alemania y estaban a punto de publicarse en Italia. Era un libro elegante y estábamos todos muy contentos por él, incluido el librero de B., que prometió hacer una presentación durante el verano. «Quizá, ya veremos», dijo Oliver cuando nos detuvimos allí con nuestras bicicletas. El vendedor de helados había cerrado por la temporada, así como la floristería y la farmacia en la que paramos aquel día que volvíamos del muro, donde me había mostrado la terrible herida que se había hecho. Todo eso pertenecía a otra vida. El pueblo parecía vacío, el cielo estaba gris. Una noche dio un largo paseo con mi padre. Era muy probable que estuviesen hablando sobre mí, o mis perspectivas universitarias, o sobre el verano pasado, o sobre el libro. Cuando abrieron la puerta, escuché risas en el pasillo de abajo, mi madre le besó. Un tiempo después alguien llamó a la puerta de mi habitación, no a las puertaventanas. Esa entrada iba a permanecer cerrada para siempre, entonces. «¿Quieres hablar?» Yo ya estaba en la cama. Él llevaba puesto un jersey y parecía vestido para ir a dar un paseo. Se sentó en el borde de la cama, con la misma incomodidad con la que me debí de sentir yo el primer día cuando esta habitación era aún la suya.

—Es probable que me case esta primavera —dijo.

Me quedé petrificado.

—Pero nunca me comentaste nada.

—Bueno, hemos estado a intervalos durante un par de años.

—Creo que es una noticia maravillosa.

Que la gente se case es siempre una buena noticia. Me alegraba por ellos. Las bodas son algo bueno y la enorme sonrisa en mi cara era lo suficientemente ingenua incluso cuando un rato después se me ocurrió pensar que esas noticias no podían presagiar nada bueno para nosotros.

—¿Te molesta? —me preguntó.

—No seas tonto —dije yo. Hubo un largo silencio —. ¿Te vas a meter en la cama ahora?

Me observó con cautela.

—Un rato, pero no quiero hacer nada.

Parecía sonar como una versión actualizada y mucho más pulida de aquel *Luego, tal vez.* Así que habíamos vuelto a lo mismo, ¿eh? Me entraron ganas de reírme de él, pero me aguanté. Se tumbó a mi lado sobre las mantas y con el jersey puesto. Lo único que se quitó fueron los mocasines.

—¿Cuánto tiempo crees que durará esto? —preguntó irónicamente.

—No mucho, espero.

Me besó en la boca, pero no un beso como el de después de lo de Pasquino, cuando me empujó con fuerza contra la pared de Via Santa Maria dell'Anima. Reconocí el sabor de inmediato. Nunca me había dado cuenta de todo lo que me gustaba o de cuánto lo echaba en falta. Había algo nuevo que añadir a la lista de cosas que extrañaría cuando le hubiese perdido para siempre. Estaba a punto de salir de debajo de las mantas.

—No puedo hacerlo —dijo, y se apartó de un brinco.

—Yo sí puedo.

—Vale, pero yo no.

Mis ojos debieron de mostrarse como unas cuchillas afiladísimas, pues de repente se percató de lo enfadado que estaba.

—Nada me gustaría más que quitarte la ropa y como mínimo abrazarte fortísimo. Pero no puedo.

Puse mis manos alrededor de su cabeza y la sostuve.

—Entonces quizá no deberías quedarte. Saben lo nuestro.

—Me lo había imaginado.

—¿Por qué?

—Por cómo me hablaba tu padre. Tienes suerte. Mi padre me hubiese enviado a un correccional.

Le miré: deseaba otro beso.

Debía, podía haberme aprovechado.

A la mañana siguiente, las cosas se habían enfriado oficialmente.

Así y todo, aquella semana ocurrió una cosa. Estábamos sentados en el salón después de comer tomándonos un café cuando mi padre sacó un sobre grande en el que había seis solicitudes con una foto de carné de cada interesado. Mi padre deseaba saber la opinión de Oliver, después le entregó el sobre a mi madre, luego a mí y más tarde a otro profesor que había acudido a comer con su mujer, también una profesora universitaria que había venido a lo mismo el año anterior. «Mi sucesor», dijo Oliver, cogiendo una de las solicitudes y pasando las demás. Mi padre lanzó de forma instintiva una mirada en dirección a donde yo estaba e inmediatamente la retiró.

Exactamente lo mismo había ocurrido casi un año antes. Pavel, el sucesor de Maynard, había vuelto de visita durante la Navidad y tras mirar las posibilidades había recomendado a uno de Chicago, al que de hecho conocía muy bien. Pavel y todos los demás en la habitación se sintieron un poco indiferentes ante aquel joven doctorando que enseñaba en Columbia y que se había especializado, de entre todas las posibilidades, en los presocráticos. Me detuve más de lo necesario en la fotografía que me tocó y noté un alivio al darme cuenta de que no sentía nada.

Al pensarlo ahora, no podía estar más seguro de que todo entre nosotros había comenzado en esta misma habitación durante las vacaciones de Navidad anteriores.

—¿Fue así como me elegisteis a mí? —preguntó con cierto candor serio y extraño, que mi madre encontraba siempre encantador.

—Yo quise que fueras tú —le dije después a Oliver aquella tarde, mientras le ayudaba a meter todas sus cosas en el coche justo antes de que Manfredi le acercase a la estación—. Me aseguré de que te eligieran a ti.

Aquella noche eché un vistazo por los cajones del escritorio de mi padre y encontré el archivo con los aspirantes del año anterior. Encontré su foto. El cuello de la camisa abierto, Ondulante, pelo largo, un aire de estrella del cine capturado sin querer por el fotógrafo. No me extraña que me llamase la atención. Ojalá pudiese recordar qué sentí exactamente durante aquella tarde de hace un año: una explosión de deseo seguida de un antídoto instantáneo, el miedo. El Oliver de verdad, y todos los subsiguientes con un bañador de distinto color cada día, o el que se tumbaba desnudo en la cama, o el que se inclinó sobre la barandilla del balcón de nuestro hotel en Roma, se superponían a la primera imagen confusa y conflictiva que me había creado de él tras aquella instantánea.

Observé las caras de los demás aspirantes. Este no estaba mal. Comencé a preguntarme lo que habría cambiado mi vida si hubiese sido otro el que hubiera venido. No habría ido a Roma. Quizá habría ido a otros sitios. No habría aprendido nada sobre San Clemente. Pero habría aprendido sobre otras cosas que de esta forma me he perdido y quizá nunca las vea. No habría cambiado así, no sería el que soy ahora, me habría convertido en otra persona.

Me pregunto quién es hoy esa otra persona. ¿Es más feliz? ¿Podría colarme en su vida durante unas horas, unos días y acreditarlo yo mismo, no solo para comprobar si esta otra vida es mejor, o para comparar cómo nuestras vidas se habían distanciado tanto debido a Oliver, sino para considerar también lo que le diría a este otro yo si fuese a visitarle en alguna ocasión? ¿Me gustaría? ¿Le gustaría yo a él? ¿Entenderíamos ambos por qué el otro se había convertido en lo que es? ¿Nos sorprendería saber que de hecho ambos nos habíamos topado con un Oliver de una manera u otra, hombre o mujer, y que era muy probable que, sin importar quién hubiese venido aquel verano, aún fuéramos la misma persona?

Fue mi madre, que odiaba a Pavel y habría forzado a mi padre a rechazar a cualquiera que recomendase, quien finalmente le dio un vuelco al destino. Puede que seamos unos judíos discretos, solía decir, pero este Pavel es un antisemita y no voy a acoger a otro en mi casa.

Recordaba aquella conversación. También estaba impreso en la foto de su cara. Así que también es judío, pensé.

Y después hice lo que había querido hacer durante toda la noche en el despacho de mi padre. Fingí no saber quién era ese tal Oliver. Esto fue durante las Navidades anteriores. Pavel aún intentaba convencernos para que acogiésemos a su amigo. Aún no había llegado el verano. Oliver probablemente llegaría en taxi. Cargaría con su equipaje, le mostraría su habitación, le llevaría a la playa a través de las escaleras que dan a las rocas y después, si nos daba tiempo, le enseñaría la propiedad hasta el lugar donde solía parar el tren y le comentaría algo sobre los gitanos que vivían en los vagones abandonados con la insignia de la casa real de Saboya. Unas semanas después, si teníamos tiempo, iríamos en bicicleta hasta B. Pararíamos a tomar algo. Le enseñaría la librería. Luego le mostraría el muro de Monet. Nada de esto había ocurrido aún.

Tuvimos noticias de su boda al verano siguiente. Le enviamos unos regalos y le incluimos una pequeña frase. Aquel estío pasó muy rápido. A menudo me vi tentado a hablarle de su «sucesor» e inventé todo tipo de historias con respecto a mi vecino de balcón. Nunca le remití nada. La única carta que le mandé al año siguiente fue para decirle que Vimini había muerto. Nos escribió a todos mostrando su dolor por la pérdida. Estaba de viaje por Asia, así que para cuando recibimos la carta, su reacción por la muerte de Vimini, en lugar de aliviar una herida abierta, parecía hurgar en una que se había curado sola. Escribirle sobre ella era como cruzar el último puente entre ambos, sobre todo después de que quedó tan claro que ni tan siquiera íbamos a mencionar lo que había existido en su momento entre los dos, o, lo que es lo mismo, no lo habíamos mencionado aún. Escribir había sido mi forma de informarle sobre la universidad a la que iba a ir en Estados Unidos, por si acaso mi padre, que siempre mantenía una correspondencia activa con los antiguos residentes, no se lo había dicho ya. Irónicamente, Oliver me contestó a mi dirección en Italia, otro motivo más para la tardanza.

Después llegaron los años en blanco. Si tuviese que fraccionar mi vida entre la gente con la que he compartido cama y dividirla en dos categorías, antes y después de Oliver, el mejor regalo que me podría otorgar la vida sería poder mover esta línea divisoria hacia delante en el tiempo. Muchos me ayudaron a segmentar mi existencia entre antes de X y después de X, otros muchos me aportaron alegrías y penas, algunos consiguieron desbaratar mi vida, mientras que otros pasaron completamente desapercibidos. De esta manera, Oliver, quien durante tanto tiempo parecía haber sido la piedra angular de mi vida, poco a poco fue obteniendo sucesores que o bien le eclipsaban o le reducían a una simple referencia a pie de página, a una mísera bifurcación en el camino, al diminuto e inhóspito Mercurio cuando mis pasos se dirigían hacia Plutón o más allá. Figúrate, solía decir: en mi época de Oliver, aún no había conocido a tal o cual persona. Y la vida sin tal o cual persona era simplemente impensable.

Un verano, mientras estaba en Estados Unidos, nueve años después de su última carta, recibí una llamada telefónica de mi padre.

—Nunca adivinarías quién va a quedarse con nosotros dos días. En tu antigua habitación. Y está ahora de pie justo delante de mí.

Por supuesto que ya lo había adivinado, pero fingí que no.

—El hecho de que te niegues a decirme que ya lo has adivinado ya me dice mucho —dijo mi padre entre risas antes de despedirse.

Hubo una lucha entre mis padres sobre a quién debían pasarle el auricular. Finalmente surgió su voz: «Elio». Podía escuchar a mis padres y varias voces de niños por detrás.

Nadie era capaz de pronunciar mi nombre de aquella manera. «Elio», repetí para indicar que era yo quien hablaba, pero también para sacar a relucir el viejo juego que teníamos y demostrar que no había olvidado nada. «Soy Oliver», dijo. Lo había olvidado.

—Me han mostrado fotos tuyas. Has cambiado mucho —dijo.

Me habló de sus dos hijos, que estaban en aquel preciso instante jugando en el salón con mi madre, ocho y seis años, tenía que conocer a su esposa, está tan contento de estar aquí, no me lo puedo ni imaginar. Es el lugar más maravilloso del mundo, dije yo, con la intención de dar a entender que él estaba feliz debido al lugar. No puedes entender lo contento que estoy de estar aquí. Sus palabras sonaban entrecortadas, le devolvió el teléfono a mi madre, que antes de ponerse a hablar conmigo siguió hablando con él de forma encantadora.

—*Ma s'è tutto commosso,* se ha quedado sin habla —dijo finalmente dirigiéndose a mí.

—Me encantaría estar allí con todos vosotros —respondí, emocionado por alguien en quien ya casi había dejado de pensar. El tiempo nos vuelve unos sentimentales. Quizá, al final es eso por lo que sufrimos.

Cuatro años después, al pasar por la ciudad donde estaba su universidad, realicé lo que debía. Decidí hacer acto de presencia. Me senté en una de sus aulas por la tarde y después de la clase, mientras guardaba los libros y metía en una carpeta hojas sueltas, me acerqué a él. No tenía intención de hacer que adivinase de quién se trataba, pero tampoco se lo iba a poner fácil.

Había un estudiante que quería hacerle una pregunta. Así que esperé mi turno. El estudiante acabó yéndose.

—Probablemente no me recuerdes —comencé diciendo mientras me miraba con extrañeza, intentando situarme.

De repente, se puso a la defensiva, como si se hubiese asustado al pensar que me podía conocer de algo que prefería olvidar. Mostró una mirada irónica e inquietante, una sonrisa incómoda y fruncida como si estuviese preparando algo como *Me temo que me estás confundiendo con otra persona*. Luego se quedó parado.

—Madre mía, ¡Elio!

Me dijo que lo que le había despistado era mi barba. Me abrazó y luego me dio unas palmaditas en mi peluda cara, como si fuese más joven que durante aquel verano. Me abrazó de la manera que no pudo el día que entró en mi habitación para decirme que se iba a casar.

—¿Cuántos años han pasado?

—Quince. Los conté anoche mientras venía hacia aquí —y añadí—: En realidad eso no es del todo cierto. Siempre lo he sabido.

—Así que quince. Pero mírate —dijo—. Mira, vamos a tomar algo o a cenar esta noche, o ahora, y así conoces a mi mujer, a mis hijos. Por favor, por favor, por favor.

—Me encantaría.

—Tengo que dejar algo en mi despacho y después nos vamos. Es un buen paseo a través del aparcamiento.

—No me has entendido. Me encantaría, pero no puedo.

Ese «no poder» no significaba que no fuera libre de ir, sino que no estaba seguro de que pudiese soportarlo.

Me miró mientras seguía metiendo los papeles en el maletín de cuero.

—No me has perdonado jamás, ¿a que no?

—¿Perdonar? No había nada que perdonar. De hecho, te estoy agradecido por todo. Solo tengo buenos recuerdos.

Había oído a la gente decir cosas así en las películas. Parecían creérselo.

—¿Entonces por qué?

Estábamos saliendo del aula y adentrándonos en el terreno del campus, donde nos encontramos uno de esos atardeceres otoñales largos y lánguidos de la Costa Este que proyectan unos tonos anaranjados muy luminosos sobre las colinas cercanas.

¿Cómo podía explicarle, o explicarme, por qué no podía ir a su casa y conocer a su familia a pesar de estar deseándolo? Mujer de Oliver. Hijos de Oliver. Mascotas de Oliver. Despacho, mesa, libros, mundo, vida de Oliver. ¿Qué esperaba? Un abrazo, un apretón de manos, un indiferente cuánto tiempo y luego un inevitable *¡Luego!*

La sola probabilidad de conocer a su familia me alarmó. Era demasiado real, demasiado repentino, demasiado en mis narices, no me había dado tiempo a prepararme. Durante años le había alojado en un pasado permanente, era un amor pluscuamperfecto, lo había puesto en hielo, llenado de recuerdos y bolas de naftalina como a un objeto encantado que se había confabulado con el fantasma de todas mis tardes. Le quitaba el polvo de vez en cuando para volverlo a poner en la repisa de la chimenea. Ya no pertenecía al mundo terrenal o a la vida. Todo lo que podía descubrir llegados a aquel punto no era la distancia a la que se encontraban nuestros destinos, sino lo que me chocaría la cantidad de pérdida, una pérdida que no me importaba analizar en términos abstractos, pero que me dolería al encontrármela cara a cara, al igual que duele la nostalgia mucho después de que hayamos dejado de pensar en las cosas que hemos perdido y que ya no nos importarán más.

¿O quizá era que estaba celoso de su familia, de la vida que se había forjado, de las cosas que nunca compartí con él y que desconocía? Lo que él había ansiado, amado y malgastado, y cuya pérdida le había debilitado aunque su presencia vital, si es que aún la tenía, yo no había podido hallar ni constatar. No estuve presente cuando lo consiguió, no estaba allí cuando se dio por vencido. ¿O era todo mucho más simple? Había venido a ver si aún sentía algo, si todavía le quedaba algo vivo. El problema es que no quería que permaneciese así.

Durante todos estos años, cuando pensaba en él, pensaba en B. o en nuestros últimos días en Roma y todo se resumía en dos escenas: las circunstancias agónicas del balcón y Via Santa Maria dell'Anima, donde me había empujado contra la vieja pared y me había besado y me había dejado poner una pierna a su alrededor. Cada vez que vuelvo a Roma, voy a ese mismo lugar. Aún sigue vivo para mí y resuena con algo totalmente presente, como un corazón robado en un cuento de Poe que aún palpita bajo la antigua pizarra para recordarme que allí había encontrado por fin la vida que me correspondía pero que no había sido capaz de conseguir. Nunca pude imaginármelo en Nueva Inglaterra. Cuando viví en la Costa Este americana durante un tiempo y nos hallábamos a escasos kilómetros de distancia, continué imaginándomelo atrapado en algún lugar de Italia, irreal y espectral. Los lugares en los que él vivía también me parecían inanimados y en cuanto intentaba pensar en ellos se diluían y se los llevaba la corriente, no menos espectrales o irreales. Ahora, resultaba que no solo los pueblos de Nueva Inglaterra estaban muy vivos, sino que él también. Hace años me hubiese abalanzado sobre él fácilmente, estuviese o no casado, a no ser que hubiera sido yo, contra todo pronóstico, quien hubiese sido irreal y espectral todo el tiempo.

¿O había venido con un objetivo mucho más servil? Encontrármelo viviendo solo, esperándome, deseoso de ser llevado de vuelta a B. Sí, las vidas de ambos en el mismo respirador artificial, esperando el momento en que finalmente nos encontrásemos y ascendiésemos juntos al monumento del Piave.

Y entonces lo solté.

—La verdad es que no estoy seguro de no poder sentir nada. Y si debo conocer a tu familia, preferiría no sentir nada —seguido por un silencio dramático—. Quizá nunca se fue del todo.

¿Estaba diciendo la verdad? ¿O era la situación, tensa y delicada, la que estaba haciendo que dijese cosas que nunca llegaría a reconocerme a mí mismo y que aún no podía catalogar como ciertas?

—Creo que no se fue del todo —repetí.

—Entonces... —dijo él. Era la única palabra que podía resumir mis inseguridades. Pero quizá también habría querido decir *¿Entonces?* como si estuviese preguntándose qué podía chocarme tanto de que aún le desease después de tantos años.

—Entonces... —repetí yo, intentando hacer referencia a las penas y sufrimientos caprichosos de un tercero que en este caso era yo.

—Entonces ¿es por eso por lo que no puedes venir a tomar algo?

—Entonces es por eso por lo que no puedo ir a tomar algo.

—¡Vaya ganso!

Había olvidado por completo aquella palabra.

Llegamos a su oficina. Me presentó a dos o tres colegas que estaban en el departamento, sorprendiéndome su conocimiento de cada aspecto de mi carrera profesional. Lo sabía todo, se había mantenido al tanto de hasta el detalle más insignificante. En ocasiones, había indagado en información sobre mí que solo podía obtenerse consultando en Internet. Me conmovió. Yo había asumido que me había olvidado por completo.

—Quiero mostrarte algo —dijo.

Su despacho tenía un gran sofá de cuero. Sofá de Oliver, pensé. Así que es aquí donde se sienta a leer. Había papeles esparcidos por el sofá y por el suelo, excepto en una de las esquinas para sentarse que estaba justo debajo de una lámpara de alabastro. Lámpara de Oliver. Recordaba las páginas tiradas por el suelo de su habitación en B.

—¿Lo reconoces? —preguntó.

En la pared había una reproducción en color enmarcada de un fresco mal conservado de una figura mitraica con barba. Ambos nos habíamos comprado una la mañana que fuimos de visita a San Clemente. Hacía años que no veía la mía. Junto a ella en la pared, había una postal enmarcada del muro de Monet. La reconocí inmediatamente.

—Solía ser mía, pero ha sido tuya muchísimo más tiempo que mía.

Nos pertenecíamos el uno al otro, pero habíamos vivido tan alejados que ahora correspondíamos a otros. Los únicos pretendientes de nuestra vida eran unos okupas, unos simples okupas.

—Tiene una historia muy larga —dije.

—Lo sé. Cuando volví a enmarcarla vi las inscripciones en la parte de atrás, por eso ahora tú también puedes leerlas. He pensado a menudo acerca de este tal Maynard. *Piensa en mí alguna vez.*

—Tu predecesor —le dije para vacilarle—. No, nada de eso. ¿A quién se la darás tú en su momento?

—Tenía la esperanza de que uno de mis hijos pudiese traerla en persona después de una estancia allí. Ya he añadido mi propia inscripción, pero no puedes verla. ¿Te vas a quedar en el pueblo? —me preguntó para cambiar de tema mientras se ponía la gabardina.

—Sí. Una noche. Tengo que ver a unas personas de la universidad mañana y luego me voy.

Me miró. Sabía que estaba pensando en aquella noche durante las vacaciones de Navidad y él sabía que lo sabía.

—Entonces estoy perdonado.

Presionó sus labios en silenciosa disculpa.

—Vamos a tomar algo a mi hotel.

Noté su malestar.

—He dicho a tomar, no a follar.

Me miró y se puso rojo literalmente. Me quedé mirándole. Aún era muy apuesto, no había perdido pelo, ni engordado, salía a correr todas las mañanas, con la piel tan suave como antaño. Tan solo había unas manchas solares en sus manos. ¿Manchas solares?, pensé, y no pude dejar de pensar en ello.

—¿Esto qué es? —pregunté, mientras le señalaba la mano sin llegar a tocarla.

—Las tengo por todos lados.

Manchas solares. Me rompían el corazón y quería besar todas y cada una de ellas hasta que desapareciesen.

—Demasiado sol durante mi juventud. Aparte de que esto no debería llamarte la atención. Estoy mejorando. Dentro de tres años, mi hijo será tan mayor como tú entonces; de hecho, él está más cerca de la persona que eras cuando estuvimos juntos de lo que tú lo estás de aquel Elio. No te parece raro.

¿Así es como lo llamas, *cuando estuvimos juntos?*, pensé.

En el bar del viejo hotel de Nueva Inglaterra, encontramos un lugar tranquilo con vistas al río y a un enorme jardín que estaba completamente en flor. Pedimos dos martinis —con ginebra Sapphire, especificó— y nos sentamos cerca el uno del otro en el asiento con forma de herradura, al igual que los maridos que se ven forzados a sentarse incómodamente demasiado cerca mientras que sus mujeres se empolvan la nariz.

—Dentro de ocho años yo tendré cuarenta y siete y tú cuarenta. Cinco después, yo tendré cincuenta y dos y tú cuarenta y cinco. ¿Vendrás entonces a cenar?

—Sí, lo prometo.

—Así que me estás diciendo que solo vendrás cuando creas que eres lo suficientemente mayor como para importarte. Cuando mis hijos se hayan ido. O cuando sea abuelo. Me lo puedo imaginar. Esa tarde, nos sentaremos juntos y beberemos un brandy afrutado fuerte, como el Grappa que solía servirnos tu padre algunas noches.

»Y al igual que hacía el señor mayor que se sentaba en la *piazzetta* mirando hacia el monumento al Piave, charlaremos sobre dos jóvenes que encontraron la verdadera felicidad durante unas semanas y que vivieron el resto de sus vidas mojando bolitas de algodón en el cuenco de la felicidad, con miedo a gastarlo, sin atreverse a beber más que un dedal en los aniversarios rituales.

Quería decirle que eso parecía que no iba a llegar nunca. No podrán deshacerlo, ni desescribirlo, ni desvivirlo o volver a vivir, simplemente está ahí incrustado, como la imagen estática de las luciérnagas sobre un campo estival al atardecer que parece decir una y otra vez *Podía haber sido así*. Pero volver atrás es falso. Pasar página es falso. Mirar hacia otro lado es falso. Intentar reparar todo lo que es falso resulta ser igualmente falso.

Su vida es como un eco incoherente enterrado para siempre en una cámara mitraica sellada.

Silencio.

—Dios, cómo nos envidiaban desde el otro lado de la mesa durante la cena de la primera noche en Roma —dijo—. Nos miraban el joven, el viejo, el hombre, la mujer, todos y cada uno de los que estaban a la mesa nos observaban boquiabiertos porque éramos muy felices.

»Y esa tarde en la que nos hagamos más mayores, aún hablaremos de esos dos jóvenes como si fuesen dos extraños a los que nos encontramos en el tren y a los que admirábamos y queríamos ayudar. Y pretenderemos llamarlo envidia, porque definirlo como remordimiento nos rompería el corazón.

De nuevo silencio.

—Quizá aún no esté preparado para hablar de ellos como si fuesen unos desconocidos —dije.

—Si te hace sentir mejor, creo que ninguno de los dos lo estará nunca.

—Creo que deberíamos tomar otra.

Accedió sin siquiera poner una mísera excusa sobre que tenía que volver a casa.

Nos quitamos de encima los preliminares. Su vida, mi vida, a qué se dedicaba, a qué me dedicaba, qué nos va bien, qué nos va mal. Dónde deseaba estar él, dónde yo. Evitamos hablar de mis padres. Supuse que estaba al corriente. Al no preguntarme me dijo que lo estaba.

Una hora.

—¿Tu mejor momento? —me interrumpió por fin.

Lo pensé durante un rato.

—Uno de los mejores recuerdos es el de la primera noche, quizá porque titubeé demasiado. Pero también Roma. Hay un lugar en Via Santa Maria dell'Anima que visito de nuevo cada vez que estoy allí. Me quedo mirándolo durante un tiempo y luego todo me viene a la cabeza. Acababa de vomitar y de camino al bar me besaste. La gente continuaba pasando por allí, pero no me importaba, ni a ti tampoco. Aquel beso aún está grabado allí, menos mal. Es todo lo que tengo de ti. Eso y tu camisa.

Lo recordaba.

—¿Y tú? —pregunté—. ¿Tu momento?

—También en Roma. Cuando cantamos juntos hasta el amanecer en Piazza Navona.

Se me había olvidado por completo. No era simplemente una canción napolitana lo que acabamos cantando aquella noche. Un grupo de jóvenes holandeses había sacado sus guitarras y estaba cantando una canción de los Beatles detrás de otra y todo el mundo que estaba en la fuente se había unido a ellos y, por supuesto, nosotros también. Incluso Dante apareció de nuevo y comenzó también a cantar con su inglés cochambroso.

—¿Nos dedicaron una serenata o me lo estoy inventando?

Me observó con perplejidad.

—Te la dedicaron a ti, pero estabas completamente borracho. Al final agarraste la guitarra de uno de ellos y comenzaste a tocar y, sin venir a cuento, a cantar. Se quedaron todos boquiabiertos. Todos los drogatas del mundo escucharon a Händel como ovejitas. Una de las holandesas perdió los papeles. Querías traértela al hotel. Ella también quería venir. Menuda noche. Terminamos sentados en la terraza vacía de una cafetería cercana detrás de la *piazza,* solos tú, yo y la chica, observando el amanecer, cada uno espatarrado en una silla.

Se me quedó mirando.

—Me alegro mucho de que hayas venido.

—Yo también me alegro de haber venido.

—¿Puedo hacerte una pregunta? —dijo.

¿Por qué de repente comencé a estar nervioso?

—Venga.

—Si pudieses, ¿volverías a empezar de nuevo?

Me quedé mirándole.

—¿Por qué me lo preguntas?

—Por nada. Responde.

—¿Empezaría de nuevo si pudiese? Al instante. Pero ya he vivido esto dos veces y estoy a punto de hacerlo otra vez.

Sonrió. Era obvio que me tocaba preguntar a mí lo mismo, pero no quería que se sintiese avergonzado. Este era mi Oliver favorito: el que pensaba exactamente igual que yo.

—Verte aquí es como despertarse de un coma después de veinte años. Miras alrededor y te das cuenta de que tu mujer te ha abandonado, tus hijos, cuya infancia te has perdido por completo, son unos hombres hechos y derechos, alguno hasta se ha casado, tus padres hace tiempo que han fallecido, no tienes amigos, y la carita que te observa a través de unas gafas pertenece nada más y nada menos que a tu nieto, a quien le han llevado allí a dar la bienvenida al abuelo tras su largo sueño. Tu cara en el espejo es tan pálida como la de Rip van Winkle, el protagonista del cuento de Washington Irving. Pero aquí está el truco: aún eres veinte años más joven que los que se arremolinan a tu alrededor, y por eso puedes volver a los veinticuatro al instante: tengo veinticuatro años. Y si fuerzas la parábola unos cuantos años más adelante, puedes despertarte y ser más joven que mi hijo el mayor.

—Entonces ¿qué nos revela esto sobre la vida que has llevado?

—Una parte de ella, solo una parte, fue un coma, pero prefiero llamarlo una vida paralela. Suena mejor. El problema es que la mayoría hemos tenido, vivido quiero decir, más de dos vidas paralelas.

Quizá fuese el alcohol, quizá fuese la verdad, quizá no quería que las cosas se volviesen muy abstractas, pero noté que debía decirlo pues este era el momento preciso, porque de repente caí en la cuenta de que era para esto para lo que había venido.

—Eres la única persona de la que me gustaría despedirme al morir, pues será entonces cuando esta cosa que llamo mi vida cobrará sentido. Y si me entero de que te has muerto, mi vida como la conozco, el yo que te está hablando ahora, dejará de existir. A veces me imagino que me despierto en nuestra casa de B., observando el mar, escuchando la noticia en la voz de las propias olas: *Murió anoche*. Nos perdimos tantas cosas. Fue un coma. Mañana volveré al mío, y tú al tuyo. Perdona, no era mi intención ofenderte: seguro que lo tuyo no es eso.

—No, lo mío fue una vida paralela.

Quizá casi todas las penas que he sentido en mi vida decidan convergir ahora en esta. Debía luchar contra ello. Y si él no lo veía, posiblemente fuese porque era inmune.

Se me ocurrió preguntarle si había leído una novela de Thomas Hardy titulada *La bien amada*. No la había leído. Es sobre un hombre que se enamora de una mujer que, años después de abandonarle, muere. Él visita su casa y acaba conociendo a su hija, de la que se queda prendado, y tras perderla también, muchos años más tarde, se encuentra con su descendiente, de la que se encapricha.

—¿Estas cosas se acaban muriendo por sí solas o algunas necesitan de varias generaciones y vidas para resolverse?

—No me gustaría ver a ninguno de mis hijos en tu cama, de la misma manera que no me agradaría que los tuyos, si tuvieses alguno, entrasen en la suya.

Nos reímos entre dientes.

—Me pregunto si nuestros padres...

Se quedó un rato pensativo, luego sonrió.

—Lo que no quiero es recibir una carta de uno de tus retoños con las malas noticias: *Y, por cierto, adjunta encontrarás una postal que mi padre me pidió que te devolviese.* Ni tampoco quiero tener que responder con algo como: *Puedes venir cuando lo desees, estoy seguro de que le hubiese gustado que te quedases en su habitación.* Prométeme que eso no pasará.

—Lo prometo.

—¿Qué has escrito en la parte de atrás de la postal?

—Iba a ser una sorpresa.

—Soy demasiado mayor para sorpresas. Aparte de que siempre llevan un canto afilado para hacer daño. No quiero que me hieran, al menos tú no. Dime.

—Solamente dos palabras.

—Déjame que adivine: *Si no es luego, ¿cuándo?*

—He dicho dos palabras. Además, eso sería muy cruel.

Pensé por unos instantes.

—Me rindo.

—*Cor cordium,* corazón de corazones, jamás le he dicho a nadie algo tan cierto en mi vida.

Me quedé mirándole fijamente.

Menos mal que estábamos en un sitio público.

—Deberíamos irnos.

Agarró su gabardina, que estaba doblada junto a su silla, y comenzó a hacer amago de levantarse.

Iba a acompañarle hasta el vestíbulo del hotel y quedarme allí de pie mientras él se alejaba. Nos íbamos a despedir en cualquier momento. De repente, una parte de mi vida iba a serme arrancada y nunca me la iban a devolver.

—Supón que te acompaño hasta tu coche —le dije.

—Supón que vienes a cenar.

—Supón que lo hago.

Fuera, la noche llegaba rápido. Me gustaba la paz y el silencio del campo con la línea iluminada del horizonte desvaneciéndose y la visión del río oscureciendo. Campo de Oliver, pensé. Las luces jaspeadas de la otra orilla que brillaban sobre el río me recordaron al cuadro de Van Gogh *Noche estrellada sobre el Ródano*. Muy otoñal, muy de comienzo del curso escolar, muy del veranillo de San Martín y siempre durante los crepúsculos de dicho veranillo, esa mezcla de asuntos del estío sin terminar y de deberes sin concluir y constantemente la ilusión de los meses por venir que se disipan en cuanto se pone el sol.

Intenté imaginarme su feliz familia: los hijos inmersos en las tareas escolares o volviendo a casa del entrenamiento, seguro que de un mal humor descomunal y con las botas llenas de barro, se me pasaban por la cabeza todo tipo de clichés. *Este es el chico en cuya casa me hospedé durante mi estancia en Italia,* diría él, seguido de los carraspeos malhumorados de dos adolescentes a los que no les interesaba ni el chico de Italia, ni la casa en Italia, pero que se morirían del susto al oír: *Ah, y por cierto, este hombre, que tenía casi vuestra edad entonces y que se pasó la mayoría del tiempo transcribiendo* Las siete palabras de Cristo en la cruz, *todas las noches se colaba en mi cuarto y follábamos como locos. Así que dadle la mano y sed buenos.*

Luego, a las tantas de la noche, en el camino de vuelta en coche a lo largo del río iluminado de estrellas hasta el hotel viejo y cochambroso junto a la costa de Nueva Inglaterra, pensé que tenía la esperanza de que nos recordase a ambos la bahía de B. y las noches estrelladas de Van Gogh y cuando me acerqué a él en las rocas y le besé en el cuello, y a la última noche cuando caminamos juntos por la carretera de la costa con la sensación de que nos habíamos quedado sin milagros de última hora para posponer su marcha. Me imaginé en su coche, preguntándome quién sabe, querrá él, querré yo, quizá una última en el bar lo decidiese, a sabiendas de que durante toda la cena nos estaríamos preocupando de las mismas cosas, con la esperanza de que pasase algo pero rezando para que no. Quizá una última lo decidiese. Podía leerlo en su cara mientras me lo imaginaba mirando para otro lado al descorchar una botella de vino o al cambiar la música, pues él también encontraría este pensamiento corriendo por su cabeza y querría saber que se estaba planteando lo mismo, puesto que, mientras servía a su mujer, a mí, a sí mismo, caeríamos en la cuenta de que él era más yo de lo que yo lo había sido nunca, ya que desde que se convirtió en mí y yo me transformé en él en la cama hace tantos años, iba a seguir siendo para siempre, mucho después de que hubiésemos tomado caminos muy distintos en la vida, mi hermano, mi amigo, mi padre, mi hijo, mi marido, mi amante, yo. Durante las semanas que habíamos estado juntos aquel verano, nuestras vidas casi no se habían tocado pero habían cruzado a la otra orilla, donde el tiempo se detiene y el cielo llega a tocar el suelo y nos entrega un muestrario de lo que nos pertenece de forma divina desde que nacimos. Miramos hacia otra parte. Nos lo dijimos todo. Sin embargo, siempre lo habíamos sabido, y no mencionar nada al respecto ahora lo confirmaba aún más. Habíamos encontrado las estrellas, tú y yo. Y esto solo se consigue una vez.

El verano pasado por fin vino. Fue una visita de una sola noche mientras se dirigía desde Roma a Menton. Llegó en un taxi que se detuvo en la carretera escoltada por árboles, prácticamente en el mismo lugar en que se había detenido veinte años antes. Surgió del vehículo con un ordenador portátil, una bolsa enorme de deporte y una gran caja envuelta para regalo.

—Es para tu madre —dijo cuando me vio mirarlo.

—Será mejor que le digas lo que hay dentro —comenté tras ayudarle a depositar sus cosas en el vestíbulo—. Sospecha de todo el mundo.

Lo entendió perfectamente y le entristeció.

—¿El viejo cuarto? —pregunté.

—El viejo cuarto —confirmó, a pesar de que ya lo habíamos organizado todo a través de correos electrónicos.

—Pues el viejo cuarto, que así sea.

No estaba demasiado decidido a subir al piso de arriba con él, así que fue un alivio cuando Manfredi y Mafalda surgieron de la cocina para darle la bienvenida en cuanto oyeron el taxi. Sus efusivos besos y abrazos hicieron que se apaciguase la intranquilidad que sabía que iba a sentir cuando se instalase de nuevo en nuestra casa. Quería que su bienvenida sobreexcitada durase la primera hora completa de su estancia. Lo que fuese con tal de procrastinar nuestro primer cara a cara ante una taza de café donde pronunciar por fin las dos palabras inevitables: veinte años.

En lugar de eso, habíamos dejado las cosas en la entrada y teníamos la esperanza de que Manfredi las subiera a la planta superior mientras Oliver y yo dábamos un paseo por toda la casa.

—Seguro que te mueres de ganas por verlo —dije, refiriéndome al jardín, la balaustrada y las vistas al mar. Habíamos pasado junto a la piscina, atravesando el salón, donde aún estaba el viejo piano junto a la ventana, y finalmente volvimos a la entrada, donde nos percatamos de que ya habían subido sus cosas. Una parte de mí quería que se diese cuenta de que nada había cambiado desde la última vez que estuvo, que *el canto del paraíso* aún estaba allí, que la verja que daba a la playa todavía chirriaba y que el mundo era exactamente el mismo salvo las ausencias de Vimini, Anchise y mi padre. Este era el gesto de bienvenida que deseaba ofrecerle. Sin embargo, había otra parte de mí que quería hacerle entender que no tenía sentido intentar recuperar el tiempo perdido pues habíamos viajado, habíamos experimentado demasiado sin el otro como para seguir teniendo muchas cosas en común. Quizá quería que sintiese la punzada de la pérdida y la congoja. Pero al final, y puede que por mero compromiso, decidí que lo mejor era demostrarle que no había olvidado nada. Sugerí ir al solar vacío, que seguía estando igual de chamuscado e improductivo que cuando se lo mostré dos décadas antes. Casi no había termi-

267

nado mi ofrecimiento cuando soltó: «Eso ya está muy visto». Tal vez fuese su forma de decirme que no había olvidado nada tampoco.

—Quizá prefieras que nos pasemos rápidamente por el banco —dijo riendo—. Qué te apuestas a que jamás cancelaron mi cuenta.

—Si tenemos tiempo y te apetece, te llevaré al campanario. Sé que no has subido hasta allí nunca.

—¿Algo-por-lo-que-morir?

Le devolví la sonrisa. Se acordaba del nombre que usábamos para llamarlo.

Mientras paseábamos por el patio con vistas al extenso azul, me quedé rezagado y observé cómo se apoyaba en la barandilla que daba a la bahía.

Ante nosotros estaba la roca en la que se sentaba por las noches, donde él y Vimini habían pasado juntos tardes y tardes.

—Ella cumpliría treinta años hoy —dijo.

—Lo sé.

—Me escribió todos los días. Absolutamente todos.

Estaba mirando a su sitio. Recordaba cómo se tomaban de la mano y se escabullían hasta la orilla.

—Entonces un día dejó de escribirme. Y lo sabía. Simplemente lo sabía. He guardado todas las cartas.

Le observé con melancolía.

—También he guardado las tuyas —añadió de inmediato para tranquilizarme, aunque vagamente, sin saber si esto era algo que quería oír.

Me tocaba a mí.

—Yo también guardo las tuyas. Y algo más. Quizá te lo enseñe. Luego.

¿No se acordaba de Ondulante, o era demasiado modesto, demasiado cauto, como para demostrar que sabía a la perfección a lo que me refería? Volvió a mirar a lo lejos.

Había vuelto en el día perfecto. No había ni una nube, ni una ola, ni una pizca de viento.

—Había olvidado cuánto amo este lugar. Pero es exactamente así como lo recordaba. A mediodía es el paraíso.

Dejé que hablase. Me gustaba ver sus ojos observando el infinito. Quizá él también estuviese evitando un cara a cara.

—¿Y Anchise? —me preguntó por fin.

—Se lo llevó un cáncer al pobre. Solía pensar que era muy viejo y ni siquiera tenía cincuenta años.

—También amaba todo esto: él, sus injertos, su huerto.

—Falleció en el cuarto de mi abuelo.

De nuevo silencio. Estuve a punto de decir mi antigua habitación, pero cambié de opinión.

—¿Te alegras de haber vuelto?

Supo leer entre líneas mi pregunta antes que yo.

—¿Te alegras tú de que haya vuelto? —replicó.

Le miré, con la sensación de estar desarmado, aunque no amenazado. Como la gente que se pone roja fácilmente pero no se avergüenza de ello. Sabía bien cómo suprimir ese sentimiento sin que me influyese demasiado.

—Sabes que sí. Quizá más de lo que debería.

—Yo también.

Ahí lo dijo todo.

—Ven, te mostraré dónde enterramos algunas de las cenizas de mi padre.

Bajamos por las escaleras de la parte de atrás hasta el jardín donde se ubicaba la mesa del desayuno.

—Este era el lugar de mi padre. Lo llamo el lugar fantasma. Mi sitio solía estar allí, si es que aún lo recuerdas —señalé donde solía estar mi vieja mesa junto a la piscina.

—¿Y yo tenía un lugar? —me preguntó con una media sonrisa.

—Siempre tendrás un lugar.

Quería decirle que la piscina, el jardín, la casa, la cancha de tenis, *el canto del paraíso,* todo aquello sería siempre su lugar fantasma. En vez de eso, señalé al piso de arriba, a las puertaventanas de su habitación. Tus ojos están siempre allí, quise decirle, atrapados en las cortinas transparentes, mirándolo todo desde mi habitación en la que ya nadie duerme. Cuando hay un poco de brisa y se hinchan, las observo desde aquí o me quedo de pie en el balcón y me sorprendo pensando que estás allí, atisbando mi mundo desde el tuyo, diciendo, al igual que una de aquellas noches que te encontré en las rocas: *He sido feliz aquí.* Te hallas a miles de kilómetros, pero en cuanto miro estas ventanas pienso en un bañador, en una camiseta colgada del tendal, unos brazos apoyados en la barandilla y de repente estás ahí, encendiendo el primer cigarrillo del día, hace hoy veinte años. Mientras aguante aquí la casa, este será tu lugar fantasma y el mío también.

Nos quedamos allí unos instantes, en el lugar donde mi padre y yo habíamos hablado en cierta ocasión sobre Oliver. Ahora nosotros hablábamos sobre mi padre. Mañana, recordaré este momento y dejaré que el fantasma de sus ausencias merodee durante las horas más crepusculares del día.

—Sé que él hubiese querido que algo así ocurriese, sobre todo en un día de verano tan espléndido.

—Estoy seguro. ¿Dónde enterrasteis el resto de las cenizas?

—Por todos los sitios. En el río Hudson, en el Egeo, en el Mar Muerto. Pero es aquí donde vengo para estar con él.

No dijo nada. No había nada que decir.

—Vamos, te llevaré a San Giacomo antes de que cambies de opinión —dije finalmente—. Aún tenemos tiempo antes de comer. ¿Te acuerdas de cómo se va?

—Sí, me acuerdo.

—Sí, te acuerdas —repetí.

Me miró y sonrió. Eso me animó. Tal vez porque sabía que me estaba haciendo burla.

Veinte años fue ayer, y ayer era esta mañana, y esta mañana parece estar a años luz.

—Soy como tú —dijo—. Me acuerdo de todo.

Me detuve un instante. Si te acuerdas de todo, quise decirle, y de verdad eres como yo, entonces antes de que te vayas mañana, o cuando estés a punto de cerrar la puerta del taxi, te hayas despedido de todos los demás y no quede nada que decir en esta vida, entonces y solo entonces, vuélvete hacia mí, aunque sea en broma o como una última ocurrencia que hubiese significado todo para mí cuando estábamos juntos, y, al igual que hiciste en aquel entonces, mírame a la cara, aguántame la mirada y llámame por tu nombre.

Índice

André Aciman

(Alejandría, 1951) nació en el seno de una familia judía sefardí de origen turco. Formado en la Universidad de Harvard, ha sido profesor de Literatura Comparada y Escritura Creativa en el Bard College y en las universidades de Princeton y Nueva York. Es muy conocido como ensayista y estudioso de la obra de Marcel Proust. En 1995 publicó *La huida de Egipto,* un libro de memorias sobre su infancia y adolescencia en Egipto durante las décadas de 1950 y 1960, que mereció el prestigioso Whiting Award. Posteriormente publicaría los ensayos *False Papers: Essays on Exile and Memory* (2000), *Reflections of an Uncertain Jew* (2000) y *Alibis: Essays on Elsewhere* (2011), y participaría como coautor y editor de las obras *The Proust Project* (2004) y *Letters of Transit* (1999). Además del libro de relatos *Monsieur Kalashnikov* (2007), ha publicado cuatro novelas: *Llámame por tu nombre* (Alfaguara, 2007, 2018), llevada al cine por Luca Guadagnino, *Ocho noches blancas* (2010), *Harvard Square* (2013) y *Enigma Variations* (2017).